Rawi Hage

デニーロ・ゲーム

ラウィ・ハージ　藤井 光［訳］

白水社
EXLIBRIS

デニーロ・ゲーム

幅は一万キュビトとせよ。

エゼキエル書

けっして没することのない火に対して、どのように身を隠すことができようか。

ヘラクレイトス

このわしは汚れた手をしている。肘まで汚れている。わしは両手を糞や血の中につっこんだ。

ジャン＝ポール・サルトル

両親へ

目次

装丁
緒方修一

カバー写真
© Getty Images

第一部

ローマ

1

一万の砲弾が降り注いだ街で、僕はジョルジュを待っていた。

一万の砲弾がごみごみしたベイルートの街に降り注ぎ、僕は埃と汚い足から守るために白いシーツがかけられた青いソファに横になっていた。

もう行かなきゃな、とぼんやり考えていた。

母のラジオがかかっていた。戦争が始まってからつけっぱなしの、一万年はもつレイオバックの電池で動くラジオ。母のラジオにはあちこち穴が開いた安物の緑色のビニールカバーがかけられていて、料理の最中に指で触った跡と、つまみから入った埃が、端にこびりついている。ラジオから流れるファイルーズの物憂げな歌は、何にも止められなかった。

僕は戦争から逃げてはいなかった。かの名高い歌手、ファイルーズから逃げようとしていた。夏、熱気が下りてきていた。低く大地を燃やす太陽が僕たちのアパートと屋上を焼いていた。アパートの白い窓の下では、キリスト教徒の猫たちが狭い通りを悠然と歩いていて、黒服の司祭を見ても十字を切らず、ひざまずくこともなかった。歩道に乗り上げた車が通りの両側に停まっていて、疲れきって息の詰まるような歩行者たちの行く手を阻み、彼らの足、疲れた足、そして顔、面長の顔は、その小さな一歩を進めるたび、その惨めな人生が疼くたびに、アメリカを呪い、非難していた。

熱気が下り、砲弾が落ち、ゴロツキたちはパンを求めて並んだ長い列を無視して弱き者の食べ物を奪い、パン屋を脅し、彼の娘の体を撫でた。ゴロツキは決して列に並ばない。

ジョルジュがクラクションを鳴らした。

彼のバイクの青ざめた黒煙が僕の窓まで昇ってきて、陽気な音が部屋に響いた。僕はファイルーズを呪いながら階段を下りていった――あのヒーヒーわめく歌手のせいで、おれの人生は悲惨な地獄もいいとこだ。

母が両手にバケツを持って屋上から下りてきた。お隣の貯水槽から水を盗んできたのだ。

水が出ないのよ、と僕に言った。一日二時間しか出ないんだから。

いつものように食べ物のことも何か言っていたけれど、僕は手を振って、階段を駆け下りた。

ジョルジュのバイクに飛び乗って後ろにまたがり、僕たちは砲弾が落ちてくる大通りを走っていった――ここで、かつてサウジの外交官たちがフランス人の娼婦を拾い、古代ギリシア人が踊り、ローマ人が攻め込み、ペルシア人が剣を研ぎ、マムルークが村人たちの食料を奪い、十字軍が人肉を食らい、トルコ人が僕の祖母を奴隷にしたのだ。

戦争はゴロツキのためのものだ。バイクもゴロツキのため、そして僕たちのように髪を伸ばしたティーンエイジャーのためのものだ。腰には銃を忍ばせ、タンクにあるガソリンは盗んできたもので、行くあてはない。

僕たちは街の海岸線まで出た。橋のスロープで止まったところで、ジョルジュが僕に言った。

ちょっとトラブル《ムシュケラ》になってるんだ。

話せよ、と僕は言った。

シャフィーク・アル＝アズラクとかいう名前の野郎がいてさ、そいつがナビーラ叔母さんの家の前に車を停めてる。出かけるときもまだ陣取ってやがるんだ。おれはそいつの場所の目印になってる二本の棒を動かして、叔母さんが車を停められるようにした。それで叔母さんは車を停めて、二人で上がってコーヒーを飲んでた。そのシャフィークって奴が叔母さんの家にやってきて、車をどけろって言う。自分の場所だって言うんだ。公共スペースでしょって叔母さんが言ってさ……そいつが叔母さんを侮辱しやがって……叔母さんは声を上げて……おれは銃を抜いて奴の顔に突きつけて、家から追い出してやったよ。そしたら階段を駆け下りて、下からおれを脅してきやがる。でもおれたちはそいつに目にもの見せてやるんだ。そうだろ、静かな男よ？

僕は耳を傾け、頷いた。そして僕たちはバイクに戻り、降ってくる銃弾を気にもせず走っていった。軍隊の歌が鳴り響き、一千のラジオ局がどれも勝利を主張してわめきたてるなかを走り抜けていった。女戦士たちの短いスカートを見つめ、女学生たちの太もものそばを通った。僕たちは行くあてのない、物乞いの泥棒で、さかりのついたアラブ人で、もじゃもじゃの髪をして、シャツをはだけ、袖にはマルボロの箱をたくし込み、学校はやめて銃を手にして、臭い息を吐き、丈の長いアメリカ製のジーンズを履いた、無慈悲なニヒリストだった。

今晩遅くに会おうぜ。僕を家の前で降ろしてジョルジュはそう言った。そして走り去った。

真夜中になった。ジョルジュのバイクの騒音が近所中に鳴り響いた。僕は路地を下りていった。男たちが小さなバルコニーにいて、金曜深夜のエジプト映画を見ながらタバコをふかし、冷えたビールと蒸留酒《アラック》をがぶ飲みし、新鮮な緑色のアーモンドを割って、汚れた黄色い爪でアメリカ製のタバコを民族調の灰皿にもみ潰している。彼らの家では、貧しい女たちが古代トルコ風の浴槽に入って、慎重に、無駄遣いしないように、赤いプラスチックのバケツの水を茶色い肌に垂らして、埃、匂い、バクラバの薄い皮、朝のコーヒーを小さなカップで飲みながら交わした意地の悪い噂話、夫たちの貧しさ、剃っていない腋の下の汗を洗い流している。彼女たちは猫のように体を洗う、ヨーロッパ製の車の下にいて念入りに手足を舐めるキリスト教徒の猫たち、車のエンジンからはガソリンが滴っている、企業がナイジェリアの労働者を搾取して地下から抜き取った石油、ナイジェリアの地底では、悪魔たちが歩き回り、工場の排気ガスと白い肌の技師たちの貪欲な息が木の根を窒息させて枯れさせ、そこにウジ虫がかじりついている。怠け者の猫たちは洗車もしていない車の下をうろうろして、通りを眺めている——イタリア製の靴、マニキュアを塗った爪、色鮮やかで破れたズボンの折り返し、先の尖ったハイヒール、ビーチサンダル、のしのし歩く裸足、そして甘美なむき出しの足首が通っていく、その足首を分厚い手がとらえ、放して、その上にある温かい液体へとすべっていくだろう、その水は慎重に、寛大にもささやかな食べ物に姿を変え、ウナギや赤い魚、バラ水の匂いを放っている。

僕たちはジョルジュの叔母さんの家に向かって急いだ。あれがシャフィーク・アル＝アズラクの車だ、とジョルジュは言った。彼は銃を抜いた。僕はバイクのエンジンをふかして大きな音を出した。ジョルジュが車のタイヤを撃つと、空気が抜けた。彼は狙いを上げて、車のライト、ドア、曇りガラスのウィンドウ、内部のシート、鏡に映った自分の姿を撃った。落ち着いて撃ち、車の周りを静かに舞い、また狙いを定めて撃った。小さく容赦のない穴が、壊れた金属の車体を瞬時に貫いた。破壊的で愉快な復讐の行為だった。いい気分だった。

それが終わると、僕たちはその場から離れた。僕がバイクを運転して、木のドアが果てしなく続く眠った界隈を抜けていった。ジョルジュの銃が背中に当たっていた。開けた道に出ると、風が僕たちの綿のシャツに入ってきて肌に荒々しく当たり、耳のなかに居座っていた。僕は通りを猛烈な勢いで走り、風は僕の目を撫で、鼻と肺に入ってきた。街灯は壊れ、壁は銃弾の穴で覆われ、誰も掃除などしない埃っぽい歩道に流れた血は黒ずんだ染みになっている。僕は走り、血管に渇きを感じ、気分がよくなって、胸にさわやかな風を感じていた。肩の後ろではジョルジュが狂犬のように激しい息づかいで風に向かって勝利の雄叫びを上げ、悪魔のように笑っていた。

カクテルだ、と彼は耳元で叫んだ。カクテルを飲もうぜ！　僕はさっとハンドルを切った。モンゴルの騎手のようにジョルジュのバイクを操って、道路のほうに傾けると、後輪が回って小石を踏みつぶした。大地から灰色の雲を上げて僕は向きを変え、街の反対側のアルメニア人地区で、祖母を奴隷にしたトルコ人たちから遠く離れた高速道路の向こうで夜通し営業しているジュースバーに直行した。僕たちは〈シネマ・ルーシー〉を通り過ぎた。若者と慢性のオナニー中毒者たちが大きなスクリーンを見つめ、大きな胸のアメリカ女たちが、カウボーイスーツかアフロで七〇年代の髪型の教師の格好をした巨根の男にせっせとファックされているのを見ているところで、ＢＧＭはジャズっぽい音楽、場所は豪勢なプールサイドで、白いエプロンをつけたメイドたちは小さなスカートをセット裏の監督のドアかカメラマンの車のシートに脱いできて、解放された七〇年代の尻を長いプラスチックの椅子のふちで弾ませ、小さな紙のパラソルが載った赤いカクテルをいつでも出せるようにしている。

ジュースバーで、僕とジョルジュは白チーズと蜂蜜とナッツがトッピングされたマンゴージュースを飲んだ。

僕たちは座ってカクテルをちびちび飲み、指を舐め、銃のことを話した。銃の音が本当に静かだったことを。

2

一万の砲弾が風を切り裂いた街で、僕の母はまだキッチンにいて、白くて長いタバコを吸っていた。頭からつま先まで黒い服を着て、自分の父と僕の父を弔っていた。ガスコンロでお湯を沸かし、肉用まな板の上で肉を切り、粉々になった壁と割れたガラス窓の向こうに煙を吐き出した。ここ、母のキッチンに砲弾が落ちて、壁に大きな穴を開け、ぽっかりと開けた空のすばらしい眺めをプレゼントしてくれた。冬までは直さないつもりだった。雨が降って、僕たちが葬ったすべての亡骸の上にかかった土を洗い流してしまうまで。ここ、このキッチンで僕の父は死んだ。母の父はもっと北で死んだ。

次の日、ジョルジュが叔母さんの家を訪ねると、シャフィーク・アル＝アズラクのスペースには彼女の車が停まっていた。

シャフィーク・アル＝アズラクが今朝来て、謝ってきたのよ、そしてお互いスペースを分け合って使いましょうやって言ってきたわ、とジョルジュの叔母さんは言い、赤く染めた髪をいじった。ナビーラ叔母さんは四十代で、銀行で働いていた。独身で、軽薄で艶めかしく、タイトスカートにハイヒールをはき、派手な化粧をして、突き出た胸の谷間を気前よく見せる襟ぐりのあいたブラウスを着ていた。ジョルジュのことは子供のころからのあだ名「ガルグーティ」と呼んでいて、ジョルジュは気まずい思いをしていた。

僕はジョルジュに会いにしょっちゅうナビーラ叔母さんのところに寄った。彼女はたいていナイトガウン姿で、ぽってりした唇でタバコをくゆらせながらドアを開けた。コーヒーでもどう、と彼女が家に入れてくれるところを僕は妄想した、キッチンテーブルで水を出してくれて、僕のへその下にほれぼれしてひざまずき、日本製のチャックを下ろして、にじみ出る僕の体液をすすり、小声であだっぽく、ジョルジュはいないから安心して、と言う。

あの子は働いてるんじゃないの？　と彼女はいつも言った。ガルグーティは仕事中よ！

ジョルジュは僕の幼なじみで、ポーカーマシンのクラブで働いていた。小さな画面に緑色のライトが点滅するマシンに一日中かじりついているギャンブラーたち相手に換金する仕事だ。ギャンブラーたちはボタンを押し、妻の宝石や、父親の家とオリーブの木、子供たちの服を失っていった。エースや笑うジョーカーが彼らの財産をすべて吸い取り、ポリエステルのポケットからすべてを抜き取っていった。ジョルジュは金を受け取って、彼らのポーカーマシンにその分のチップを入れ、ウィスキーとタバコを売り、トイレを掃除し、ドアを開け、エアコンの温度を下げ、埃を払い、灰皿を空にし、店を守り、民兵たちが来ると封をした袋に金を入れて渡し、バイクに乗って家に帰っていた。

儲けをくすねる手が絶対あるはずだ。僕が遊びに行ったとき彼はそう言った。乗るか？

盗んでるとこを見つかったら、アブー＝ナーラに首をちょん切られちまうぜ。

そりゃ危ないさ。でもうまい手があるはずだ。

民兵相手にやらかすことになるんだぜ、と僕は言った。

ジョルジュは肩をすくめ、油っぽくて黒いマリファナを吸うと、両目を閉じて、薄い胸板のなかに煙を溜めていた。それから、目は閉じたまま、息をゆっくりと吐き出し、十字架の片側のように片腕を突き出し、指を二本伸ばして、マリファナを僕に渡した。

砲弾は遠いインドのモンスーンのように降っていた。僕はもっといい仕事と金が欲しくて、いても立ってもいられなかった。僕は港でウィンチを操作する仕事をしていた。武器の荷揚げだ。武器にはヘブライ語や、英語や、アラビア語のシリアルナンバーが押されていた。石油が運ばれてくることもあって、そのときはトラックのパイプにつながなければならなかった。トルコからは果物が来ていた。鼻水を垂らして怯えた声を上げる船酔いした羊もトルコからのものだった。僕たちは全部荷揚げした。船荷に武器があるときは、民兵のジープがあたり一帯を取り囲んだ。荷揚げはいつも夜に行なわれ、照明をつけることは許されず、タバコ一本でもだめだった。夜勤が終わると、僕は家に帰って一日中寝た。母さんは料理をして文句を言った。港でもらう仕事程度では、タバコとうるさい母親、それから食べ物には足りない。どこに行って、誰から盗み、だまし、せがみ、誘惑し、脱がせ、触れたらい い？　僕は部屋に座って、外国の写真に覆われた壁を見ていた。十代の歌手たちと、白く光る歯をした金髪の女の子と、イタリアのサッカー選手たちの、色褪せたポスター。気ままに歩き回るにはローマはいいところだろうな、と僕は思った。広場にいるハトはどれも幸せそうで、餌もたっぷりもらってるみたいだ。

僕はジョルジュの案とポーカーマシンのことを考えた。仕事中の彼のところに行ってみることにした。

小さな路地を通ってカジノに行く途中、お針子のウンム゠サーミを見かけた。エジプト人のメイドのもとに走った夫に捨てられた女だ。彼女は若い花嫁の白いガウンに針を通していた、一九三〇年代のレコードみたいなひっかく音が入った情けない鐘の音の録音を流す小さなチャペルで、結婚式は行なわれる。花嫁の父親は中年のカナダ人技師を義理の息子として受け入れ、母親は晴れの日に向けて大忙しで生地を練り、椅子を集め、パセリを切っていて、兄は妹が正式に処女を失うのを祝って空に向けて銃を撃つつもりでいる。いとこはピカピカの長い車で彼女を教会へ、そして地中海に浮かぶ船へと連れていく。ファラオの涙、沈没した海賊船、奴隷の骨、流れ込む下水、フランス製のタンポンであふれた海。

通りの反対側では、雑貨屋のアブー゠ドリーが顔の近くにいるハエをはたいて、腐った野菜のほうに追い払っている。アブー゠アフィーフは甥のアントワーヌとバックギャモンをしている。クロードは夫になる男をまだ探している。ごめんだよ、と僕は言った。おれはごめんだよ！　空は深い青色だった。そこから、銃弾や砲弾が手当たり次第に降ってくる。僕たちの大地の上にある空を見上げると、死が君めがけて降下してくるのが見える――君、カーブする通りに立っている水たまり、赤い魚がいる塩からい海、少年たちが飛び乗ってくる縄のベッド。君、マニキュアをしたつま先が入っている刺繍入りの下着、ダイヤモンドでできたアーチ型の短剣用の鞘。君……

僕はナビーラの家を通りかかり、寄っていくことにした。彼女はドアを開けた。僕は微笑んで立ったまま、何も言わず、ただ息をしていた。

またお友だちを探してるのかしら？　と彼女はきいた。

ここじゃみんな友だちだよ、と僕は答えた。

彼女は微笑んだ。声を上げて笑い、頭を振って僕を招き入れた。

僕は一発抜く寸前の男子生徒のように興奮して座っていた。

コーヒーでもどう？

もらうよ、と僕は言って、彼女のシースルーのワンピースを見つめた。彼女の太ももは肉付きがよくて豊かだった。下着の線が透けていて、荘厳なお尻と脚の付け根の境界を定めていた。

ジョルジュはキッチンに入り、僕もついていった。

彼女はキッチンに会いに行くとこでさ、と僕は言った。

仕事中に？

そうさ。

なら、仕事中だって知ってて、どうしてここに来たの？

持って行ってほしいものでもあるんじゃないかと思って。サンドイッチとかリンゴとか。

彼女は近づいてきて、僕の左頬をつねった。あなたそんなに純粋じゃないわね、親友の仕事中に叔母さんを訪ねてくるなんてね。

僕が手を握ると、彼女は引っ込めようとした。僕は彼女の小指をつかんで、ゆっくりと引き寄せた。彼女は微笑んだ。僕はその首にキスした。美容クリームと、ミルクと、太った銀行家たちの葉巻の匂いがした。彼女は僕の唇が首をさまようのを許し、そして手のひらを僕の胸に置き、優しく押しやった。

コンロでコーヒーが泡立ってるわ。それにあなたはもう行かなくちゃだめでしょ。

ジョルジュは僕を待っていた。僕は彼のところに歩いていって、五十リラを渡した。おれを知らないふりしろよ、と僕はささやいた。

どのマシンに入れてほしい？

何のことだよ？　と僕はきいた。

どのマシンだよ？　彼はいらついた口調だった。この金額の分をそのマシンに移すからさ。

ああそうか。三番。

僕が三番のマシンに行くと、スクリーンの右上の隅に五十リラ分のチップが入って僕を待っていた。

僕は二十リラ分プレーして、負けた。彼のところに戻って、差額の三十リラを払い戻してくれと言った。

彼は僕に三十リラ返した。

僕は家に向かって歩きながら思った。確かに手はあるはずだ。

一万の砲弾がキッチンの床に散りばめたビー玉のように落ちた街で、母はまだ料理をしていた。父は地中に葬られたままだった。キリストだけが死者の国から蘇ったのだ、とみんなは言う。父が玄関にひょっこりやって来て、物静かにキッチンに入って座り、母がサラダと薄切りのパンを出すのを待っている姿を見ることがあるとはもう思っていなかった。死者は戻ってはこない。

一万の砲弾が僕の耳でヒューッと音を立てたけれど、僕はまだ地下室に下りて行かなかった。

愛する人をさんざん亡くしたのよ、地下室に下りてきなさい、と母は僕に言った。

僕は行かなかった。

一万のタバコが僕の唇に触れ、百万口のトルココーヒーが僕の赤い喉を通っていった。僕はナビーラのこととポーカーマシンのこと、そしてローマのことを考えていた。ここを出ていくこと。僕は最後のロウソクに火をつけ、バケツから水を飲んで、冷蔵庫を開けて、閉じた。なかは空っぽで、融けていた。キッチンは静かだった。母のラジオは遠い地下室にこもっていて、体を寄せ合った家族とネズミをもてなしている。砲弾が落ちるとき、地下室は家になり、子供たちにとっては遊び場、キャンディの城とキャンプ、神殿、キッチンとカフェになる。コンロと、発泡ウレタンのマットレス類と、おもちゃがある、暗くてこぢんまりした小さな場所。でも息が詰まるようなところで、僕は空の下で死んだほうがましだった。

隣の路地で砲弾が一つ落ちた。叫び声が上がった。もう血が流れているはずだ。僕は待った。二つ目の砲弾を待つのがルールだった。アメリカ中西部からパリに来た観光客のように、砲弾はペアでやってくる。二つ目が落ちた。僕はゆっくりとアパートから出た。階段を下りて、裏通りを歩き、叫び声がするほうへ、火薬の匂いと砕けた石をたどっていった。小さな女の子のそばに血が見えた。ギャンブラーのトニーがもう来ていて、車を出せるようにしていた。半裸の彼は吃っていた、神の母、マ、リ、ア、さま。神、の、母、マリアさま。彼は息を切らして凍りつき、この言葉をどうにか繰り返していた。僕は女の子を運んだ。彼女の母親は泣き叫んで半狂乱になっていて、僕について車の後部座席まで来た。僕はシャツを脱いで、血を流す女の子のあばらを包んだ。トニーは車を飛ばして病院に向かった。サイレン代わりにクラクションを鳴らしていた。通りは無人だった。建物はどれもかすんでいて、初めて見るような光景だった。女の子の血が僕の指にしたたり、太ももを伝っていた。僕は血を浴びていた。血は朱色より濃くて、絹よりもなめらかだ。手に落ちた血は温水と石鹸みたいな温かさだ。僕のシャツは赤紫色に変わっていった。僕は声を上げて小さな女の子の名前を呼んだけれど、僕のシャツは彼女の血を吸い取っていった。それを絞って紅海を満たし、飛び込んで僕のものにして、その岸辺を歩いて日だまりに座っていることだってできただろう。僕は女の子の開いた傷口を両手で押さえた。彼女は失われていった――瞳が寝返りをうって、白く柔らかい、夢見る枕のなかへ消えていった。頭は母親の丸い胸に預けていた。母親はトニーの唱えた祈りの文句を覚え、二人で何度も繰り返した。神の母マリアさま、神の母マリアさま。この子はここを出てローマに行くんだ、と僕は思った。ローマに旅立つんだ、ラッキーな子。無人の通りに向かって、トニーは悲しげなリズムで別れのクラクションを鳴らしていた。

次の日の朝、僕はシャヒーンの肉屋の角でジョルジュと待ち合わせていた。女たちが列を作って肉を待っていた。店内には皮を剝がれた山羊が何頭も吊るされていた。上から白や赤の肉が落ちてきて、塊が切り取られ、つぶされ、切り揃えられ、また切られ、挽かれ、紙の袋に入れられて、並んだ女たちに渡される。女たちは黒服で、油で模様を描いた芝居がかった顔で、教会に通う人の従順な姿勢で、ハロウィンの恐怖に怯え、磔にされた肉への人食いの飢えと処女聖人の生理痛を抱え、去勢された錬金術師の姿勢で、読み書きのできない肉屋とナイフにひざまずいて慈悲にすがっている。赤い頭のハエがそこらじゅうを飛び回り、床には動物の血があり、しみのついた黄色い壁には肉屋のナイフがずらりと並んでいる。砲撃は止んでいた。女たちは地下室から出てきて、失業中の夫たちがヤニのついた歯でかぶりついては太鼓腹におさめる柔らかい肉を集めている。

ジョルジュが通りを歩いてきた。僕は気づいて手を振った。緑色の民兵服を来た男が彼を呼び止めた。二人は握手し、ジョルジュは彼の頬に三回キスをした。

待っているあいだ、ハエがモザイク模様のタイルにとまって、完璧に丸い血のしずくのごちそうにあやかっているのを僕は見ていた。

あれは誰だ？　と僕はジョルジュにきいた。

ハリールだ。アブー＝ナーラの部下だよ。

おれたちが一緒のとこを見られたらまずいんじゃないか、と僕はポーカーマシンのことを考えながら言った。

あいつはほとんどカジノに来ない。心配ない。

金をせしめる手はありそうだ、と僕は言った。簡単かもしれない。おれが来て金を払うだろ、お前はおれがプレーしてるあいだマシンにチップを入れていく。マシンに記録は残るのかな……たとえば大当たりでストレートのフラッシュが出たとして、そいつはどこかに記録されるのか？

いや、それはないと思う、とジョルジュは言った。

確かめないとな。月曜に顔を出すから、試してみようぜ。おれがやってるあいだ、いくらか入れてみてくれ。試しだから少しの額でいい。

朝の早い時間に来いよ……いつもは誰もいないから、とジョルジュは言った。

しばらく外で会うのはやめようか、と僕は言った。

僕は女の子の葬式に行った。ローマに旅立った小さな女の子だ。母親は嘆き悲しんでいた。頭にベールをかぶった女たちで小さな路地はあふれ返っていた。僕の母も来ていた。わたしたちのお葬式にはあの人たちが来るし、わたしたちもあの人たちのお葬式に行くのよ、と諭すような口調で僕に言った。

女の子の父親が、サウジアラビアから飛行機で戻ってきていた。出稼ぎ先の燃える砂と石油の地。彼は先頭に立ち、分厚い手を交差させ、日に焼けた顔は燃え、黒い目は泣きはらし、埃と砂の上で足を引きずって歩いていた。女の子のいとこと隣人たちが白い小さな棺を担ぎ、墓地への長い道のりを歩いていった。日差しが白い木の棺に当たってきらめいた。木と金属がきらめき、誰もがきらめき、僕までがきらめいた。グレーのスーツと黒いネクタイ姿の男たちはゆっくりと歩き、シャッターが下りた商店の前を過ぎ、頭を下に重く垂れていた。トニーが僕の後ろにいて、どもりながら彼の物語を語っていた——車の運転と、死と、病院のこと。僕は悲しみに満ちたなじみの顔に囲まれていた。後ろでは母親が気を失い、女たちの腕にしがみついていた。女たちは彼女を前へと引っぱり、顔をはたいてバラ水をふりかけた。自分たちの胸を打ち、別れと婚礼の歌を歌い、嘆き、ピサの斜塔に向かって空高く白いハンカチを振っていた。

3

月曜の朝、僕はジョルジュの仕事場に歩いていった。彼以外は誰もいなかった。僕が金を払ってプレーしているあいだ、彼はポーカーマシンにチップを入れていった。やった！　僕は金を受け取って出た。

その晩、僕たちは教会の石段で落ち合った。

あいつらが気づくかどうかしばらく様子を見てみようぜ、と僕はジョルジュに言った。嗅ぎつける手があるのかもしれない。金額はそんなにでかくない。もしバレても、手違いだってことにできる。

僕は金の半分を渡し、僕たちは別れた。

家に帰る途中、僕はナビーラのところに寄ってみた。家の明かりはついていなかった。街は暗かった。どこのテレビもついていないし、冷えた水もない。アイスクリームは立方体の形をした冷蔵庫のなかで溶けていて、老人たちはウィスキーを氷なしで飲んでいた。近所の子のラナを見かけたけれど、最初は彼女だとは気づかなかった。こんばんは《ボンソワ》、と彼女は言い、やあこんばんは《ボンソワレイン》、と僕は答えた。肩にシルクのショールなんかかけちゃって、こんな暗いのにどこ行くんだい？

ロウソクを買いにお店に行くとこよ。

君みたいな顔をしてたら、ロウソクなんていらないだろ？　と僕は言った。

ラナは笑った。もう帰ってね、階段でつまづかないでよ、と僕に言った。暗いでしょ。

月が近いじゃないか。

それでも暗いわ。

二人でロウソクをつけようか、と僕は言った。

どこで？　と彼女はきいた。あなたのお母さんのとこ、それともわたしの母さんのとこかしら？

そう言って、彼女は腰の曲線のところに両手を当てた。髪が両肩にかかり、黒い目が僕の答えを待っている。

ローマでさ、と僕は言った。

えっ？

何も言わず、僕は通りの向こう側に渡った。


近所に住んでいるサアドが、スウェーデン行きのビザを手に入れた。

出発の前夜、彼はパーティーを開いた。僕らの家のドアをノックして、お別れの宴に僕を招待してくれた。

ストックホルムだ、と彼は言った。そうさ、ストックホルムだよ、と言って、首を振った。

その晩七時に、僕は腹ぺこで彼の家に行った。彼の母親がおつまみ類《マッザ》を用意してくれていた。僕はパンをちぎって、まるく茶色い小皿に指を浸した。まだ電力は切れたままだったけれど、ロウソクがあちこちに置かれていて、ランプも一つついていた。何匹かのハエが肉屋からはるばる飛んできていて、ランプの周りを飛び回り、火に入って燃えていた。サアドの弟シャーキル――僕に言わせれば、もったいぶったバカだ――もいた。いとこのミリアムと、サアドの母親と父親、親戚が二、三人と、友だちが何人か来ていた。ジョルジュもいて、静かに酒を飲んで、タバコを吸っていた。

僕がジョルジュのほうを見ると、彼は微笑んだ。

スウェーデンや、スウェーデンの女の話、ブロンドの女や寒い気候の話で冗談が飛び交った。分厚い村人の手とざらざらした肌の首をした、山岳地帯の訛りのある男が歌い始めた。サアドの家族もそれに加わった。なじみのない歌、僕が聞いたことのない歌だった。別れと帰郷と婚礼の讃歌、異国の女とは結婚しないように諭す歌だ――われらが女たちが世界で一番、お前の名誉を傷つけることはない、われらが大地の緑が一番、行って稼いで、戻ってらっしゃい……彼女はお前を待っているから。

でも、出ていく者は二度と戻ってこない、と僕は心のなかで歌った。

ジョルジュはかなり飲んでいた。笑い声を上げ、サアドのいとこといちゃついていた。そのせいで、シャーキルはいらいらして、焼きもちを焼いてしまった。シャーキルはいとこの手を引こうと申し出て、断られていたのだ。彼女は若くて、赤い頬と長い脚をしていた。村人としてのしきたりと、新しく身につけた都会での流儀を見せびらかしたい気持ちとで、板挟みになっていた。サアドと家族は小さな村からやってきた難民だった。武装兵たちが襲撃して、相当な数の村人や農民を虐殺したときに逃げてきたのだ。

その晩も遅くなるころには、ジョルジュはすっかり酔っ払っていた。僕が通りに連れ出すと、彼は縁石に吐いた。

彼はバイクに手をかけたが、僕が止めると、パンチを食らわそうと腕を振り回した。僕は彼の両手をつかんで話しかけ、大声を出すのはやめろよと諭しながら、落ち着かせようとした。そしてナビーラ叔母さんの家まで引きずっていった。階段の下のところで横になった彼を置いて駆け上がると、ナビーラの家のドアをノックした。彼女は動転してドアを開けた。誰なの？　と彼女はきいた。ガルグーティは大丈夫なの？　誰なのよ？　ああ、聖母マリアさま、わたしたちにお助けを。今度は誰がやられたの？

誰もやられてないよ、と僕は言った。みんな大丈夫さ。ジョルジュが酔っ払って、気分が悪くなっただけなんだ。

どこにいるの？

下だよ。

肌が半分むき出しの格好で、恐怖に囚われたナビーラは手すりにほとんど触れずに駆け下りた。ジョルジュの頬を撫で、指先にキスをした。

二人でジョルジュを起こして上に運んだ。ナビーラが彼の体を拭いて、シャツと靴とズボンを脱がせ、自分のベッドに寝かせて、古い毛布をかけた。そしてソファに腰を下ろすと、すすり泣いた。あの子のことが心配でしょうがないのよ。夜遅くに電話が鳴ったら、誰かが死んだんだって思ってしまうもの。あの子は銃を持ってるのよ。なんだって銃なんか持ち歩くのかしら？

仕事で要るんだよ、と僕は言った。

学校に行くべきよ。お金ならわたしが出すもの。あの子を学校に戻してやらなきゃ。

コーヒーでもどう、と彼女が言ったので、僕はもらうことにした。彼女はそっとキッチンに行って、コーヒーポット《ラクワー》に水を注ぎ、小さなスプーンとコーヒー、砂糖を用意した。コーヒーを三度沸かして、ブリキのトレイに載せて持ってくると、上品なワインのようにしばらく置いてから、僕の小さなカップに注いでくれた。

僕は飲んだ。ナビーラは見守っていた。

ちゃんと甘くなってるかしら？　と彼女はたずねた。

なってるよ。

ジョルジュのカップを見て占いをしたことがあるの。暗かったわ。本当に暗かった。あなたのカップを見せてちょうだい。

そんなの信じないよ、と僕はささやいた。

彼女は僕のカップを手に取って覗きこんだ。波、遠くの土地、一人の女性、そして三つの徴《しるし》を彼女は見た。

例の迷信か、と僕は言った。

違うわ！　見えるのよ。わかる？　これが道、ここが海、それにこれが女の人よ。ほらね？

いや、……

彼女は夜のような匂いがした。僕は彼女の膝をそっと撫でた。

ナビーラは僕の手をつかんでぎゅっと押し、僕の胸のほうに戻した。だめよバッサーム、帰りなさい。彼女は自分の子供にするように僕の片手にキスした。ジョルジュをよろしくね、学校に戻るように言ってやって。あなたも学校に戻ったほうがいいのよ。あなたは賢い子で、読書好きなんだから。小さいころは叔父さんと詩を暗唱してたわね。

おやすみ、と僕は言った。

ガルグーティのこと頼むわね、とナビーラは言い、玄関までついてきた。

僕は家に帰ってベッドに入った。目が覚めたとき、サアドはもうスウェーデンに旅立っていた。

砲弾が降り注ぎ、戦士たちは戦い、人々は食べ、そして僕たちの地区の通りの角にはゴミの山ができていた。猫や犬たちはご馳走にありつき、肥えていった。金持ちはフランスに出国し、飼っていた犬は通りに捨てていった。野良犬や、高価な犬、きちんとしつけられた犬、フランス語の名前をつけられて、赤い蝶ネクタイをした犬、ふわふわした毛の犬、血統書付きの犬、中国犬、品種改良された犬、それに群れになって固まっている近親相姦の犬たちが、何十匹と通りをうろつき、カリスマ的な三本足の野良犬に率いられていた。最も高価な野犬の群れがベイルートの大地をうろつき、大きな月に向かって遠吠えをして、僕たちの通りの角にあるゴミの山を漁っていた。

僕は歩いて、ゴミの山の数々を通り過ぎた。骨の臭いと、腐敗して捨てられたものすべてを目の当たりにして、あてもなくガソリンスタンドに走っていくと、車が燃料タンクを満たすために長い列になっていた。ジョルジュの友だちのハリールがいて、屋根もウィンドウもない民兵のジープに乗っていた。彼は混み合ったガソリンスタンドにまっすぐ乗り込んだ。車を停めて降りてくると、ライフルを手にして、空に向けて発砲した。叫びながら両手を振って、並んでいる車を前後左右に退かせた。それからさらに何発か撃った。車は散り散りになった。ハリールはジープを注入ポンプの横につけ、タンクにガソリンを入れ、走り去った。

その夜、僕は屋上に上がった。星同士が衝突するような爆撃はなかった。頭上を見上げると、穏やかでぼやけた空は、どろっとした沼地がひっくり返って腰を落ち着けてしまったように見えた。何もかもが今にも落ちてきて、闇をまき散らし、溺れさせようとしているようだった。屋上には大きな貯水槽があって、僕はいつもその下にあれこれ隠していた。ホースを取り出して腰に巻き、ジョルジュが来るのを待った。月はまるく、僕の街の上空で静止していた。僕たち、僕と月は、乙女たちの部屋で静かにゆらめくロウソクの光を見つめていた。彼女たちは服を着替えて、自分のシングルベッドに入り、ヤミレーとかジョルジットとかいう名前のお祖母さんが詰めて作ってくれた羽根枕に梳いた髪を投げかけ、綿とシルクのシーツで陰毛を覆い、スポーツカーに乗って田舎くさいスーツを着たむだ毛のない白人の男が外国の言葉でおとぎ話をこっそりと語ってくれる夢を見ている、母親の目を盗んで、シーツの下で彼女たちの小さなつま先が丸まってしまうような話だ。

いやらしい月が僕の共犯者だった。月が輝き、僕は見ていた。

ジョルジュがやってくると、僕たちは昔からある高級住宅街スルソックまでバイクを走らせた。そこのメイドたちが仕えている裕福な主婦はシックなフランス製の服を着て、革の靴がいっぱい詰まった納戸を持っている。彼女たちはパリにアパートを持っていて、夫たちはタバコやコンテナ、車の部品を輸入していて、スイスの銀行のマホガニーのデスクで咳き込んでいる、そのデスクに座っているのはチョコレート工場主たちの甥っ子で、アフリカのカカオ農場の地主の孫たちだ、その農場では指が傷だらけになった労働者たちが点々と散らばっていて、太陽が照りつけるなか、日曜も金曜も関係なく働いている。夫たちは物静かなレストランで食事をして、泊まるところといえば、大きなベッドで、ポルトガル人の掃除婦がいて、分厚いタオルがある高級ホテルだ。太いキューバ葉巻をふかして、まるい金の腕時計を見て、コニャックを片手に、ありきたりなBGMをバックに「出荷」とか「請求書」とかいった汚い言葉を吐いて、その言葉は、いくつもの言葉が話せる娼婦付きの禿げ頭のバーテンダーや鏡に当たってはね返ってくる、娼婦たちは高価なスーツの上に長い銀のイヤリングを下げて、退屈で皮肉な表情を浮かべている。

アメリカの車にはガソリンタンクに鍵がついてないぜ、と僕はジョルジュに言った。中身をいただくにはもってこいだろ。

僕たちは白のビュイックの横で止まった。僕は腰に巻いたホースを取り出した。空中でホースを回すと、ヒュウッと音がした。ジョルジュは笑って、僕はさらに振り回し、またホースはヒュウッと音を立てた。僕はガソリンタンクのカバーを開けた。ジョルジュはバイクを横向きに寝かせた。僕はホースをガソリンタンクに差し込んだ。地中の穴に入っていくヘビのように、ホースはそっと入っていった。僕はその尻尾のところに唇を当てて吸い込み、ガソリンの流れを吸引した。ガソリンは僕の歯めがけて押し寄せてきて、僕はそれをバイクのタンクに誘導した。タンクを満タンにすると、僕たちはコソコソと動き、靄と露の夜のなかを逃げ、姿を消した。喉にガソリンの臭いがへばりついていて、吐き気がした。僕たちは店に立ち寄って、牛乳を一缶買った。僕はそれを飲んで、二台の錆びた車の間にパンと毒を吐いた。


木曜の朝、僕はまたジョルジュの仕事場にやってきた。彼に金を渡して、スツールに腰を下ろしてポーカーマシンに向かい、プレーした。画面上で僕の持ち金が増えていくのが見えた。ひげを伸ばした年寄りの男が二つ離れたマシンにいた。くわえタバコで、しわの入ったまぶたが引きつっていた。男はろくに見もせずに、やみくもにボタンを押していた。

その男のスピードや無頓着な態度、運命や偶然を知りつくすこと、失うことに対する無関心、静かさや諦めを、僕は真似ようとした。彼はスツールから垂れ下がるような姿勢で、天井から吊るした縄がその打ちひしがれた体を支え、両腕を持ち上げてはまるいプラスチックのボタンに自暴自棄に落としているようだった。

その夜、僕はジョルジュの家で彼に会った。彼は一人暮らしで、古い石造りの建物に住んでいて、そばにはフランス風の階段があった。高い天井と、ほとんど家具がないがらんとした空間の下には、死んだ母親の写真があった。父親の話は一度もしなかった。噂によると、ジョルジュの父親はフランス人で、僕たちの土地にやってきて、若い彼の母親を身ごもらせ、渡り鳥のように北に飛び去ってしまったということだった。

僕は午前中に稼いだ金を取り出して、半分数えて彼に渡した。

僕たちはジョルジュの家の居間で、音のこだまする壁に挟まれた古い長椅子に座っていた。僕たちは陰謀をささやき、金を受け渡しして、ビールを飲み、柔らかく白い紙でマリファナを巻いた。ローマはいいぜ、と僕は言った。

ローマだって？　アメリカに行けよ。ローマなんて何の将来もないぜ。そりゃきれいなとこさ、でもアメリカのほうがいい。

お前はどうする？　と僕は言った。出ていくのか、ここに残るのか？

おれは残るよ。ここが好きだ。

彼は音楽をかけた。僕たちはそれに合わせて歌い、飲んだ。

あのバイク直さなきゃな。排気管を取り替えるんだ、とジョルジュは僕に言った。火曜の朝にカジノに寄って、プレーしてけよ。もうちょっとくすねるくらいは大丈夫だろ。それからさ、じっくりやれよな。こないだのお前は後ろが気になってしょうがないって感じだったぜ。アブー＝ナーラとか民兵のやつらが入ってきても心配することはないんだ。ヤバいと思ったら、氷抜きのウィスキーをお前のとこに持ってく。そしたら出ろ。いいか、ローマ人《カピチェ》よ？

僕たちは二人ともハイで、眠くて、リッチな気分だった。

その晩、僕はジョルジュのソファで寝た。彼は母親のベッドで眠った。

夜明けの輝きが僕の茶色い目に投げかけられ、まぶたを引っ張って、さあ歩けよ、と言い、僕は目覚めた。

ジョルジュはまだ寝ていた。銃はテーブルの上にあって、金はその重みで押しつぶされていた。風が吹いてもあれじゃ動かないな、と僕は思った。外に出ると、街は穏やかだった。通りには朝の埃と車がたっぷりとあり、朝早く開くサッフィーのパン屋以外はどこも閉まっていた。僕はパン屋でタイムパイ《マンヌーシュ》を買って食べた。タクシーの客引きが始まる前で、お店の金属のシャッターは下りたままで、女たちはコーヒーを沸かしていなくて、野菜は手押し車に積み込まれていなくて、馬は走っていなくて、ギャンブラーたちは賭けをしていなくて、戦士たちはまだ銃の手入れをしていなかった。誰もが眠っていた。僕たちの街、ベイルートは今、安全だった。

4

一万の砲弾が落ちた街で、死がやってきて、手足と血が入った器から今日の取り分をさらっていくのを僕は待っていた。降り注ぐ砲弾の下、通りを歩いた。通りはどこも無人だった。地中に群れで暮らすネズミのように地下室に潜んでいる人間たちの上を僕は歩いた。死んだ若者の写真が小さな聖堂の額に入れられて、木の電柱や建物の入り口に掲げられているそばを通り過ぎた。

戦時下のベイルートはかつてないほど静かだった。

僕は通りの真ん中を我が物顔で歩いていった。かつてなく静かな街、無人の街を歩いていて、僕はそこが気に入った。街という街から人間を追い出して、犬にくれてやればいいんだ。

そう遠くないところに砲弾が落ちた。僕は煙を探し、うめき声や叫び声が上がるのを待ったけれど、何もなかった。砲弾は僕に落ちたのかもしれない。僕は車の後部座席で死んでいて、小さく幸せな噴水になって噴き出た血を、知らない人の服で拭き取られているのかもしれない。独裁者か、癒されることのない渇きを抱えたどこかの神が、僕の血を飲んでいる、部族のケチな神、自分の部族の殺戮と血糊を祝う嫉妬深い神、二人のしもべのうちどちらか片方を選ぶような神、孤独で常軌を逸した架空の神だ、鉛と銀の器で毒されて、神聖なる乱痴気騒ぎに気を取られ、結婚を取り仕切り、ワインと水を混ぜ、刀を研いでは、山羊の皮を被った預言者たちと、去勢された聖人たちと、謀《はかりごと》をめぐらす宦官たちに手渡す神。

老婆がいるバルコニーには、かごに入った鳥、その下の地面にはうずくまった猫、それに、純血種の歯を死体に突き立て、柔らかい腕か食べごろの脚をかっさらおうとしている腹ぺこの犬がいた。わたしたち犬には人肉は御法度じゃないの、そんな決まりは人間にしか適用されないのよ、と毛の伸びたプードルが僕に言った。そうだね、と僕は頷き、さらに歩いていった。ライフルの音と、さらに砲弾の音がした。今度はイスラム教徒の側に飛んでいき、傷つけ、さらに少女の血を流そうとしている。飛んでいくときの砲弾の音は、落ちてくるときよりもやかましい。

僕は通りの真ん中に立って、タバコを巻いた。吸い込んで、吐き出して、口から出る煙が盾のように広がった。僕のほうに向かってきた砲弾は全部盾で跳ね返されて、弾み、空の向こうの惑星へと旅立っていった。


いつものように、夜がやってきた。ジョルジュと僕は山岳地帯に行くことにした。僕たちはブルーマナという高地の村に上がっていった。金持ち連中の高級な避難場所になっていて、いたるところにバーやカフェがあり、円形テーブルがあって、手際のいいウェイターがいた。肌を露出して派手な化粧をした女たちが狭い村の通りを歩いていて、ベンツのミラーに十字架をぶら下げた民兵たちがそのそばを走っていく。レストランからは騒々しいダンスミュージックが流れている。僕たちはクラブに入り、テーブルにつくと、踊るカップルや、話もせずに酒を飲んでいる人々を見ていた。話すことなど、誰にもなかった。戦争は沈黙を広げ、舌を切り、石を潰してしまうことを知らないのか？　と酒が僕に言った。ジョルジュと僕は、消臭剤と、シルクのシャツと、偽物の腕時計と、泡のシェービングクリームの匂いを放っていた。ジョルジュは青い服の女を指差した。あの女がいいぜ、と彼は言った。僕がウィスキーを二杯頼んでいるあいだ、彼はその女に微笑みかけていた。彼女は女友だちのほうを見ると、二人とも僕たちを振り返ってクスクス笑っていた。行こうぜ、とジョルジュは言った。彼は立ち上がり、二人のところに行った。彼は青い服の女に話しかけて、僕はテーブルに残っていた。僕は酒の代金を払ってウィスキーをすすり、みんなを見ていた。ジョルジュは両手を動かしていて、胸を彼女の肩にもたせかけていた。ダンスフロアでは、アラビア語の歌に合わせて女たちが腰を振っていた。分厚い口ひげをたくわえた男が僕の肩に手を置いた。友よ、この世には何もないんだ。何の価値もない。楽しんどけよ。明日にはおれたちみんな死ぬかもしれない。さあ、乾杯《ヤラー》、飲もう。僕たちはグラスをガチャンと合わせ、彼はタバコをくわえて、空のグラスを片手に持ち、高く上げた両腕を振って、ダンスフロアに入っていった。

ジョルジュがテーブルに戻ってきて、僕のほうにかがんでささやいた。どうしてついてこなかったんだよ？　彼女の友だちが一人になってるだろ。あいつらお前のことをフランス語できいてきたぜ。そうさ、フランス語だ！　彼女の電話番号を手に入れた。それはおれの酒か？　お前も来りゃよかったのに。あいつら金持ちなんだ、もう行っちまうぜ。おれたちが車持ってたら、家まで連れていけるのにな。

僕は飲み、ジョルジュはフロアに行って一人で踊った。踊りながらあおるように飲んでいた。しばらくして彼は戻ってきて、ウェイターを呼んだ。ポケットから紙幣を取り出して払い、もっと飲んだ。

ぶっ殺してやる。あいつら全員ぶっ殺してやる。

誰をだよ？　と僕はきいた。

神とその王国と天使たち全部まとめてだ、とジョルジュは言った。

彼はすっかり酔っていて、興奮して暴力的になっていた。全員ぶっ殺してやる、と拳銃を抜いて叫んだ。僕はその手をつかんで、テーブルの下に持っていき、銃を床のほうに向けて、そっとささやいた。お前の母さんの墓にかけて頼む……お前の兄弟のおれが、お前のためなら血を流す兄弟のおれが頼むんだ、銃を渡せよ。

僕はジョルジュの頬にキスして、彼の肩を抱き、落ち着かせた。そして銃をゆっくりと彼の手から取って、僕が持っている一番上等なシルクのシャツの下にたくし込んだ。彼を店から連れ出そうとしたけれど、彼は嫌がった。僕はまた頼み込んだ。優しく話しかけ、おだててキスを浴びせた。

あとで全員ぶっ殺してやろうぜ、と僕は言った。心配すんなよ、明日だ、こいつらの車もミラーも丸いタイヤもぶっ壊してやるさ。アッラーとイエスとその天使たちにかけて、さあ出ようぜ。

僕たちは外に出た。ジョルジュは毒づいて、人を押しのけ、通りで叫んでいた。おれには親父も、おふくろもいないんだ、神だっていないぜ、カス野郎ども《ヤー・ワラドゥ・シャルムータ》め。金ならあるさ、お前ら売女どもを全員買えるくらいにな！　彼はポケットからさらに紙幣を出して空中に放り投げた。

僕はジョルジュを大通りから引きずっていって、路地を歩いた。もともと村の小屋だったところは、カフェや、ベルベットのソファにピンクのネオンサインが光るこぎれいな売春宿に変わっていた。音楽のするほうに小走りで向かっている若者を呼び止めて、僕たちが泊まれるところはあるかときいた。宿があるところを指差してくれたので、そこに向かって歩いた。僕は縁石に寄りかかるジョルジュを外に置いて、建物に入った。部屋を確保すると、ジョルジュを上に運び、ベッドに寝かせた。彼は眠った。

外はまだ暗く、騒々しかった。村のネオンはまだチカチカと光り、若者たちを呼んでいた。僕はその誘惑をすべて無視してジョルジュのバイクにまたがり、街に走っていった。

風のおかげで眠くはならなかった。その風のように僕は駆けた。僕は風よりも速かった。飛んでいく銃弾のように、僕は時間と空間から逃れようとしていた。正面から向き合えば、死はやってこない。死は裏切りに満ちていて、弱々しい者だけに目を留め、見ていない者だけに襲いかかる臆病者だ。僕は曲がりくねった道を飛ばし、岩だらけの山を滑走するように下り、車のライトや、忘れられた木々や、夜には花びらを閉じる野草の花をかすめていった。僕は銀の矢を持つ弓で、神の槍で、行商人で、夜の盗人だった。風を砕き、足元の大地を揺り動かす無敵のマシンに乗って駆けていた。僕は王だった。

検問所にいる少年が僕にAK－47を向けて、書類を出せと言ってきた。僕は出生証明書を見せた。僕の年齢と、生まれた場所、先祖が生まれた場所と、僕の目の色、宗教、アルメニア人の写真屋に微笑んでいる僕の写真が載っている書類、それを撮った写真屋の自慢のカメラは、彼の父がロシアから持ってきたものだった。トルコ人の若者たちが戸口で彼のいとこたちを殺戮し、高いところにある十字架をライフルで狙い、山羊を皆殺しにし、勝ち誇る近代の歌を合唱しているとき、シリア砂漠を越えて運ばれたカメラ。

そのバイクは誰のだ？　とその少年はたずねた。

ダチのだ、と僕は言った。

両手を上げろ。

僕はそうした。少年が僕の体を調べ、銃に手が触れると、片手で僕の喉元を押さえ、素早く銃をつかんだ。彼は下がって、ライフルを僕に向けた。

バイクからゆっくり下りて床にうつ伏せになれ、と彼は言った。

僕は言われたとおりにした。

ダチって誰だ？

ジョルジュ、あだ名はデニーロだ。

銃の所持許可は持ってるか？

持ってない。

待ってろ、とその少年は言った。床でそのまま動くな。つま先の指一本でも動かしたら撃つからな。

彼は上官を呼んだ。黒いTシャツを着て、軍隊靴をはいて、口ひげとあごひげを生やした三十代の男が歩いてきた。ジョルジュの銃を自分の銃のように手に持っていた。

盗んだ銃か？　彼は懐中電灯の光を僕の顔に当ててきいてきた。

違う、と僕は言った。

お前の名前は？

バッサーム。

どこに住んでる？

アシュラフィーエ。

職業は？

港で働いてる。

じゃあ泥棒だな。

違う、と僕は言った。

泥棒だろ。お前は港で働いて、あれこれ盗んでるんだろ？

この戦争じゃみんな泥棒だろ、と僕は言った。

口答えする気か！　男は僕に平手打ちを食らわせて引きずっていくと、緑色のジープに押し込んだ。車を出すとき、男はハイエナのように息を切らして、地面の砂に向けた銃をぶらぶらさせていた。


三時間が経って、僕はまだジープの後部座席で待っていた。早朝になり、夜が明るく塗られて、明け方の太陽にゆっくりと消されるころ、民兵の小さな少年がバイクに乗って、丘のほうに消えていった。検問所は解体されて、僕は動くジープの後ろに乗っていて、山の空気と空腹を感じていた。

前の座席にいる民兵は気が狂ったように運転していた。怪我人を病院に搬送していくような勢いだった。ジープはガクガク動いて宙を飛び、僕は座席で転がってはあちこちにぶつかった。僕は枝につかまる猿のように金属の棒にしがみついた。両足はブラブラ揺れて、馬が踊っているみたいだった。民兵は一方通行の狭い道を逆走していて、怯えた他の車をバックさせていた。彼が急ブレーキをかけると、タイヤがアスファルトに悲鳴を上げた。僕の両手が棒から離れて、僕はジープの後ろに転がった。痛くてうめき声が出た。民兵はジープから出て、銃を抜いて上に向け、撃った。前にいる車はパニックを起こしてクラクションを鳴らしながらバックし始めた。彼は通りの真ん中で仁王立ちになり、空に銃を向け、両肩を下げて、頭は一方向に固められたレンガの列のようだった。彼は腕を下げてしばらく待ち、また上げて、二、三発撃った。道から誰もいなくなると、彼はジープに戻った。簡単な言い回しでキリスト教のあらゆる聖人に毒づいて、丘の上の基地に上がった。

僕は執務室に引っ立てられた。アル＝ライエスとして知られる最高司令官の写真が壁にかかっていた。その後ろには杉の木と旗が見えた。

座れ。さて、あの銃は誰のものだ？　と民兵はきいた。彼は僕の周りを歩いた。どこで手に入れた？　それに、誰からバイクを盗んだ？

ジョルジュ、デニーロってあだ名だよ。おれのダチなんだ。アブー＝ナーラのとこで働いてる。銃もバイクもあいつのなんだ。おれは何も盗んでない。

司令官アブー＝ナーラのことか？　と民兵は言った。

そうだ。

アブー＝ナーラに連絡してみよう。どうして友だちの銃を持ってる？

酔っ払ってたから、取り上げたんだよ。

アブー＝ナーラに確かめてみよう。お前が嘘をついてるなら、独房で犬死にだぞ、わかったか？
友だちの名前は何だったかもう一度言え。

ジョルジュ。司令官に「デニーロ」って言えば、誰のことかわかるはずだ。

じゃあお前のあだ名は？　「アル・パチーノ」か？

僕を拘束した男は、発泡ウレタンのマットレスが一つあるきりのがらんとした部屋に僕を連れていった。僕は眠り、目が覚めるとコンクリートの壁を見つめていた。マットレスにはタバコを押しつけた穴が点々としていた。僕はポケットからタバコを一箱取り出した。体の重みで潰れてしまっていた。ポケットを探したけれど、マッチは見つからなかった。僕はドアをドンドン叩いた。誰も応えなかった。ドアに耳をつけてみたけれど、遠くにあるラジオしか聞こえなかった。ファイルーズの嘆き声が廊下を伝わってくるのがわかった。


翌日、デニーロがアブー＝ナーラからの釈放命令を持ってやってきて、僕は自由の身になった。ジョルジュと僕は高速道路をバイクで走った。我慢できないくらい暑かった。古いベンツに乗ったタクシー運転手たちは、通りの角や汚れた壁の陰で待機していた。僕たちは渋滞を突っ切っていった。歩道を走り、小道を抜け、路地の真ん中を駆け、舗装していない埃っぽい道を渡った。

埃は店のウィンドウにかかり、むき出しになったなめらかな太ももにかかる。誰もが埃を吸い込み、埃越しに物を見る。葬儀屋のシャベルから上がる埃、爆発で上がる埃、壁が倒れて舞う埃、聖木曜日にキリスト教徒の額から落ちる埃。埃はにこやかに、僕たちすべてを愛してくれる。ベイルートの友だ。


何か食おうぜ、と僕はジョルジュに言った。

タイムパイ《マンヌーシュ》にするか、チーズパイ《クナーファ》か？　と彼はきいた。

クナーファだな。

僕たちは網戸のドアがある店の前で止まって、円形テーブルについた。上の壁にある鏡は汚れていて、ほとんど何も映っていなかった。カウンターの後ろには大きな口ひげの従業員がいて、ナイフを何本も操っていた。僕は水を飲んだ。ジョルジュはタバコに火をつけた。赤ん坊を抱いた女の人が入ってきた。ニュースが流れていた。二人が死亡、五人が負傷。アラブの外交官がベイルートを訪問中。アメリカの外交官もベイルートを訪問中。月はまるく、そこに外交官の旗が翻っていて、地球の外にいる狙撃手がそれを的に使っている。

僕たちは皿に盛られたクナーファを食べた。赤ん坊は遊んでいて、プラスチックの銃をしゃぶっていた。僕のひげは伸びてきていて、体は汚れていて、僕たちはみんな水を求めていた。僕はジョルジュの銃をテーブルの下で返した。ジョルジュのタバコは灰皿で燃えていて、僕のタバコはまだジョルジュの箱のなかだった。彼の悲しげな目で思い出した。彼の母親は死んでしまって、父親はいなくて、僕の父も死んでしまったこと。父が死んだあと、叔父のナイームがしょっちゅう訪ねてくるようになったことを僕は思い出した。日曜になると叔父さんがいて、母に金を渡し、母は視線を床に落としたままそれを受け取って、胸元にねじ込んでいた。ナイームは僕を連れて長い散歩に出かけ、服や本を買ってくれた。父さんは神さまと一緒にいるんだよ、と僕が言うと、神なんかいないんだ、人間の作り物だ、と叔父さんは言った。

僕はクナーファを平らげた。ジョルジュがタバコを一本くれた。僕は母のことを思った。一日中料理して、文句を言い、叔父さんに金を無心している母。叔父さんは共産主義者だった。ある晩、西側に逃げていった。民兵が叔父を探しに来た。真夜中に母の家のドアをノックすると、共産主義者のナイームはいるか、ときいた。

ハエが店のドアに阻まれて、入ろうともがいているのを僕はじっと見た。好きに出入りできるのは埃だけだ。ベイルートは古代ローマの街なんだよな、と思った。おれたちの足の下には街が一つ埋まってる。ローマ人たちも埃になってしまった。僕がドアを開けて出ると、ハエは素早くなかに入った。

母の家までジョルジュが送ってくれた。僕が古代ローマ都市の上で眠り、夢を見ているあいだ、街はまだ埃を吸っては吐いていた。

5

毎日、夜が明けると、僕たちの住んでいる建物の女たちは集まって朝のコーヒーを飲む。野菜や肉や果物の値段の話をする。ニュースで聞いた話を繰り返している様子は、海賊船の甲板にいる色鮮やかなオウムみたいだ。

彼女たちのやかましい声で目が覚めた。顔を洗って歯を磨いていると、誰かがラナの名前を呼ぶのが聞こえた。僕は短パンをはいて、居間に歩いていった。女たちに挨拶すると、彼女たちは次々に僕の名前を大声で呼んで挨拶を返してきた。隣に住んでいるサルマはキスを求めてきた。こっちにいらっしゃい、サルマおばさんにキスしてちょうだい。どんなに大きくなったって言っても、ここのみんなにはまだ可愛い坊やなんだから。

僕は彼女にキスして、ラナのほうに行った。彼女は顔を赤らめて、女たちは固唾を飲み、ラナの母親は微笑んだ。僕はラナを見て言った。年寄りとお喋りなんかして何やってるんだい?

女たちは大声を上げて僕を冷やかした。ちょいと、ここの誰が年寄りだってのさ!

わたしなんかいつだって旦那を撃って若い男に乗り換えられるんだからね、とアーブラが言い、みんな笑った。

ラナはまた赤面した。僕は微笑み、僕の母はにやりとしてコーヒーを注いだ。みんな大声を上げてお喋りした。ラナのカップを占っていた。短いスカートを履いた彼女は息を呑むような姿だった。息をするごとに胸が上下し、目は濃い黒のラインで縁取られ、脚を組んで座って、略奪者たちの目と、舌と、ねじれた歯から処女を守っていた。

僕は部屋を出て、建物の入り口にある階段で待った。じきにラナが母親と一緒に下りてきた。彼女の母親が先に僕のそばを通り、僕は別れの会釈をした。ラナはその後ろにいた。僕は彼女の手首をつかんだ。

でさ、カップによるとラナの今日の運勢はどうなんだい？　と僕はきいた。

わたしの手を取る人がいるんですって。

誰のことだい？

出ていく人よ。

悲しいね、と僕は言った。

いいえ、わたしも出ていくなら別でしょ。

夕方の六時に迎えに行くよ。

わたし忙しいの。

何で？

忙しいのよ。バッサーム、お願い、手を放してよ。人が見てるわ。

僕は手を離し、彼女は去った。

民兵になれよってアブー＝ナーラに誘われたよ、とジョルジュは僕に言った。

やめとけよ。

前線に人手が必要だって言うんだ。

いやだって言えよ。

おれの仕事を別の奴にやらせるつもりだ。ジョルジュはウィスキーを注いで僕の目を見た。

もうやめないとな、と僕は言った。うまい手を打たなきゃな。でかいのを一発当てて、それっきりにするんだ。でかい当たりを払えるだけの現金があるタイミングを見計らってやるんだ。教えてくれよ。僕は彼の目を見返した。

お前とラナはどうなってる？　と彼はきいた。

なんでラナのことを知ってる？

ここじゃ何でも筒抜けさ。あいつ女らしくなったよな。

僕は頷いた。

ここで彼女に会ってもいいぜ。おれの家の鍵を渡しとく。母さんは出てこないさ、と彼は言った。僕を見て、微笑んだ。

僕たちは酒を飲んだ。バルコニーから見える屋根は、白い洗濯物とテレビのアンテナと空っぽの貯水槽で覆われていた。家々をすべて結びつけているだらりとした電線が木の電柱に接続されている。ユダを吊るすような木もなく、侵略者たちがうろつく牧草地もなく、ただ平らな屋根と、水とパンの順番を待つ死すべき人間たちしかいないコンクリートの街を埋めつくす電柱。歩道には子供用の自転車と、子供が絵を描いた粘土の跡。家では、女たちがキッチンに取り残され、料理している。下からはラジオの音、子供を呼ぶ母親の声、僕たちの狭い通りをゆっくりと通っていく何台かの車の音。

静けさがあった。砲弾が落ちて歯が砕け、子供たちが兄のお下がりのパンツのなかにお漏らしをして、女の子たちの生理が早く始まってしまい、窓が粉々になり、ガラスが僕たちの黒い肉を切り開く前の静けさ。

ジョニー・ウォーカーは最高のウィスキーだよな、とジョルジュは僕に言った。氷があってもなくても、これこそ人生だな、友よ。彼はグラスを持ち上げて、キスした。

下でラナを待っていたけど、彼女は出てこなかった。近所のナーラの息子、ダニーがヴェラモスの自転車に乗っているところを呼び止めた。ちょっと来いよ。ダモーニーの家に行って、誰も見てないときに入れ。それでラナにこの手紙を渡すんだ。誰にも見せるなよ、わかったか？　違う……来いって！　わかったか？　誰にも見せるんじゃないぞ。

わかったよ、と小さな男の子は頷いた。

あとでいいものやるからな。もう行け、グズグズするなよ。

ダニーは笑顔で階段を駆け下り、ハトのようにラナの家に走っていった。

僕はフランス風の階段のところでラナと会った。暗いなか、彼女が坂を下りてきて、車のあいだを歩き、壁の影に姿を隠しているのが見えた。

僕を見ると、彼女は遠くから控えめに手を振った。

僕は彼女の手を取り、建物の裏に連れていった。壁にもたれて、彼女を引きよせた。

そんなふうに手を握るのはやめて、とラナは抗議した。

誰も見てないって。

先に許可をもらわなきゃだめなのよ、と彼女はからかうように言った。

許可って誰の？

わたしのよ。

いつからそうなったんだ？

あのケンカにわたしが勝って、あなたを地面にねじ伏せて泥を食べさせてからよ。彼女は笑った。

僕は彼女の頬にキスした。片腕を彼女の腰に回した。

彼女は僕の手を戻して、ゆっくりと僕を押しのけた。ここではいや。

来いよ。

僕は彼女の手首を握って階段を上がり、真っ暗ななか、ジョルジュの家のドアを見つけた。婚礼の夜の盲者のように、キツネの穴に入ったライオンのように、指で鍵穴を探った。鍵を差し込んで、なめらかにゆっくりと手首をひねって回した。ラナの手を握って、ジョルジュの家に引き入れた。彼女は嫌がったけれど、僕は彼女の首にキスした。ドアに鍵をかけて、明かりのロウソクを探した。僕がマッチを擦って、指先で火が踊り始めると、彼女は息を吹きかけた。だめよ。明かりはだめ。

甘く落ちる砲弾の滝の下で、僕は一万のキスを彼女の体に浴びせた。僕たちの服は祈りのときに使う絨毯のように床に落ち、僕たちの体は踊る死体のようにベッドの上にあった。僕がさらに一万のキスを彼女に贈ると、砲弾はさらに大きな音で近くに落ちた。僕は彼女のスカートの下に手をすべり込ませた。彼女はその手をつかんで抵抗した。僕はもう片方の手を彼女の胸のほうにそっと動かした。彼女は嫌がらなかったから、僕は彼女のブラジャーを下ろして、乳首に触れた——黒く、柔らかく、立っていて、母性的。僕は彼女のへそに向かう自分の舌についていった。すると彼女は僕を押しのけた。やめて。お願い、バッサーム、もうやめて。母さんがきっとわたしを探してるわ。ナーダに会いに行ってくるって言ってきたもの。もう行かなきゃ。

送ってくよ。

歩いて？　それとも走ってく？

落ちてくる砲弾のあいだを縫って、僕たちは走った。彼女の家に着くと、ラナは地下室へと下りていき、僕は地上を歩いて戻った。

アブー＝ナーラは五十代の男だった。白髪で、金歯をはめていた。もともとはアラビア語の教師だったが辞めて、キリスト教民兵組織の司令官になった。禿げていて丸い体つきで、いつも腰に拳銃を差し、首にかけた長くて重いチェーンについたイコンや十字架の数々が濃い胸毛に当たっていた。東ベイルートの南地区を統括していて、各家庭やガソリンスタンドや商店から金を徴収して戦費に当てる税金システムを作り上げたのは彼だと言われていた。相当な金を巻き上げるミニカジノやポーカーマシンも彼が導入したものだった。アブー＝ナーラが運転している大きなレンジローバーはいつも護衛の車を二台従えていた。渋滞にさしかかると、ボディガードたちが銃を取り出して、車のウィンドウから空に向けて発砲し、閣下のために道を空けていた。誰もがアブー＝ナーラのことを知っていた。キリスト教と、金と、権力にどっぷり浸かった男だった。

ジョルジュはナビーラ叔母さんを通じてアブー＝ナーラと知り合った。そのころアブー＝ナーラは叔母さんに「言い寄って」いて、愛する甥に仕事をあげてちょうだい、とナビーラが頼み、彼は引き受けたのだ。ナビーラがアブー＝ナーラと別れてから、ジョルジュの仕事は危うくなっていた。

世の中タダなものなんかないだろ、とジョルジュは僕に言った。あいつはおれに民兵になってほしいんだよ。ハリールをよこしてさ、ハリールと一緒にグリーン・ラインまで来てくれないかって言うんだ。

お前は何て言った?

カジノを離れるわけにはいかないって言ったさ。ハリールが言うにはさ、店じまいしたあとにまた来るから、それからちょっと出かけて、何発か撃って、弾倉をいくつか空にして、兵士たちに会って戻ってくればいいってことなんだ。長くはかからないってさ。待ってたけど、あいつは来なかった。明日はきっとやってくるだろうな。

おれが一緒に行くよ、と僕は言った。落ち合う場所を指定しとけよ。おれがついていくから、一人では行くな。銃には弾を込めとけよ。

おれたちのカジノでの計画がバレてると思うか?

いや。でも念のため、弾は込めとけ。もしバレてるなら、アブー=ナーラが殺しの指示を出してるはずだろ。おれが一緒に行くよ。ハリールには会う場所だけ言っとけよ。

ダニーがビー玉で遊んでいるのを見かけた。僕が呼ぶと、走ってやってきた。

こないだラナに手紙渡したか?

渡したよ。

彼女どうしてた?

読んでにっこりしてた。

ほらよ。僕はポケットから小銭を出した。お前と友だちにもうちょっとあめ玉でも買えよ。彼は友だちのところに走っていって、子供たちはみんな飛んだり跳ねたりしながらアブー＝ファドの店に駆けていった。

ラナはジョルジュのベッドにいた。うつ伏せになって、両方の足首を上げ、つま先を伸ばし、片手を僕の胸に置いた。

わたしのこと愛してる？

僕は彼女の唇にキスした。

わたしを愛してるの？　と彼女は声を大きくしてもう一度言った。

もちろんさ、と僕は言って、タバコの煙を吐いてその言葉をかき消した。

彼女は指で僕のあごをつかまえて、目をじっと見つめてきた。わたしを見てよ、わたしの目よ、と言った。わたしのこと愛してるの？

愛してるよ、と僕は言った。彼女の胸にキスしようとしたけれど、彼女は僕の頭を枕に押しつけて言った。嘘ついてるんなら、あなたの顔をぶん殴ってやるわよ、バッサーム・アル＝アビヤド！　あなたのことはわかってるんだから。わたしをだまそうったってそうはいかないわ。相手はこのラナなのよ。あなたを撃ってやるからね、覚えといてよ。十字架にかけて、あなたを撃ってやるわ。

僕は笑って、彼女の腰を抱いた。彼女は黙ったまま天井を見つめていた。それから僕にキスして、ワンピースを直し、ブラジャーをつけてから、ワンピースのジッパーを上げてと僕に言った。僕が彼女の両肩にキスすると、彼女は出ていった。

ジョルジュと僕は電力会社の建物の近くでハリールに会った。ハリールはジープの運転席にいた。アブー＝ハディドというあだ名のもう一人の民兵が後部座席にいて、左手にチェコ製のカラシニコフを持っていた。

ジョルジュはハリールにキスをして、僕を紹介した。僕たちはちょっとお喋りをして、共通の知り合いの話になり、車や銃の話をした。アブー＝ハディドは港で僕と働いているシャルベルという男を知っていた。

ジョルジュはジープの助手席に座った。僕はバイクに乗ってついていった。無人の通りや砲弾で破壊された建物を通り過ぎ、いくつかあった検問所もすんなり通過した。誰もがハリールのことを知っていた。

本部に到着すると、学校で同級生だったジョゼフ・シャイベンとカミール・アラスファルの二人がいた。二人ともあごひげを伸ばして、疲れた様子で汚い格好だった。ジョゼフのカラシニコフの木の銃の台尻には聖母マリアが彫られていた。カミールは狙撃用のマシンガンを持っていた。ジョゼフは僕を見ると銃を向けてきて、問題児の生徒は立ち入り禁止だぞ、と言った。彼はにっこり笑って、僕たちは握手した。

僕たちは砂嚢とドラム缶の上に座った。ジョゼフは僕を端まで連れていって、敵の居場所を見せてくれた。あそこだぜ、と彼は言った。あのでかいコンテナが見えるだろ？　あいつらあの後ろに潜んでるんだ。見てろよ。おい、ハサン！　このできそこない！　と彼は叫んだ。

反対側から男が応え、罵り言葉を返してきた。

あいつ、おれの妹を罵ったのか？　ジョゼフはカミールにきいた。

お前に妹なんかいねえだろ。

でもおれの名誉を傷つけたことに変わりはないよな。

ジョゼフは銃のクランクを動かした。薄ら笑いを浮かべて、ハサンのほうに銃を向け、何発か撃った。あたり一帯に火がついた。前後左右に銃弾が乱れ飛んだ。僕は砂嚢の後ろに潜り込んだ。温かい空の薬莢がジョゼフのマシンガンから飛んで、僕の足元に落ちてきた。全員が撃つのを止めると、向こう側からハサンの声が聞こえた。売春婦のこと、キリスト教徒の母親たちのことを何か言っていた。みんな笑った。

近くの建物から、ライフルを手にしたジョルジュが出てきた。笑顔を浮かべて、ハリールと一緒に笑っていた。ハリールはジョルジュの肩を抱いて、二人は歩いていった。

僕はまだ残って、この二晩のことをジョゼフが喋っているのを聞いていた。激しい戦闘だったこと、砲弾が雨のように降ってきても陣地を守り抜かねばならなかったこと。動くこともできず、食料トラックは現われず、腹ぺこなうえにタバコも切らしてしまった。弾薬は少なくなり、司令部《マジュリス》は応援を送ろうとはしなかった。彼は文句を言い、煙を吹かして、おれたちには組織ってものがないんだよな、と言った。それから僕を建物のなかに連れていって、タバコを一本くれた。

教師のスーアドを覚えてるか？　彼は笑った。あの脚、と彼は言った。長くていい脚してたよな。

今フランスにいるよ、と僕は言った。

ああ、知ってる。あのフランス人教師と結婚したんだろ。みんなフランスの男と結婚したがるよな。

彼は拳銃を抜いて、僕に渡した。何発か撃ってみろよ。運が良かったらハサンのケツに当たるかもな。こないだはあいつを心底ビビらせてやったよ。あいつが向こう側でクソしててさ、おれは二階にいて、あいつが見えたから急いでカミールから狙撃用のライフル借りて、脚のあいだのところに一発撃ち込んでやった。あいつパンツずり下ろしたまま逃げてったぜ。

殺さなかったのか？

そんなことしねえよ。戦争が終わったら一杯飲もうぜってお互いに約束してる。

僕は銃を受け取らなかった。ジョゼフは首を振った。お前はいつもおとなしかったよな。落ち着いてた……でも、いっぺん学校でバアリニー兄弟とケンカしたよな。お前凶暴だったよ。お前にちょっかい出そうってやつは少なかったな。で、ここで何やってんだ？

ハリールに会いにジョルジュと来た。

お前らここに入るってことか？

いや。僕は首を振った。

前まではみんな志願兵だったけどさ、今じゃ登録して給料もらってるんだぜ。民兵っていうより、これじゃ軍隊になってきてる。軍服まで着なきゃなんねえ。戦争が始まったときはみんなジーパンだったのにな。最高司令官のアル＝ライエスにはすげえ計画があるんだぜ。そのうちまた顔出せよな。

ジョルジュの家に戻るとき、ハリールの狙いは何だったのかきいてみた。

別に、と彼は言った。ちょっと話があっただけだ。

ちょっとって？

ハリールは知ってる。

何を？

おれたちのゲームさ。

アブー＝ナーラも知ってるのか？

いや。ハリールは分け前を欲しがってる。

どうやって嗅ぎつけたんだ？

あいつはポーカーカジノで働いてたことがあるんだ。それで怪しいと思ったんだろ。あいつに引っかけられたんだ。アブー＝ナーラからのメッセージがある、アブー＝ナーラにばれてるぜって最初に言ってきた。実はマシンに計数器がついてるってな。それから、おれの代わりにアブー＝ナーラと話をつけてやるって言う。あいつが組織に金を返せば、全部許して、なかったことにしてくれるって言ってた。金はもうないっておれが言ったら、やり方を変えてきた。知ってるのはあいつだけで、分け前をよこせって言ってる。

ハリールはどこに住んでる？　と僕はジョルジュにきいた。

下流の橋のとこだ。

どこの？

アッポの上だ。ミートパイ《ラフム・ビル＝アジーン》の店のとこだ。

一人でか？

ああ。

わかったって言えよ、分け前はやるってな。

僕は下流の橋まで歩いていって、ハリールの家をじっと見た。

家の下にある店に入って、ラフム・ビル＝アジーンを二つ注文した。それを食べて、ヨーグルト《イーラン》を飲んだ。それから階段を上がって、ブザーのところにハリールの名前がないか探した。

ハリールの名前はどこにも見当たらず、僕はそこを出てまっすぐ家に戻った。

翌日の正午、ジョルジュが家にやってきた。母がアルメニアの料理を出した。母は彼の頬にキスして、ジョルジュの母親の話をした。あなたの母さんはすばらしいひとだったわ——神よ彼女の魂を救いたまえ——本物のレディだった。ジョルジュ、あなたが善良でハンサムな若者になってるのを見れば、さぞ誇らしく思うでしょうね。

そして母はナビーラ叔母さんのことや、ジョルジュの遠縁の叔父とその家族のことをたずねた。ジョルジュの皿に料理を山盛りにして、たくさん食べなさいよと言い、おなじみの話をまた繰り返していた。わたしたちアルメニア人とは違って、あなたたちはこういう香辛料の使い方がわかってないんだから。

ジョルジュは母のことをおばさん《タンテ》と呼んで、片手にキスして、しっかりと食べた。

食べ終わると、僕たちは二人で僕の部屋に入った。ジョルジュは僕のベッドで横になり、僕はソファに寝転がった。

ハリールはいくら欲しがってる？

半分。おれたちにはそれぞれ四分の一しかなくなるってことだ。

半分？　おれも入ってるって知ってるのか？

誰かが一枚嚙んでることには気づいてる。

橋の下で会うって言えよ。
来ないよ。あいつはへビだ。
わかったよ。じゃあおれたちが前線に会いに行くって伝えてくれ。

その晩遅く、帰宅途中のサミール・アル＝アフハメーがチワワに襲われた。サミール氏はかつて、ベイルートの破壊されたダウンタウンに法律事務所を持っていたこともある立派な人物だったが、今は失業していて、プライドが高いせいで他の職にはつかず、ケンタッキーにいる息子からのわずかな送金で生活していた。

ゴミの山のそばを彼が通ったとき、犬の群れがうなり声を上げた。彼に飛びかかってきたチワワはもともとマダム・カラジのものだったが、彼女はさっさとパリに脱出していた。東ベイルートと西ベイルートを分けている検問所まではタクシーを走らせて、そこからは西ベイルートでの金持ち同士のコネを使い、内戦前から彼女の夫と知り合いだったという元軍人のイスラム教勢力の大佐に空港まで連れていってもらったのだ。三本脚のボスの命令で、そのチワワがサミール氏に襲いかかってきたのだった。

翌日、サミール氏は右派民兵組織の本部に出向き、チワワに襲われたこと、彼の通りに犬の群れが侵入してきている旨を、そこにいた男たちに伝えた。犬たちがキリスト教徒の飛び領地を乗っ取るつもりだと警告したのだ。鋭い歯に加えて、うなるという高度に発達した脅迫方法を駆使する彼らは、ゴミの山があるおかげでずっと食べていけるし、しまいには狂犬病で目が赤くなって、磨いていない歯茎からよだれを垂らすようになるだろうと。

サミール氏は地元の粗暴な司令官に追い払われた。アヒルのような足取りで歩き、暑かろうが寒かろうが分厚いブーツをはいていて、体臭が鼻につく男、野菜や家禽を盗むけちなやり口が十字軍の道すがらにいる中世の修道士を思わせる男だ。

サミール氏は、黒く長い長衣を着て何もかも詳細に記録するイエズス会の神父たちに学んだ弁護士で、フランス語と規律も教え込まれてきた男だった。彼は眼鏡を上げて、そのままナビーラの家に歩いていった。そして階段を上がり、ドアをノックした。

ナビーラはドアを開けて、裸足に小さなショーツという格好で姿を見せた。太ももがより丸く、官能的に見えるいでたちだった。サミール氏の大柄な姿と、彼の法律上の地位と、怒りと、そのときの興奮で大きく動く彼の尻尾を見て、彼女は声音を変えて髪を整えた。サミール氏はうやうやしく頭を垂れ、厳粛に、長い独白を始めた。腐敗した裁判官と、陪審員席に座って、アフリカの木の下にいる雌ライオンと子供たちの食べ残しを狙っているハイエナの群れにふさわしい独白だった。

失礼します、マダム・ナビーラ。私たちの住む界隈で何が起こっているのか皆さんに知らしめねばなりませんでして。ご覧のとおり、昨夜私は実に美しい犬の群れに襲われました。そう、確かに私たちは落ちてくる砲弾や銃弾でいつ死ぬかもわかりません、しかしあの高価な犬たちに狂犬病をうつされたら、伝染病の流行を招きかねません。ほかでもないお宅に伺いましたのは、あなたの甥御さんが銃を持っていて、民兵に友人がいることを存じ上げているからです。この件に対処できる立場の人間を彼なら知っているかもしれない。もし私に銃があって使い方を知っていれば、私が犬を駆除してみせますとも。女性や子供たちが襲われるかもしれませんし、あなたのお宅からそう遠くないところにゴミの山もある、あなたもあの犬たちに襲われるかもしれませんし、あなたでなくとも……

あら大変、まったくそうですわ、サミールさん。何とかしなくっちゃいけませんわね。犬は恐ろしくて。

そうでしょう。

どうぞお入りになって。

いえ……まあ……わかりました。

どこから来たのかしらね？　前はあんな野犬の群れなんていなかったわ。

もう政府も法律も秩序もないですし、誰もが通りにゴミを捨てておりますから。バルコニーから捨てる人までいる始末ですよ。先日など……私たちの上の階の住人たちがですね……

何てことでしょう……ひどい暮らしになってしまったわ。

いろいろと変わりましたよ、マダム・ナビーラ。何もかも変わってしまいました……この戦争には敬意というものがありませんな……。

サミール先生、コーヒーでも？

いえ、その、ありがたいですが。

あら、そうおっしゃらずに……コーヒーにしなくちゃ。神経を落ち着かせてくれますもの。

それでは、砂糖抜きでお願いしますよ……絶対に犬は駆除しなければなりません、マダム・ナビーラ。

ガルグーティに話してみますわ。お宅の息子さんは？

元気ですよ、おかげさまで。

アメリカにいるのかしらね？

ええ、ケンタッキーに。電話は難しいんですよ。ほら、回線がね……あいつのほうでも電話しようとしてくれていますか。いつも心配していましてね……向こうでニュースが見られますから……。私どものほうでも電話しようとはするんですよ、女房がそりゃもう何時間もですね……

アメリカだわ、わたしたちの問題はいつもアメリカのせいなのよ、サミールさん。

まあそうですな。あのキッシンジャーの犬めの計画ですよ、マダム・ナビーラ。

石油よ、この地域の石油を狙ってるんだわ、サミールさん。

そうですとも、マダム・ナビーラ。そのとおりですよ。おいしいコーヒーです。

どうぞ召し上がって《サータイン》。奥さんはお元気かしら？

あいつは日がな一日座って文句を言っていますよ、マダム・ナビーラ。ジアードが出ていってからはじじゅう泣いておりますから。

奥さんはすばらしいひとよ、サミールさん。先日通りで見かけましたわ。立ち止まってお話しすることはしませんでしたけど……だって、いつ爆撃が始まるのか、もうわかりませんものね。いつも大急ぎですわ……わたし一日中ニュースを聞いておりますの……

すみませんがもう行かなくては、マダム・ナビーラ。

ええ、神のご加護がありますように。

犬は退治しなくては。

ガルグーティに伝えておきますわ。

ごきげんよう《オ・ルヴォワール》。

ナビーラは受話器を取ってアブー＝ナーラにかけた。

犬だと？　とアブー＝ナーラは言った。犬の話なんかしてる場合か？　そんなことで電話してきたのか？

アブー、狂犬病がどういうものか知ってるの？　かかったら、犬みたいに吠えるようになるのよ。口に木をかませられる羽目になるんだから。そうよ、あんたは木をくわえてご自慢のレンジローバーを運転するのよ……まあ、あまりいい気分にはならないでしょうね、アブー……何とかしなさいよ……銃を振りかざしてお金をむしり取るばっかりじゃなくて、みんなのために何かしたらどうなの？

そしてナビーラは電話を切り、タバコに火をつけて、ふと気づいた。彼女は誰もいない家に独りぼっち、戦争のさなかに独りぼっちで、犬たちに囲まれている。人間という犬、人間の仮面をかぶった犬、銃を持った犬、銀行員のスーツを着た犬、長椅子に小便をして、汚い息をハアハア胸にかけてくる犬。みんな犬だ、男、特に男は。ただの不誠実な犬だ。

その夜遅く、近所で至近距離からの銃声が僕たちの耳に飛び込んできた。男たちは銃や長いナイフを手に寝巻き姿で下りていった。

犬を殺してるぞ！　キリスト教徒たちの言葉はバルコニー伝いに広がった。二台のジープに七人の民兵が乗り込んで、犬を包囲していた。犬の虐殺だ！　犬を皆殺しにしてる！　アフガンハウンドの雌犬が裏切りの罪で処刑されているとき、パリではその愛する主人がシルクのシーツに四つん這いになって、秘密の愛人ことフランス人画家ピエールの創作活動の支援をしていた。コッカースパニエルが太った戦士に追い回されているとき、その犬の「ママ」はワインと道楽の夜のためにシャンゼリゼでフィレミニョンを買っていた。ジャーマンシェパードが狼のお話に出てくる羊のように殺されているとき、その犬の育ての親はバイエルンの歌を歌う男たちが詰めかけたヨーロッパの酒場の長いテーブルでビールを飲んでいた。チワワは小さかったために二度銃弾を逃れたが、結局は車の下で至近距離から撃たれ、そのときその犬の「母親」はヴェネツィアのおしゃれなサロンでエスプレッソを飲みながら絹の起源について議論していた。三本脚のリーダーは、独りぼっちで、飼い主もなく、ゴミの山の頂上で死に、金属のかけらと空のホムスの缶とベルギー製洗剤の箱によりかかっていた。

その虐殺のあいだ、サミール弁護士はジープのそばに立ってあちこち指差し、処刑命令を発しては犬たちの目を閉じていた。彼は犬たちの脚を長い革ひもで縛って、スカートとサンダルをはいたローマ兵たちが運ぶ十字架に結わえていた。だらりとした犬たちの間で最後のタバコをふかし、誰かが撃つたびに剣を上下に振り回し、興奮状態で、ドッグフードによだれを垂らしながら叫んでいた、その小さいやつだ、そいつを撃て！　車の下だ……あいつは危険なんだ……銃をくれ、私がやる……一匹も見逃すな……皆殺しにしろ！　と彼はその晩寝巻き姿で叫んだ。それ以来、この夜は「満月と最後の遠吠えの夜」として知られるようになった。

犬の血が僕たちの通りを満たし、漂う骨と尿の川になった。

キリスト教徒たちは戦いに勝った。百匹の犬の戦いに。

翌日、ジョルジュが来て、僕を乗せていった。ハリールに会いにグリーン・ラインに向かった。二人とも金を持ってきた。途中、人気《ひとけ》のない通りが橋の下にかかるところで、僕たちは道路の真ん中で停まり、狙撃兵たちの鋭い目から隠れた。

僕たちは袋に金を入れた。

おれがあいつに金を見せるよ、とジョルジュは僕に言った。

検問所で、砂嚢に囲まれた数人の男たちに止められた。ライフルを持った少年が行き先をきいてきた。雄鶏ハリールに会いに行くところだ、と僕は言った。彼は僕たちを待たせて、アブー＝ハディドに電話した。僕たちは通過した。

焦げたバンが真ん中にあるあの通りを行くときは全速で走れよ。そこの塔から狙撃兵たちに見られるんだ、と少年は僕たちに言った。

「危険通り」に差しかかる前に、ジョルジュはバイクをいったん停めた。しっかりつかまれよ、と彼は言った。

彼はバイクの前輪を大きく上げて、僕たちは一気に前線の建物に駆け上がっていった。

ジョゼフが僕たちを迎えた。僕は彼と握手して、ジョルジュはハリールを探しに行った。彼を見つけると、二人とも無人の建物に入っていった。

僕はジョゼフと話をした。歯が痛えんだよ、と彼は左の頬を押さえて言った。痛いのを抑えるために蒸留酒《アラック》をちびちびやってる。

僕は良心的な費用でやってくれそうな歯医者を教えた。ジョゼフも一つ心当たりがあると言った。でも電気がさ、と彼は言った。電気が止まってるだろ……最後にそこに行ったときなんか、いきなり電気が切れちまってさ、おれは痛い思いしながら座って待つ羽目になったんだ。

向こう側のハサンは元気か？　と僕はきいた。

試してみるか。おい、ハサン、と彼は叫んだ。

ハサンは愛情のこもった、口汚い言葉を次々に返してきた。

あいつまたお前の妹を侮辱したぜ、と僕はふざけて言った。

そうだよな。ほら兄弟、あいつを撃っておれの名誉を守ってくれよ。ジョゼフはクスクス笑った。ライフルを僕に渡した。

僕はそれを右手でつかむと、クランクを左手で動かした。ライフルを宙に向けてハサンのほうに撃ち、ジョゼフはハサンを産んだヴァギナを罵っていた。

向こう側からハサンが撃ち返してきた。僕らは配置につき、それから僕は砂嚢のあいだにライフルを突っ込んでもう何発か撃った。ジョゼフは立ち上がってハサンに呼びかけ、お前を絶対ハムにしてやるからなと言った。前線全体に火がついて、誰もが撃ち始めた。アブー＝ハディドが十ミリマシンガンを抱えて走ってきた。たくましい両肩にかかった銃弾ベルトから一気に長い機銃掃射をしながら、罰当たりな言葉を歌うように繰り出していた。そのあいだずっと、ジョゼフは微笑んでいた。彼は僕の手からライフルを取り、弾倉を交換すると僕の耳に叫んだ。楽しんでるじゃないかお前！

その瞬間、建物から叫び声が上がった。助けを求める叫び声だ。ジョルジュの声だった。僕たちが駆け寄っていくと、あいつが撃たれた、やられちまった、と叫んでいるのが聞こえた。ハリールがジョルジュの両肩に体を投げ出していて、血を流し、指先から血が滴っていた。アブー＝ハディドがジョルジュのほうに駆け寄ってハリールの体を起こし、ジープの後部座席に横たえた。ジョルジュはハリールのそばに乗り込んだ。僕はバイクにまたがり、ジョゼフが僕の後ろに飛び乗って、僕たちは病院までクラクションを鳴らしっぱなしで狂ったように走った。ハリールの傷ついた体がジープのなかで跳ねているのが見えた。ジョルジュはそばにいて彼の頭を支えていて、顔をそむけていた。僕はジープの前を走り、後ろではジョゼフが空に向けて撃って、道を空けさせた。
救急病棟に着くと、アブー＝ハディドがハリールを抱き上げてなかに駆け込んだ。彼はぐったりとしたハリールを移動式ベッドに寝かせて、大声で医者を呼んだ。誰も出てこないので、彼は拳銃を抜いて廊下で一発撃った。天井から白い塗料と埃のかけらが彼の赤い顔に落ちてきた。看護婦が二人駆け寄ってきて、病院の廊下を走ってハリールを連れていった。
ハリールは死んだ。

家への帰り道、ジョルジュは高速道路でバイクをゆっくりと走らせた。ジョルジュの後ろで、僕は金を入れた袋を開けて、二つに分け、風から隠した。僕はジョルジュの分を彼の上着の内ポケット、銃の横に入れた。

翌日、カフェに座ってタバコを吸いながらコーヒーを飲んでいるとき僕は言った。なあジョルジュ、ハリールの葬式は水曜だ。お前出るか？
いいや、と彼は言い、刺すような目で僕を見た。鳥を殺して、その羽根で踊るような真似はしないさ。

水曜日、僕は橋の下の通りに行った。途中で見かけた靴屋のドアやコンクリートの壁にはハリールの写真が貼ってあった。「英雄ハリール・アル＝デーク、愛する祖国を守って前線で殉ずる」とポスターには書いてあった。僕は歩いて、ハリールの家の向かい側にある建物の屋上に上がった。鷹のようにそこにとまって、男たちが建物に入るのを眺め、部屋で喪服の女たちが嘆くような声で聖歌を歌うのを聞いていた。気を失う母親たち、目を赤く泣きはらす姉妹、信心深い祖母たち。民兵の男たちが通りを埋めていた。

アブー＝ナーラがジープから降りて棺にまっすぐ歩いていくのが見えた。サングラスをかけたまま握手していた。僕は彼の目を見たかった。

葬式なんてどれも同じだ、と僕は思った。男女は別々に分けられている。死者の家は女たちを迎え入れ、隣人の家は男たちに開かれる。そして僕は屋上にいて、上から見下ろし、食べるためだけに降下するハゲタカだ。

狭い階段を棺が下りてきて、屈強な若者たちが金色の金属の握りを苦労して持ち上げて肩に載せ、棺を大地に戻すために歩き始めると、女たちの嘆き声は激しくなった。近所のバルコニーには人々がぎっしり詰めかけ、屋上には好奇心をそそられた、物言わぬ顔が並んでいる。ハリールの部隊は整列して、流れていく雲にライフルを向け、ゆっくりと旅をしていく棺のために発砲した。

男たちは棺の後ろを歩き、女たちは棺に手を振った。僕は上から、キリスト教徒たちが地獄への道を歩いていくのを見つめていた。

6

暑さで喉はカラカラだった。下着だけで横になって、ラナのことを考えていた。

ジーンズをはいて通りに下りると、彼女の家に歩いていった。溶けかかっている地面に足が触れたとき、教会の鐘が鳴り響いた。奇跡だ！　奇跡だ！　とワーファが叫び、音のするほうに向かって走っていった。イッサームは頭をかき、ブトロスは空を見つめていた。僕が教会に歩いていくと、扉のところに人だかりができていて、喪服の婆さん連中がしぼんだ胸を叩いていた。僕は配管工のサラーの手をつかまえて、何事なんだと低い声できいた。聖母マリアが空に浮かんでいるのを見たっていう女の子がいるんだ、と彼は答えた。マリアさまが長衣を開いて、イスラム教徒たちの砲弾からおれたちを守ってくださった。女の子の両手からは聖油が出てるんだ。

教会は満員だった。祈りの声とつぶやき声が混じり合い、祈りは聖水とともに燃焼し、ロウソクで燃えていた。聖歌が人々の口から空に上っていった。

じめっとした皮膚を持つ爬虫類のように、僕は人だかりのなかにすべり込んだ。教会の正面に向かって進んでいき、不具者とその母親のあいだに割り込み、盲者とその杖のあいだに割り込み、涙を流す顔とそれを拭う手のあいだに割り込んでいった。ひざまずく頭の上を前に進んで、黄金のイコンのほうに向かって、脇に立って眺めた。見たことのない女の子がいて、彫像のように立っていた。天井を見上げていて、開いた両手は光沢を放っていた。十代の女の子、目は狂気とはぐらかしで輝いている。唇にうっすらと笑みを浮かべ、かすんで気味悪く見えた。

司祭が彼女の周りにお香を振りまいていた。人々は十字を切り、婆さんの一人が前に走り出て、少女の手に触れた。司祭が引き戻して追い払ったけれど、今度は群衆が前に出てきて、少女に触れようと手を伸ばした。男が数人入ってきて群衆を押し戻し、盾になって女の子を守っていた。彼女は祭壇の後ろに戻された。低いざわめきとヒステリックな叫び声、伸ばした手に胸を叩く手、お香の靄《もや》、迷信じみた叫び声、くずれた膝の上にある敬虔な体、耐え難い暑さ、そうしたすべてを目の当たりにして、僕は開いた扉を求めた。出ていくとき、僕は少女の手に触れた女をつかまえて、指をつかんで鼻に持っていって匂いを嗅ごうとしたけれど、老いた女は手を放し、僕を押しのけて、この罰当たり！と叫んだ。僕は退却する戦士の槍のように人ごみから出た。

何日ものあいだ、街中の人々が教会に詰めかけた。鐘の鳴る音で砲弾の音は弱まった。母のラジオと鐘の音が僕の耳をつんざいた。

夕暮れになり、太陽が去った。入れ替わりに、まぶしくまるい月がやってきた。月は聖母マリアの上に浮かび、彼女の青い衣を白く見せて、頭の上に光輪を作っていた。下では、群衆が波のように教会に押し寄せ、壁に当たっては砕け、引いていた。

僕とラナは裸でジョルジュのアパートの部屋にいた。ラナの手は乾いていて温かく、太ももは聖油に浸したシルクのシーツのように濡れていた。彼女は体を覆って、ローマの鳩を夢見る僕の話に耳を傾けていた。

ローマに行きたいの？

考えてるとこなんだ。

じゃあわたしは？　ここに置いてくの？

違うよ、一緒に来ればいいだろ。

わたしはローマで何すればいいのよ？

勉強して、散歩して、おれのとこに戻ってくればいいさ。

どうやって二人で行くの？

今準備してるとこだ、と僕は言った。

ラナは立ち上がって台所に行った。流しには汚れた皿が積んであった。彼女は洗剤をスポンジに絞り出して、バケツから流しに水を注ぎ、皿を洗った。

汚れたお皿は我慢できないの、と彼女は言った。イライラしちゃうわ。外に出て、おせっかいな近所の人が階段にいないか見てきてちょうだい。わたし帰らなきゃ。

僕はドアを開けて外を見た。誰もいないよ、と僕は彼女に言った。

ラナは顔を隠して、階段を駆け下りていった。

ドアを閉めてよ、と彼女は下りるときに厳しい口調でささやいた。なかに入って！　ドアを閉めてよ、誰かに見られるじゃない。

僕はドアを開けたまま、彼女を見て微笑みかけていた。

その夜遅く、ジョルジュが家に帰ってきて僕と合流した。

彼がジープに乗ってくるのがバルコニーから見えた。民兵の軍服を着て、M-16ライフルを手にしていた。ジープから降りるときに、ライフルを持ち替えた。彼は自分の家のドアをノックした。ラナはまだいるか？　と僕にきいた。

もう帰ったよ。そいつは新しい服か？

彼は答えなかった。ライフルをソファに置き、ブーツを脱いだ。アブー=ナーラに呼ばれた、と彼は言った。

それで？

カジノはどういうことになってるんだってきかれた。何か勘づいてると思う。

それはどうかな。

とにかく、組織に入れと言われたんだ。おれの目をまっすぐ見て、それがみんなのためだって言ってきた。どういうことかわかるだろ？

じゃあヤバいと思って入ったのか？　奴は仕事がなくなるかもしれないって言いたかっただけなんじゃないのか。

いや、おれにはわかった。その場にいたからな。

アブー=ナーラはどこに住んでる？　と僕はジョルジュにきいた。

バッサーム、余計なことは考えるな。あいつにはいつもボディガードがついてる。いいか、当分ポーカーマシンはやらないほうがいい。ジョルジュはライフルを抱き寄せて、あごの下、カーキのシャツに押し当てた。それから銃を僕のほうに向けて、笑みを浮かべた。

持ってみろよ。羽根みたいに軽いだろ？　彼は服を脱いでバスルームに入った。水が出ねえ、と毒づいているのが聞こえた。

彼はシャツとズボンを着て屋上に上がり、バケツを持って下りてきた。僕が彼の頭に水をかけると、腋の下を洗った。洗い終わると、あごの下にコロンを軽くつけた。

今からブルーマナのあの女に会いに行くんだ、と彼は僕に言った。

電話が来たのか？

彼は頷き、まっすぐの黒い髪に櫛を当てた。お前も来るか？

いや、おれは残るよ。でも銃は預けていけよ。

彼は何も言わずにソファに銃を投げた。


僕はベルトの下に銃を差し込んで、ジョゼフ・シャイベンの家に歩いていった。屋根のない階段を上がり、汚れた大理石に足跡をつけていった。ジョゼフが住んでいるような古いレバノン風の家は、フィレンツェとアラブの建築様式が混ざり合ったもので、機械式エレベーターと広いバルコニー付きの近代的でより大きな建物のあいだにひっそりと建っていた。

僕はドアをノックした。彼の母親が出てきた。僕は挨拶し、体の調子をたずねた。彼女は僕を招き入れて、息子を呼んだ。ジョゼフは寝ていた。下着のパンツに袖なしの白い綿シャツ、母親が買った安いテーブルクロスのおまけについていたビーチサンダルという格好だった。ジョゼフが僕に挨拶していると、母親が飲み物を持ってきてくれて、氷がなくてごめんなさいねと言いながら、文句が始まった。水不足のこと、戦争のこと、生活のこと……僕の母と同じ調子だった。

僕とジョゼフが屋上に上がると、ジョゼフの母親が下から声を張り上げてきた。屋上は危ないじゃないの、そこらじゅう狙撃兵だらけなのよ！　下りてきなさい、部屋で話をすればいいじゃないの。わたしは出かけるから、下りてらっしゃい。

でも屋上には壁がなかったし、僕たちは音が響くのはごめんだったから、無視した。僕はジョゼフに拳銃を見せて、これと似た銃を売っている奴を知らないかとたずねた。彼はそれを手に取り、弾倉を外してはめ直し、クランクを動かして西ベイルートに向けて撃った。

ベレッタだ、と僕は言った。九ミリで十発入りのやつ。戦闘で一度も使われてない新品が欲しいんだよ。

調べとくよ。

ハリールの両親はどうしてる？

こないだ通りで姉さんに会ったよ。おれは前線から軍服着てフル装備で戻るとこでさ、おれを見るなり金切り声を上げて、あんたたちが弟を殺したのよって言うんだ。あんたたちみんなゴロツキの犯罪者よ、若者を戦争に駆り出して。あの子は十七歳だったのよ、って言われたね。十七歳よ、ほんの赤ん坊よ！　ってさ。

ジョゼフは首を振って、もう一度銃を調べた。

お前まだ前線に出てるのか？　と僕はきいた。

ああ、と彼は言った。アブー＝ナーラは出ていかせちゃくれねえ。いっぺん入ったら最後までさ。

アブー＝ナーラはハリールが死んだことで何か言ってるか？

あれこれたずねてたけど、おれには一言もないね。

僕は油っぽいツヤツヤのマリファナをジョゼフに約束した。彼はにっこり笑って、いい銃をしっかり探してやるよと言った。

僕たちが下りてみると、彼の母親はいなくなっていた。ジョゼフは家のなかに戻った。

その日を僕は覚えている。停戦中で、雲がほとんどない日だった。


次の日、僕はジョルジュのバイクを借りた。その界隈のはずれにある、僕たちの顔を見たこともない人たちでいっぱいの建物の角でラナと落ち合った。彼女は僕の後ろでバイクにまたがり、僕たちは山岳地帯に上がった。彼女は僕の腰に抱きついていた。僕は砂利道を走って、丘の中腹に入った。バイクを停めると、僕は彼女に銃を渡し、後ろから腕を回して両手を彼女の手に重ね合わせ、二人の腕を伸ばして、錆びた缶に狙いをつけた。彼女は撃つと、声を上げて笑った。そして僕の腕から逃れて、僕を後ろに押しのけて一人で銃を持ち、狙いをつけて撃った。彼女は笑みを浮かべて僕のほうに歩いてきた。腰を振りながら、銃をぶらぶらさせていた。彼女は僕の胸に銃を向けた。長い睫毛をいたずらっぽくパチパチと動かして言った。これでわたしは銃を手に入れたんだから、あなたが一人で出ていっちゃったらローマまで追いかけて撃ってやるわよ。

遠くから見たベイルートは、小さなコンクリートの丘、混み合った建物が広がっているようで、道路も、街灯の柱も、人間も存在していないように見えた。

ほら、あれがイスラム教徒の側よ、と彼女は指差した。イスラム教徒には一人も会ったことないわ。いえ違う、学校にイスラム教徒の子が二人いたのよね、でも戦争が始まって逃げちゃった。ファテンよ、一人はファテンっていう名前だった。もう一人は、思い出せないわ……思い出せない。

僕はラナを抱きしめ、首にキスした。柔らかく涼しい風のせいで、薄手のコットンの白いシャツの下の乳首は立っていた。僕は片手を彼女の胸にすべり込ませ、両方もて遊んで、丸く赤い乳首を吸った。

彼女は不安そうにあたりを見回し、迷子になった観光客や自然愛好家や野鳥ハンターがいないか気にしていた。彼女のぴっちりしたジーンズのなかに片手をねじ込むと、バッサーム、やめてよ、と言った。ここではいや。やめて、バッサーム！

僕はやめなかった。犬のように息をして、彼女にのしかかった。ラナは凍りつき、そして僕の手をつかんで押しのけた。彼女は僕に銃を突きつけた。

わたしがやめてって言ったらやめるの！ やめなさいよ、と彼女は怒りで声を荒げた。

僕は彼女に歩み寄った。彼女の手首をつかんで、また僕の胸に銃を向けさせた。撃てよ！

手首が痛いわ、と彼女は言った。

僕は銃を取り返し、二人とも押し黙ったまま、荒く息をしていた。

それから僕たちは丘をさらに上がっていった。バイクを停め、もう一度街を見た。西ベイルートの大地から、キノコ形の長い雲が上がっていた。

砲弾だわ、とラナは僕に言った。ほら、ちょうど今落ちたのよ。

どっちかっていうと爆発みたいだな、と僕は言った。

僕らが丘を下って戻るとき、ラナは僕の胸を撫でていた。胸に爪を立てて、彼女は言った。あそこで撃ったってよかったのよ。

野菜と肉とパンが入った袋をいくつもぶら下げて、母が足を引きずりながら階段を上がってきた。

僕は台所に呼ばれた。あんたとラナはどういうことになってるの？　今朝コーヒーを飲んでたら、ラナの母さんにあんたたちのこときかれたのよ。

何て言ってた？

あんたの仕事のことと、わたしと一緒に家に来る気があるかってことよ。ラナももう婚約する年頃だって言ってたわ。

おれたちただの友だちだよ。

わたしに嘘をつかないで、バッサーム。ラナはわたしにとって娘みたいなものよ、それにそんな子じゃないもの。もしあんたが本気じゃないなら、あの子の将来をだめにするのはよしなさい。ここの人たちは口さがないの。お喋りなのよ。

僕は出ていった。後ろから母が叫んでいた。ほら、父親そっくりだわ。いつも出ていったきり、帰ってなんかこなかった。ろくでなしもいいとこよ。

後ろでキッチンのドアがバタンと閉まる音が聞こえた。

一万を超える砲弾が落ちていて、僕は両側を壁に挟まれ、震える母を前にして身動きが取れずにいた。僕と一緒でないかぎり地下室には下りていかない、と母は言っていた。僕のほうは地下に隠れるなんてごめんだった。強き戦士たちの末裔たる僕は、泥っぽい土の大地と音を立てて吹く風のある外の世界で死ぬんだ！

爆発があるたびに母は跳び上がった。聖女たちの名前を次から次に呼んでいたけれど、当の聖女たちは忙しくて誰もそれに応えなかった。

近所に住む小さな女の子のペトラが汚れた大理石の階段をよじ登ってきて、僕たちの家のドアをノックした。彼女は僕の光る剣と戦士の顔をいぶかしげに見て、口元を隠し、母の耳に何かささやいた。母は立ち上がってバスルームに直行すると、コーテックスの箱を手に戻ってきた。今は切らしてるの、お嬢《ハビブティ》ちゃん、でも心配しないで。ついてきなさい。

小さな生理中の体が立ち上がり、恥ずかしそうに顔を赤らめていた。彼女は母の寝室に駆け込んだ。僕は階段を降りて建物から出た。誰もいない通りを渡り、アブー゠ドリーの雑貨屋に行った。店は閉まっていたけれど、アブー゠ドリーと家族の住む家は裏手にあった。僕はそこをノックした。雑貨屋はドアをほんの少しだけ開けた。僕を見ると顔をしかめて、何の用だときた。コーテックスだよ、と僕は言った。今は閉店中だ、と彼はそっけなく言った。

どうしても今必要なんだ！　と僕は言った。

入れ。

僕は家のなかに入った。村人の石鹼の匂いや、コーヒーを挽いた匂い、やかましい冷蔵庫の下に落ちた野菜が腐った臭い、茶色いネズミを食べる二匹の猫の匂いがして、そして生まれたばかりの赤ん坊に丸く白い胸から母乳を含ませる娘のドリーの匂いで、僕は喉が渇いた。なかに入っていくと、ドリーは赤ん坊と自分の胸をピンクの羊毛のキルトで隠した。雑貨屋の妻のウンム゠ドリーは隅で編み物をしていた。義理の息子のエリアスはサスペンダーをつけていて、壁をじっと見つめながらタバコを吸っていた。荒々しく悪魔のようにゆらめく二本の哀れなロウソクの周りに家族全員が集まっていて、全員の影を冥界とその壁に投げかけていた。

アブー゠ドリーは中年で、息子はいなかった。上の娘にちなんであだ名をつけられた男だった。彼は僕にコーテックスを二箱渡した。どっちの種類が入り用なんだ？　と僕にきいた。

僕が二つともロウソクの近くで持って匂いを嗅ぐと、彼の妻は身震いして、ぶつぶつ文句を言った。何を嗅いでるんだ？　アブー＝ドリーは近寄ってきて箱をひったくった。出てけ、出てけ。彼は僕を押し始め、僕は押し返した。義理の息子が長い箒の柄をつかんで僕を脅してきた。僕は片方の箱をアブー＝ドリーの手からもぎ取って、もう一方の手を腰の後ろに回し、銃を抜いた。指に引っ掛けて、床に向けた。銃を持ってるわ！　とウンム＝ドリーが叫んだ。銃よ！　ドリーが赤ん坊に与えていた温かい母乳の噴射を中断すると、赤ん坊は泣き出し、彼女は別の部屋に駆け込んだ。

箱をつかむと、僕はドアから外の新鮮な空気のなかに出て、立ち去った。後ろではアブー＝ドリーが叫んでいるのが聞こえた。お前の父親のことは知ってたぞ、知ってたとも、友達だったんだ、息子の成れの果てを見たらさぞかし恥ずかしいだろうさ。ゴロツキめ！　恥を知れ、家に上がり込んで家族の前でおれを侮辱しやがって。このゴロツキ！　それがお前だよ、ゴロツキさ。そして彼は床に唾を吐いて、僕の世代や仲間たちを呪った。

ゴロツキは建物のあいだを歩き、落ちてくる砲弾を避けた。ゴロツキは壊れたパイプから滴る下水の流れをいくつも越えていった。片手に銃を、もう片手には柔らかいコットンの箱を持って歩いた。


翌日、ジョルジュがバイクを取りに来た。

地面に向かって傾いたバイクは、まるく溜まったオイルが乾いた上、八百屋の表の日陰に停めてあった。バイクの正面は病院のほうを向いて、後ろは教会を向いていた。

僕はジョルジュにキーを渡した。彼は中指からキーリングを垂らして、ちょっと話そうぜ、と言った。

　ジョルジュが運転して、僕はその腰につかまった。僕たちは古い線路があるクアランティーナに走っていった。キリスト教徒たちがクルド人の貧民街を制圧し、破壊したところだ。もうそこの地面は更地になっていて、ブリキの屋根や小さな路地、汚水の水たまりはすべて消え失せ、征服され、破壊されてならされてしまった。戦士たちは無情にも虐殺された。女たちは地中海の波に上下する小さなボートに乗って逃れ、鼻水を垂らした裸足の子供たちを腕に抱えていた。ここで、アブー＝ナーラとその部下たちはキャンプを襲い、男たちを殺して金歯を抜き取った。ここで、彼は無慈悲な司令官として名を上げた。勝ち誇った部下たちは敗者の首を銃剣に突き刺して通りを練り歩いた。死体はジープの後ろに結わえつけられ、アスファルトの道路の上を跳ね、小さな路地を突き進んでいった。キャンプはもう草地になっていた。死体の堆肥から雑草が生え、焼けた壁は灰になり、かつては血と空の薬莢に群がっていた蝿の軍団が飛び回っていた。

　言えよ、と僕は言った。言えよ、グズグズしてたら、おれたちの足元に埋まってる死者たちが生き返ってくるぜ。

　ポーカーカジノからは手を引く、とジョルジュは言った。遠縁のいとこのナジブに代わりを頼んである。お前はまだ続けていい。あいつにやり方を教えておく。

　どうして手を引くんだ？

　アブー＝ナーラからちょっと仕事を頼まれてる。

　どんな仕事だよ？

　もうすぐイスラエルに行って訓練を受ける。組織は南のユダヤ人たちと連携するんだ。

それは間違ってる、と僕はささやいた。

違う、バッサーム、おれたちはこの戦争で孤立してて、仲間たちは毎日虐殺されてるんだ。それにお前だって……お前のじいさんは虐殺されてるだろ……親父さんも殺されてるし……お前だって……お前だってさ……おれたちの土地を守るためなら、悪魔とだって手を結ぶさ。どうやってシリア人どもとパレスチナ人どもを追い払えばいいって言うんだ？

おれは逃げて、この土地は悪魔たちの好きにさせるさ、と僕は言った。

お前は何も信じてないんだな。

おれたちみたいなコソ泥とゴロツキがさ、いつから何かを信じるようになったんだ？


僕たちは高速道路を走って海岸に向かった。道路は無人だった。夏の日で、風は暖かかった。僕たちは岸辺に座って海を見つめた。

小さなボートがいくつも揺れ、ささやかな波が寄せていたけれど、僕たちは座っていた。夜になり、僕たちは薄い紙に火をつけ、吸い、凝視し、見つめ、幻覚を見て、笑い、もっと吸った。指先が焦げるくらいまでマリファナを吸い、燃えさしを爪で消した。僕は木々と平原、そして一軒の家を幻覚に見た——開かれた家、影や太陽は円環を描くのではなく一直線に動いた。月は動かず、夜にはロウソクと、星たちと、光が通り抜けて海原に下りる小さな穴だけに明かりがともされる。大地には濡れた匂いがして、でも草は茶色く、枯れかけていて、色を変え、海水の上を漂っていた。僕は起き上がって歩き、漁師に出会った。僕たちは黙りこくったまますれ違った。ちらりとも見ず、一瞥もくれなかった。僕はテーブルと、両手が色に染まった女性と、壊れた椅子、それらすべてが一つ屋根の下にある夢を見た。開かなければならない扉を見た。最初の扉に歩いていき、力いっぱい引いた。僕はなかに入り、二つ目の扉に走っていったけれど、鍵がかかっていた。僕は何日も扉の前にいて、開けてくれとせがんでいた。それから僕は眠り、扉が開く夢を見た。袋を手にした裸の女の人が僕に微笑みかけて、着ているものを脱ぎなさい、と言った。下を向くと、僕の服は水に変わっていった。僕はその水を集めて彼女に渡した。彼女はそれを両手で持ち、僕の両目に注ぎ入れた。さあ、三つ目の扉を通っていきなさい、と彼女は言った。あなたのお父さんに会ったら、服は置いてきたと言いなさい。二つの道があった。狭いほうの道を選ぶよ、と僕は言った。僕はまた夢を見た、その夢では川のなかにいた。手に持っていたパンのかけらを鳥に投げた。川を渡ると、四つ目の扉があった。力を振り絞って押してみたけれど、扉は開かなかった。指でそっと触れると、開いた。僕は椅子と本が一つずつある庭にいた。椅子に座り、タバコを吸った。そして僕が歌うと、もう一つの扉が僕に開いた。僕はそれを走り抜け、虚無を通り抜けた――木々もテーブルもなく、椅子も鳥の翼も、月の光もなく、思考すらない虚無を。僕は立ったまま身動きせず、目を閉じた。大きな花の夢を見た。その匂いを嗅いだ。その茎を上っていき、花びらでベッドを作った。そして僕は眠り、また別の夢を見た、友が光と血の池に浸されている夢を。

僕とジョルジュは戻っていった。目の前の道路を輝かせている一筋の光は、僕たちの無感覚な胸と、指の関節と、そして重く赤い目の下で光っていた。走っていく先の街は暗く、バリケードに吊るされたおぼろげなランプの明かりで照らされていた。街の弱々しい光線が、兵士たちのピカピカのブーツの上で跳ねていた。

家に帰ると電話が鳴った。でも、僕は取らなかった。自分のベッドに横になった。眠れなかった。僕はシャツの下から銃を抜いて、マットレスの下に隠した。下からは騒音が聞こえた。猫の喧嘩、時おり走っていく足音、ささやき声。静かなささやきは僕の心と夢に入り込み、よく知っている言葉に変わった。

突然、母の手に揺さぶられ、ふとんをはぎ取られた。起きて、とせがんでいた。

下りなさい。このあたりが攻撃されてるのよ。下りて、窓から離れなさい。よくそんなふうにして寝ていられるわね。砲弾がそこらじゅうに落ちてるのよ。

隣人のナーラも一緒にいて、彼女も僕に訴えてきた。お母さんがかわいそうじゃないの。地下室に下りるのよ。今日お母さんはずっとあんたを待ってたのよ。思いやりがなさすぎるんじゃない？　お母さんは一睡もしてないのよ。どこにいたの？

この部屋からは動かないよ、と僕は言った。二人で下りたらいいよ。ここで平気さ。

だめよ、下りなさい！　地下室に男手が必要なのよ。今すぐ下りなさい。おじいさんの墓にかけて、下りて！

大きな爆発音が聞こえた。近くに砲弾が落ちたのだ。女たちは金切り声を上げて床に突っ伏した。近くだわ！　これは近くよ、と二人は言うと立ち上がって廊下に駆け込んだ。ガラスや石の塊が上から通りに落ちていた。母は震えていた。僕は母の目を覗きこんだ。しわができていて、涙がそれを伝って母のくぼんだ頬を流れているのに気づいた。

子供たち、わたしの子供たち！　とナーラが叫んだ。

僕は外に駆け出さないようにナーラの手をつかんだ。二つ目が落ちてくる、と僕は言った。動いちゃだめだ！

ナーラは走り出そうとしたけれど、僕は押さえ込んだ。彼女は捕まえられた獣のように僕の腕のなかでもがいた。そして僕の顔を引っかいて逃れた。僕はあとを追って階段を下りた。彼女は半狂乱になって、子供たちの名前を叫びながら、割れたガラスが散乱した通りに駆け下りていった。突然の、つんざくような轟音が建物を揺さぶった。その音に胸を圧迫されるのを感じた。遅れて、ガラスが落ちる音が聞こえた。舞い上がった煙が目に入り、古いほこりと冷酷な土の味がした。粉とパンの焦げる匂いに突き動かされて、僕は煙を抜けて階段を上がり、息を詰まらせて叫んだ。母さん。

第二部

ベイルート

7

生きているときお互いを憎んでいた父と母は、今は一緒に木の箱に入って、同じ土の下で眠っている。

夜遅くに、父が酒臭い息で帰ってくると、二人は喧嘩して怒鳴り合い、打ちひしがれたギャンブラーの分厚い手が母の顔を叩いて目に黒いあざをつけ、飛んでくるソーサーの下をかいくぐり、割れた皿の上を越えて、母をキッチンへと追いかけていった。今は動くこともなく、二つの亡骸はねばねばした肉食のウジ虫に貪られ、湿った土の下でいがみ合っている。

僕は最初に一握りの土ぼこりを母の棺にかけ、背を向けて家のほうに歩き出し、繰り返される旋律やお香の白い煙、涙から遠ざかっていった。

何日ものあいだ、近所の人たちや友だちがやってきてはドアをノックしたけれど、僕は開けなかった。

タバコを吸った。鍋がガチャガチャいう音が静かになり、ラジオが黙りこみ、箒がサッと動く音がしなくなって、孤独で、なぜか僕は穏やかな気分だった。

家に大きく開いた二つの穴から、風が好き勝手に吹き抜けていた。入ってくるのは風だけ、風だけが入ってこれる。ある晩遅く、タバコを買いに出ようとドアを開けたら、パンを載せた皿が戸口にあった。拳が赤くなってノックするのに疲れた近所の人が置いていったのだ。

僕は通りを歩き、墓地への道を歩いていった。タバコを吸い、柵を越えて、盛り土の前に立った。土はまだシャベルで戻されてはいなかった。そこに立って、両親のつぶやきに耳を澄ませた。それとも、それは白い石の十字架を撫でる風の音だったのだろうか。

その晩遅く、ナビーラとジョルジュがドアの錠を壊してアパートに入ってきた。ナビーラは喪服姿で、僕に駆け寄ってきた。

ガリガリじゃない、と彼女は言った。ひどい顔色よ、こんなにやつれて。食べなきゃだめよ。食べ物を持ってきたから。彼女は僕のベッドの端に腰掛けて言った、食べなきゃだめ。お願いよ、バッサーム、食べてちょうだい。

ジョルジュは少し離れて、何も言わずに立っていた。壊れた家具の破片のあいだをぶらついて、穴が開いた壁の向こうを見ていた。それからタバコの箱を取り出して、僕に一本勧めた。彼がマッチを擦ると、ナビーラはシーッと言って非難した。タバコはもうたくさん。食べなきゃだめなのよ。顔が黄色くなってるじゃないの。

次の日、僕は港の仕事に戻った。監督のアブー＝タリクがゆっくりと近づいてきた。お悔やみの言葉をかけられて、僕はお礼を言った。悲しんでいる様子とか、足元に落ちては埠頭のコンクリートの縁に砕ける波のような塩からい涙を僕が流すところを待っているのがわかった。でも僕にはこらえたり見せびらかしたりするような悲しみはなかった。むしろ、僕は母の死によって自由になっていた。

もう残すものなんかない。母が死んだことで、僕は人間たちから離れて、鳥に近づいていた。鳥たちは飛び、僕も自分の飛翔を待ちこがれた。どこかに行きたかった。地面近くに頭を垂れ、目の前を過ぎる小石を見て、埃の匂いを嗅いだ。今の僕は人間というより犬に近かった。

その日の終わりに自分のアパートがある建物に入ると、ラナが階段に座っていた。僕は何も言わずに上がっていった。彼女は僕のあとについて階段を上がって寝室に入った。そして家のなかを歩き回り、壊れた家具のかけらや散らばった石を拾い始めた。

ほっとけよ、と僕は言った。

いやよ！　と彼女は叫んで、泣き始めた。僕の手を握って、家を直さなきゃ、と言った。聞こえてる？　聞こえてるの？

彼女はあれこれ拾って、涙を流し、僕に向かって叫んだ。何日も経つのに、あなたはほとんど何も言ってくれない。

僕は黙っていた。

もういや！　何か言って！　何か言ってよ！　彼女は手のひらで僕を押した。

僕は出ていこうとした。彼女は立ちふさがった。だめ！　わたしに何も言わずに出ていくなんて。いやよ。

僕は彼女を押しのけた。彼女は弾かれたように戻ってきて僕の前に立った。だめよ、だめ。もうだんまりは許さない。

僕はまた押しのけた。彼女は僕に平手打ちを食らわせた。僕はその手をつかんで、埃っぽい床にねじ伏せ、階段を下りて街に出た。

カジノでナジブに会ったときは朝で、ポーカーマシンにはまだ電源が入っていなかった。前の晩のタバコや洗っていないウィスキーのグラス、ギャンブラーたちのどんよりした息の匂いがした。

ジョルジュのダチだ、と僕は言った。

彼は頷きながらバーのカウンターから出てきて、マシンの電源を入れた。

その日の午後遅く、僕はナジブと教会の石段で待ち合わせた。

彼は朝に会ったときより緊張していた。

僕は彼のそばを通り過ぎ、ついてきてくれと言った。彼はためらい、少し待って、階段を下りてついてきた。

教会の角は小便と古い街の壁にこもった露の匂いがした。僕は金を渡した。彼は数えて、ポケットにすべりこませると、次はいつ来る？　と突然きいてきた。

いつもどおり、金曜の朝だ。何かヤバいと思ったらウィスキーを持ってくるっていう手順はジョルジュから聞いてるか？

ああ、全部聞いてるって、とナジブは言った。彼はその場を離れて、急ぎ足で階段を上がっていった。

金曜だぞ、と僕は後ろから声をかけた。

一万の棺が地下に消えていき、生きている者たちは武器を手にまだ踊っていた。二、三日のうちに、僕はジョゼフから銃を買って、家の壁を修理した。冬が近づいていて、渡ってくる風はもうありがたくなかった。雨が降り、大地にしみ込み、僕の両親に柔らかい泥を浴びせた。僕は一日中ベッドに横になってタバコをふかしていた。家は静かで、僕は一人だった。

ある日の午後、僕は母のラジオを手に取って、両腕に抱きかかえた。

僕はカバーを外した。なかのワイヤーは緑色と黄色だった。スピーカーはまるくて無音で、緑のプラスチックのシートに銀色の錫《すず》のような金属が接着されていた。僕はファイルーズを探したけれど、彼女はパリで歌っていた。

金曜日にカジノに行くと、ナジブはよそよそしかった。僕を両替に待たせて、マシンにはいつもよりも少ない額しか入れなかった。僕がプレーしていると、若い男が入ってきた。僕のマシンのガラスに、ナジブがその男に手を振るのが映っていた。男はナジブに合図をすると、いなくなった。

僕は換金してカジノから出た。

通りを渡って、近くの建物の入り口で待った。

あの男がまたカジノに入っていくのが見えた。僕は彼をじっと見つめて、待った。タバコを吸って待った。男がカジノから出てくると、彼が車に乗って走り去るまで、遠くからずっとあとをつけた。

次にナジブに会ったとき、彼は新品の革靴をはいて、革ジャンをはおり、髪にはジェルをつけていた。

僕たちは教会の階段の下で会った。僕は稼いだ金の半分を渡した。

ナジブは数えて、もっとあるだろ、と静かに僕に言った。

何て言った？

もっとあるだろ。聞こえてるくせに。

いや、それだけだ。それ以上はない。僕は彼の近くに立って、目を見つめた。

彼はにらみ返してきた。いや、ある。

画面にもっと入れてくれたらあるさ、と僕は言った。

何も言わずに彼は立ち去った。階段を上りきると、彼は僕を見下ろして言った。ナジブは自分のものは手に入れてみせる。

ちびでガキのナジブにはやりたいようにさせるさ、と僕は言った。

そうとも。ナジブは床に唾を吐いて、クジャクのように見栄を張って歩いていった。


二日後、僕は〈キング・ファラフェル〉にサンドイッチとペプシを買いに行った。ジョルジュとアブー＝ナーラが店内で食べていた。歩道に軍用の車がずらりと並んでいたから、二人がいることはわかったはずだったけれど、僕はお腹が空いていてぼんやりしていた。姿を隠そうとしてももう遅く、ジョルジュが僕に気づいて声をかけてきた。僕は彼のところに行って挨拶のキスをした。アブー＝ナーラはレイバンのサングラスをかけていて、こっちを見ているのかどうかはわからなかった。ジョルジュが僕を紹介した。司令官は微笑んで、まあ座れよ、サンドイッチをおごろう、と言った。遠慮したけれど、彼は譲らず、カウンターの後ろにいる少年に向かって声を張り上げた。僕は食べることにした。

アブー＝ナーラは僕の顔見知りの男たちに囲まれていた。カミール、ジョゼフがいて、それにハリールの友だちのアブー＝ハディドが後ろのテーブルから手を振ってきて、まだ港で働いてるのかよ、ときいてきた。

ここんとこ景気がいまいちでさ、と僕は言った。

ジョルジュは僕の父が一九五〇年代にラジオ局を作ったことをアブー＝ナーラに話した。アブー＝ナーラは僕の亡き父と、叔父のナイームを知っていると言った。共産主義者の叔父さんだな、と言って微笑んだ。おれたちのところを出ていって、あっち側に行ってしまった。あいつはどうしてる？

便りは全然ないです、と僕は言った。

あいつとは同じバレーボールのチームだったんだ。知ってたか？

いえ。そのころはガキだったから。

今でもお前はガキだよ。そう言って彼は笑った。

アブー＝ナーラが店を出るそぶりをすると、お付きの男たちは立ち上がった。何人かは両手に持った紙の包みを丸めて、サンドイッチを口に押し込んだ。アブー＝ナーラは僕の首に腕を回した。指で手のひらをトントンとたたいて、低い声で言った、ジョルジュ、いつかこの闘士を中央に連れてきて入隊させろ。こいつの叔父みたいにあっち側に行かれちゃ困る。いい若者はいつだって必要なんだ。

ジョルジュは口ごもった。低い声で何かつぶやいていた。僕はアブー＝ナーラを見た。まだ彼の目を見たかった。ジョルジュは僕に目くばせすると、いったん仲間と一緒に出て、また店に戻ってきて僕の向かいに座った。僕が食べ終わると、僕たちは通りの歩道に停めたジープのところまで歩いていった。

ハリールのジープじゃないか、と僕は言った。

そうさ、あいつにはもう必要ないだろ。

僕たちは橋の下に伸びる道路に行って車を停めた。ジョルジュは自分のそばにM-16ライフルを置いていた。僕は自分の拳銃が背中に当たるのが感じられるように深く座った。頭上を行き交う車の音が聞こえた。

いつ出る？　ジョルジュは僕をまっすぐ見て言った。

まだだ。

ナジブが昨日の晩来た。お前に貸しがあるってな。

お前のいとこは嘘つきだ。別の奴が一枚噛んでる。

話しとくよ。ラナはどうしてる？

元気さ。

なあ、おれは来週イスラエルに行く。船で行くんだ。アパートの鍵はお前に預けとくよ。ナビーラにきかれたら、友だちと一緒にキャンプしに山岳地帯に行ったって言っといてくれ。

ジョルジュは片手をライフルの上に置いた。ゆっくりとそれを抜いて、後部座席に置いた。そしてジープのエンジンをかけて、近所に戻った。

僕がジープから降りると、ジョルジュは僕を見て、いとこには話をつけとくからな、と言った。

その日に前もって打ち合わせておいたとおり、僕は街の外にいて、丘の上でナジブを待っていた。彼は二人の男と車でやってきた。やかましく響く音楽が遠くから聞こえた。土ぼこりが舞い上がって、あのバカのひげ剃りローションとジェルの匂いを抑えてくれた。彼は車から出てきた。底の平らなイタリア製の靴で上ってきて、岩の上で足をすべらせ、ピカピカの革ジャンを腕にかけている。僕は木の後ろに隠れて見ていた。彼をやり過ごし、そっと後ろから近づいた。革ジャンをつかんで地面に投げ捨て、彼を木に押しつけた。

ナジブは恐怖でガクガクしていた。両手を見ると、何も持っていなかった。僕は彼の腰を探った。丸腰だった。

車にいるのは誰だ？　と僕はきいた。

ダチだよ、とびっくりして彼は言った。酒臭かった。

どうしてダチを連れてきた？

ブルーマナに行くとこなんだ。

人を連れてくるなよ。

おれたちの取引のことは知らないよ。

僕は取り分を彼のポケットにすべり込ませた。お前は無茶でバカみたいなまねをしてる。いつかアブー＝ナーラにバレて、頭に一発ぶち込まれるぞ。お前のいとこも母親も、そいつは止められないさ。車に戻ったら、小便しに行ってたって言え。そう言って出てきたんだろ？

彼は答えなかった。

僕は丘を上って、谷を見下ろした。そして前に広がる海を見た――この土地を離れて反対側の岸にたどり着くために、いつか飛び込んで潜り、泳ぎきらねばならない海。

8

ジョルジュがイスラエルから戻ってきた。

彼から電話がきて、僕は家に会いに行った。アブー＝ハディドがドアを開けた。彼は僕にキスすると、首根っこをつかんで隣に座らせ、肩をポンポンと叩いた。ジョルジュは砂漠で黒く日焼けしていた。二人とも平らなガラス板からコカインを吸っていた。

乾燥ミルクを一本やるか？　ジョルジュはコーヒーテーブルを指した。

いや、やめとく。

ジョルジュが着ているTシャツにはヘブライ文字が三つ書かれていた。彼はたくましく、前よりも物静かな様子で、頭を剃り上げていた。前よりもゆっくりと、集中して動いていた。ウィスキーを注いで、砂漠でのキャンプや訓練のことを話した。

敵の後ろから忍び寄って喉をかっ切るときはさ、口じゃなくてあごを押さえるんだ。手を嚙まれちまうだろ？　だからその練習をすることになった。ポール・ジョウリージュって知ってるだろ、カルム・アル＝ゼイトゥンに住んでるやつだ。ほら、白いフィアットのスポイラーを高く上げて乗り回してるやつだよ。とにかく、あいつはビーボのあごじゃなくて口に手をあてがったのさ。そしたらビーボのやつはどうする？　手に嚙みついて放そうとしなかった。ポールは痛くて叫んでたよ、行け行けビーボ、お前の親父が初夜に頑張ってたみたいにってな。

ジョルジュもアブー＝ハディドも笑った。

まったくジョルジュの話ときたらよ、とアブー＝ハディドは僕に言った。お前の妹の名誉にかけてさ、こいつはたいした嘘つき《ファナス》だぜ。

ジョルジュはハイになって、ニヤニヤ笑っていた。僕を見て言った。バッサーム、お前の父さんの迷える魂にかけてさ、アブー＝ハディドにニコールのことを教えてやれよ、ブルーマナでおれに電話番号をくれた女だ。あのときはお前も一緒だったろ。こいつに教えてやれよ。

ああ、おれも一緒だったよ。あれはすんげえいい女《ハムシャー・シャルハー》だったな、と僕は言った。

いい女《シャルハー》だろ？　とジョルジュは言った。でさ、おれは彼女に電話したよ。そしたら老いぼれの男が出たわけだ。父親かなって思って、ニコールにきいてみたら、あらあれは旦那よ、ときた。

あとでかけ直そうかっておれはきいた。

あら心配いらないわって彼女は言うと、そのまま誰もいないみたいに普通に喋ってるんだ。

で、おれは毎日彼女に電話してさ、何着てるんだってきいてみたんだ、そしたらさ、何も着てないわとか、レースの下着よとか、Tシャツだけよって言うのさ。

で、ちょっとエロい話になったわけだ、でも旦那はまだ家にいるんだぜ。旦那はいるのかいっていっぺんきいたら、別の回線使って聞いてるのよって言うんだ。どうなってんだ？　っておれは思ったね。だってさ、本物の男のやることじゃないだろ？

次に電話したとき、そいつはおれの声を覚えてて、やあジョルジュ、元気かいって言うんだ。そのうち家に来てくれよってな。それからニコールが受話器を取って、おれたちはいつもみたいに喋り始めるのさ。

ジョルジュはガラス板に近づいて、膝をつき、コカインを鼻から吸い込んだ。片方の鼻の穴を人差し指でふさいで、もう片方の鼻から吸った。それから話を続けた。

で、おれはスルソックにある二人の家に行ったよ。立派な家だったね。ドアを開けたのはメイドだった。旦那はたぶん六十過ぎか、もっと上でさ、彼女の父親みたいだったね。白髪で、ナイトガウンを着てスリッパなんかはいてさ、でかい葉巻吸ってんのさ。おれを家に入れて、フランス語で話しかけてくるんだぜ。こんにちは《ボンジュール》ジョルジュ、調子はどうだい《コマン・サ・ヴァ》？　ってな。家をあちこち案内してもらったよ。それからニコールが出てきて、旦那の目の前でおれの唇にキスしてくるんだ。それから振り返って、旦那の頬っぺたに両方キスして、かわいい人《ルル》って呼んでたよ。旦那のほうは彼女を愛しい人《べべ》って言ってた。

フランスのワインを開けてさ、その間ずっとニコールはおれのほうを見てニコニコしてるんだぜ。

おれなら二人ともファックしてやるね、とアブー＝ハディドが叫んだ。それからメイドもな。

待てよ、聞けって。ジョルジュは勢いづいて立ち上がった。それでさ。ニコールは靴を脱いで、テーブルの下でおれの足に絡めてくるんだ。ディナーが終わるとメイドは帰ったよ。

そのメイドをファックしてやりてえ、とアブー＝ハディドがまた話をさえぎった。メイドをファックしてやるんだ！

それでおれたちは客間に座ってた、とジョルジュは話を続けた。彼女、おれの隣に座って、手を握ってくるんだぜ。

旦那の目の前でか？　とアブー＝ハディドがきいた。

ああ、旦那の目の前さ。

お前はどうしたんだ？　と僕はきいた。

失礼《エクスキュゼ・モワ》ですけど、あんたたち本当に夫婦なのかい？　っておれはきいた。

そのとおりだよってローランは言った。旦那はローランっていうんだ。まったくそのとおりだよ、ジョルジュ。ニコールは君を気に入っている。何か気になることでも？　ときた。

ニコールはおれにキスし始めた。それからおれの銃を取って、強い男が大好きなのよって言うんだ。見てよローラン、見て、愛しい人《モン・シェリ》って言って、旦那に銃を渡したんだぜ。ローランはそれを眺めて、本物の戦士だなって言ってた。で、彼女の手はおれのチンポに当たってた。息が荒くなってさ、興奮してたね。ひざまずいてさ、おれのチャックを下ろして、チュパチュパやったのさ。

旦那の目の前でか？　アブー＝ハディドは叫んだ。バッサーム、こんな話信じられるかよ？

いいからさ、とジョルジュは言った、まだ続きがあるんだよ。彼女はおれのアレをしゃぶっててさ、そしたら旦那のほうときたら彼女を応援し始めるんだぜ。手を叩いて、頑張れニコール、頑張れべべって歌ってた。おれがイッちまったら、旦那はキッチンに走ってタオルを持ってきて、彼女の顔を支えて口の周りをきれいにしてるんだ。そのあいだずっと言ってたね、べべ、私のかわいい《モン・プティ》べべ……

そしたらローランはもう帰ってくれっておれに言った。ジョルジュ、もう遅い時間だし、ニコールは疲れてしまってねってな。玄関までおれを送って、今日はありがとう、ニコールは君のことが好きだからまた電話するよって言ったよ。

彼女から電話来たのかよ？　とアブー＝ハディドはきいた。

ああ、来たさ。

おれも一緒に行こうか？　アブー＝ハディドは笑った。彼はガラス板にかがんで、鼻から飛び込んでいった。

僕が帰るとき、ジョルジュは階段の下までついてきて言った、なあ、お前とナジブはピリピリしてきたみたいだな。どうにかしたほうがいいぞ。でなきゃお前たち二人とも手を引いたほうがいい。アブー＝ナーラにバレるのはごめんだ。バレちまったら、お前たち両方の頭をぶち抜いてこいっておれが言われるかもしれない。金が欲しいんなら、いつでも民兵に入れるだろ。

お前はいとこと話をつけろよ、と僕は答えた。


その夜、近所の家々で激しく燃えさかる百万のロウソクの火のあいだを僕は歩いた。その明かりの下、割れた窓を覆うナイロンシート越しにぼんやりと姿を浮かび上がらせて、僕は犬のいない通りを歩いていた。僕は歩き、ロウソクは傷ついた壁の街で踊っていた。明かりのない街、ビニール袋に包まれて、銃痕で漆喰を塗られた壊れた街。

途中で僕はウンム＝ドリーに出会った。彼女は夕方の礼拝に行くところだった。頭を黒のレースのスカーフで覆っていた。

坊や、あんたの迷える魂のために祈ってあげるよ。神の大いなる怒りがわたしたちみんなに降りかかってるんだ。

神は死んだよ、と僕は言った。

ウンム＝ドリーは金切り声を上げ、まるで悪魔に出くわしたみたいに十字を切った。僕は太陽の不在のなかを歩き、悪魔が僕のあとをつけてくるのを見たように思った。悪魔が夜行性の犬のようにドラム缶の上で匂いを嗅いでいたのだ。ドラム缶にはロウソクのかけらや雑誌の切れ端や、殺された山羊の臓物や屑肉、ゴミ、残骸、糞、生ゴミ、人間の排泄物、家庭ゴミ、漂着物、割れたガラスが詰まっていた。

僕の後ろで、車のエンジンがゆっくりと動いているのが聞こえた。振り向くと、フロントガラスの後ろに頭の輪郭が三つ見えた。歩道に上がれよ、と暗がりから男が言うのが聞こえた。僕がもう一度振り返ると、ナジブが見たことのない二人の男と一緒にいた。突然、三人は車から降りてきてドアをバタンと閉め、僕に襲いかかってきた。肘を僕のあごに押しつけてきて、喉元を押さえられてしまった。一人が僕の片手をつかんで背中の後ろにねじり上げ、その相棒が僕を歩道のほうに押していった。彼らは僕を金属のドアに押しつけた。ナジブがそばに来て耳元でささやいた。マシンにはもう近寄るな、わかったか？　来ようなんて考えるなよ。お前のブサイクな顔を潰してやるからな。

僕は銃に手を伸ばそうとしていたけれど、息をするのも苦しくて、右手は肩のところまでねじり上げられていた。

おれたちからくすねた分を返せよ、でなきゃここにいる民兵のダチがお前の家にやってくることになるぜ、とナジブはまだ子供っぽい声に似合わない凄味をきかせてささやいた。二人の男は僕の腕を元に戻して、僕を地面に押し倒した。僕は頭をかばい、庭土の下にいる幼虫のように丸まって、巨大な森の高い木から落ちてくるばかでかい葉のように靴の裏が僕の体に浴びせられるのを待った。男たちが僕のあばらや顔を踏みつけてくるのを感じた。足に続いてこぶしが大当たりのマシンのように降り注いできた。ナジブは僕に唾を吐いて立ち去った。

三人が車のドアをバタンと閉めて、病院通りに向かっていくのを僕は見ていた。それから僕は悪魔のように飛び上がった。僕は復讐に燃える千の神々の勢いで走り、狂ったハイエナのように、獣の喉を貫く金属のように、甘い血と毒の誓いのよだれを垂らしていた。僕はフェンスを飛び越えて、病院通りに出る路地に走っていった。僕、怒りの稲妻、燃えるトロイの木馬の腰、インドの谷で立ち上がるコブラ……。僕はもう一つのフェンスを飛び越えて病院通りに着地し、ゆっくりと近づいてくる車のライトを見つめた。拳銃を抜いて弾を装塡し、道路の真ん中に立った。車は止まり、狭い道をバックし始めて、左右に駐車している車にぶつかっていた。ライオンの手のなかにいるネズミのように、ナジブがキーキーわめいているのが聞こえた。僕は車めがけて撃ち、右のライトに命中させた。もっと暗い、壁に近い側に移動した。両腕を伸ばし、指を引き金にかけて、ゆっくりと車に歩いていった。バックしろよ、頼む、バックしろって！　とナジブは叫んでいた。僕は左のライトにもう二発撃ち込んだ。パニックに陥った三人の頭のシルエットが、ガラスのかごに囚われた鳥のように浮かび上がった。左手から血を流し、腫れ上がった唇を嚙み、痛むあばらを無視して僕は言った。ゆっくり外に出ろ。ゆっくりだぞ、と僕は言った。ゆっくりだ。ゆっくり、と言った。

　まずナジブが出てきた。他の二人は両手を上げて僕のほうに近づいてきた。車の泥よけの前、荒れ狂う月の下で、三人とも僕の靴と平行になるように地面に腹這いにさせ、僕の激しい息づかいとしたたる血、らんらんと輝く悪魔の目の下に並ばせた。ナジブは腹を空かせた幼児のように泣き言を言って泣いていた。

　僕は三人の体を調べた。誰も武器は持っていなかった。僕はナジブの友だちの二人を自由にし、ナジブには残れと命じた。

　僕たちは車に乗り込んだ。僕は助手席に乗って、ナジブが運転した。彼はずっと泣きじゃくっていた。小便臭く、ズボンには濡れた跡が膝までついていた。僕の指示どおりに運転しながら彼は泣いて、あれこれ泣き言を言っていた。

橋の下にやってくると、彼に降りろと言った。彼はハンドルにしがみついたまま体を前後に揺すり始め、すすり泣きながら、頼むから殺さないでくれと泣きついてきた。

降りろ、と僕は言った。傷つけやしない。いいから降りろって。

おれチビっちまったよ。お望みのものを言ってくれよ。

降りろ。

彼はゆっくりとドアを開けた。逃げ出す隙を与えず、僕は彼の上体を温かいボンネットの上に押しつけ、耳の上に銃を当てた。

一緒にいた二人は誰だ？

あいつらのことなんか知らないよ、と彼は叫んだ。

民兵の連中だろ。ちびのナジブは何か知ってるはずだ。誰の指図で来たんだ？

ナジブは泣き、殺さないでくれとまた懇願した。

じゃあこうしようか。お前が話すんなら、おれは殺《や》らない。お前が喋らないなら、おれのピストルでロシアンルーレットをやるからな。確率はどれくらいだと思う？　喋らないなら、お前の死体と金のかかった靴を下水溝に捨てて、どでかいドブネズミの餌にしてやる。お前が耳の裏にすりこんでるフランスの香水に喜んでかぶりついてくるだろうな、このかっこつけ野郎《ヤー・シェイク・インタ》。

ナジブは身震いし、真新しく生温い小便が足首からどっと流れ出た。

あいつらは誰だ？　と僕は言った。

ナジブは泣き、会ったこともない連中なんだと言いつのった。

ならいいさ、ネズミのエサになれよ！

いやだ！　いやだ！　待ってくれ。あいつらはデニーロのダチなんだ。おれが喋ったなんてあいつに言わないでくれ。お前の母さんの墓にかけて、それだけは頼むよ。

車はもらってく、と僕は言った。歩いて帰れ。そうすりゃ服も乾くさ。


アシュラフィーエから丘を下ったところで僕は車を停めて、コンパートメントを開けた。懐中電灯と、書類が一枚入っていた。検問所を通過するための軍事許可証だった。ナジブの名前が記入されていた。僕はそれを折り畳んでポケットに入れた。

車のほかの場所も探してみたけれど、何もなかった。持ち主の書類も、武器もない。僕は降りて運転席のドアを閉め、シリア人地区から丘を上がっていった。箒を持った女が戸口から通りに埃を払っていた。僕が通り過ぎると、彼女は動きを止めて、ずっと僕を見つめていた。僕たちはにらみ合い、そして僕は歩き続けた。彼女がサッサッと箒を払う音が止んではまた聞こえた。

月光が上から降りてきて、小さな屋上で踊る洗濯物に色をつけていた。上のほうでは、キリスト教徒たちの天国が星にきらめき、細い路地は影で薄汚れていた。

僕は丘を抜けて上っていき、地上階の窓をいくつも通り過ぎていった。押し入るような視線で、僕はイメージの数々を素早く抜き取った――悔恨の表情を浮かべた亡き先祖たちを見せるセピア色の写真、プラスチックの花が入った華やかな花瓶、古い罪で染みがついた古くさいソファ、緑の谷とレンガの家が描かれた美しくロマンチックな絵、垂直の壁に架けられた十字架の下にある巨大な木製ダイニングテーブルと吸血鬼の椅子。そして音も聞いた。鍋がガチャガチャいう音や、包丁の音、そして犬に自分の尻尾を追わせるラジオの紫外線の音波。外の裏庭では、ヴェネツィアのバルコニーにあるフレスコ画のように、たるんだ腕で洗濯物が干され、まっすぐなピンで隊列を組まされている。僕は煮立ったチキンスープの匂いを嗅ぎ、タマネギの匂いがついた手がまな板の上で包丁をだんだん強くトントンと打っている音を聞いた、去勢された少年聖歌隊のコーラスのように、あるいは、その嵐の日に、磔にされたヤハウェの息子と、その連れである赦された盗人の垂れ下がった死体のために、音もなく流されるアラム人の涙のように。

ジョルジュは僕に椅子を持ってきた。

彼はタバコの箱を取り出して、火をつけ、マルボロの箱をテーブルに投げ出した。

お前とナジブとの件は全部ケリがついたか?

僕が口を開く前に、彼は話を続けた。ポーカーマシンのことは忘れろ。別の仕事を回すよ。

僕はずっと彼を見ていた。そして僕の指にタバコはなく、僕の喉は焼けつき、目がかゆいだけだった。怒りが僕の胸を這い下りてきて、子供のころのイメージがテーブルの上で跳ねた——二人の少年、傾いた壁の角で小便をして、木の銃でハトを撃ち、小さな手でロウソクをくすね、木の棒を振り回して街のあちこちの丘で車のハンドルを集め、安物のサンダルをはいて、紫色のチューインガムを噛み、ポケットをビー玉でふくらませて、パチンコと曲がった矢でインドやアフリカのライオンたちを追い、すりむいた膝をついて祈り、くすねてきたタバコの火が夜に狭い路地や階段の下で揺れるように踊る炎に囲まれて、異国の言葉で告解をしている。

ジョルジュはグラスを上げた。ウィスキーだ、と彼は言った。

ウィスキーかよ、と僕はいやみっぽくささやき返した。

ウィスキーは金になる。ポーカーマシンのことなんか忘れて、おれと何カ月か一緒にやろうぜ。稼いで出てけよ。

お前の組織に入る気はないぜ。

そんな必要はない。こいつはサイドビジネスなんだ。ルーマニアから安物ウィスキーが偽のラベルがついたジョニー・ウォーカーのボトルで、何千本と来てる。それを全部まとめて、売れる状態にするんだ。製造元としては何百ケースかをイスラム教徒側に出荷したいんだ。トラック一台に積み込んで、ダウンタウンで人と会うんだ。お前は配達すればいいだけだ。

誰が絡んでる？

誰も。おれとお前と製造元だけさ。

アブー＝ナーラは？

アブー＝ナーラなんか気にすることはない。

お前もついてくるのか？

いや。お前一人で配達をするんだ。検問に備えて軍事パスを用意しとくよ。最初は週一回だ。二、三週間も経てば、もっと酒をくれって西側全体が泣きついてくるさ。

その仕事には二人必要だな、と僕は答えた。

じゃあ誰を使うんだ？

今度教える。

早めに教えろよ。最初の配達は木曜の夜にやらなくちゃならないし、製造元は待ってるし、おれの頭にまず浮かんだのはお前だった。いつでもお前のことを考えてるからな。

おれたちはいつも自分たちのことを第一に考えてるさ、と僕は言い、ライターを投げ返して出ていった。

9

僕は自分の家のベランダのへりにもたれて、通り過ぎていくキリスト教徒たちを見つめていた。買い物袋を持った信心深い者たちが、馬のように急ぎ足で過ぎていく。通りの先で、彼らは台所用品や野菜を陳列している行商人の手押し車の周りをウロウロしている。行商人が声を張り上げると、主婦たちはバルコニーに出てきて、かごと代金をロープで吊るして下ろす。彼女たちはダース単位で注文し、バルコニーから値段の交渉をし、長い睫毛をパチパチさせながら商品を見定める。注文の声が壊れた壁に反響していた。ベランダから下ろされていくかごは、暗い井戸を下りていくバケツのようだ。そして行商人がかごいっぱいに品物を詰めると、女たちは炭坑夫のようにロープを引き上げ、火をおこし、金属鍋と赤いソースで料理を作る。

ラナが下を歩いていくのが見えた。視線は地面に落としていた。通りの先まで行くと引き返して、僕の下をまた通って、主婦たちがロープと長い舌を畳み込むのを待っていた。すべての家のドアに入り込み、すべての枕に巻きつき、ベッドでヘビのようにズルズルと動き、すべての若いスカートのなかに伸びては経血や処女膜を詮索する舌。

味見用のスプーンをズルズル吸う舌だな、と僕は思った。死者に毒づく舌、バルコニーや屋上で洗濯物や人々の人生を掛ける舌、お喋りな舌……

母さんに言われたわ、そう言いながらラナはようやく僕の家のドアにやってきた。バッサームがうちに来てあんたの手を求めるか、でなきゃネコみたいにあんたのいる窓際をうろつくのをやめさせなさいって。

おれは今ひと仕事してるんだ、と僕は言った。辛抱してくれよ。

もうここには来れないわ、バッサーム。あの噂好きのアーブラ《ハイディー・サルサーラ》が、この前わたしがここに入るとこ見てたのよ。それで、四十日の喪もまだ明けてないのにって言ってるの。この近所の人たちは一日じゅう何か見ては噂話してるのよ。もう嫌になっちゃうわ、バッサーム、この戦争も、ここの人たちももううんざり。出ていきたいわ、バッサーム。さっさと出ていきましょう。あなただって、港で箱を運んで一生終わるなんて気はないでしょ。

おれはひと仕事するんだ。そのうちだよ、と僕は言った。じきにおれたちは出ていくんだ。それで十分《ハラース》だろ。そして僕は彼女の腰を抱き、唇にキスし、スカートを持ち上げて、彼女の曲線に触れた。濡れて、温かく、優しく流れ出る、指先に触れる温かさ、割れた唇の上の温かさ、塩からい指先に触れる舌の温かさ、巻き毛のなかでくねる指、ブラウスを破く指、這い回る指、枕を窒息させる指。

僕たちはタバコを二本つけ、ラナが口を開いた。こないだジョルジュに会ったわ。新車のＢＭＷを運転してた。彼の車なの？

違うだろうな。アブー＝ナーラの車だろ。

その日は友だちのレイラと歩いてたの。お喋りしながら服を見てたら、すてきなスポーツカーが横に停まったわけ。サングラスをかけてたから、最初はジョルジュだってわからなかったわ。そしたらウィンドウを下げて、乗ってかないかってきいてきたの。けっこうよってわたし言ったわ。遠くには行かないものって。そしたら、後ろの車の列からクラクションを鳴らされるし、ジョルジュの車のドアはもう開いてたから、わたしたち乗ったの。ここまで送ってもらったのよ……おかしな人よね、アラブ音楽をガンガンかけて、レースでもしてるみたいに運転するのよ……何も言わないのね、バッサーム、黙っていられるとつらくなってくるわ、ほんとにつらいのよ。わたしに触りたいだけなのね。会ったらあなたはすぐに服を脱いでもらいたがる、そのあとは寝転がって天井を見上げて、タバコ吸って、わたしにはほとんど何も言ってくれない。ひどいわ。

あとで、僕はジョルジュの家に行った。彼の小隊のメンバーたちが、コットンのシャツにカウボーイベルト、リーバイスのジーンズという格好でソファに寝転がっていた。ブルーマナで出会ったニコールもいた。夫のローランは酔っ払っていて、アフリカの話をしていた。鏡の上にはコカインのハイウェイが何本も走っていた。ガラスの上で鼻が掃除機の吸い取り口のように動き、ぼんやりと見開かれた目の細胞に白い粉を送り込んでいた。大声で笑い、歯を輝かせる無敵の戦士たちで、アパートの部屋はざわめいていた。戦士たちはそのまっすぐで広い肩でキッチンを占拠し、音楽に合わせて野太い声で歌い、キスと勇ましい賞賛を互いの頬に浴びせ、鋭い射撃手の目はくねる尻に狙いを定めていた。食べ物と酒、話し声とタバコがあった。

僕はビール片手に壁によりかかって立っていた。何人かと話をした——ファディ、アデル、レーモン、スーハ、シャンタル、クリスティーヌ、マヤ、スーハイル、そして、ニヤニヤしてハイになっているジョルジュ。

今は楽しんどけよ、あとで話そうぜ、とジョルジュは言った。鼻血出してる女の子がいてさ。

お前の仲間のジョゼフ・シャイベンにウィスキーの仕事を手伝ってもらえるか頼んでみようと思ってる、と僕は言った。

明日話そう、とジョルジュは言って、僕の頬にキスした。お前は兄弟だ、本当だよ、と言い、ベベとその夫、ムッシュー・ローランのほうに歩いていった。

お茶に来たんだろ、とドアを開けた製造業者は僕に言った。いいか。簡単な仕事だ。連絡はおれがつける。こいつはただの商売だ。誰だって酒は飲む。飯は食ったか？

食べた、と僕は言った。

おれの女房のオクラ《バーミア》をいっぺん食ってみろよ。さあ、座って食えよ。

いや、もう食べたんだ。今度にするよ。

ウィスキーは好きか？

ものがいいやつはね。

業者は笑った。じゃあおれの酒は勧められないな。ところでな、お前の叔父さんを知ってるんだ。いつも政治に首を突っ込んでた。そんな活動で時間をムダにするのはやめとけってよくあいつに言ったよ。でもあいつは社会主義者で、デモが大好きだった！　明日、倉庫で息子のハキームがトラックに荷積みする。お前はブツを運ぶだけだ。金のやりとりはない。相手の名前はアリだ。どこに行けばいいかジョルジュから聞いてるか？

ああ。

一人で行くのか？

いや。

ただの商売だからな、と彼はまた言った。宗教も戦争も関係なし、純粋な商売だ。イスラム教徒だろうがキリスト教徒だろうが関係ない。


僕とジョゼフはアル＝アスワクまで車で行った。通りはがらんとしていた。小さな草が歩道のひび割れから生えてきていて、壊れたアーチの下で茂り、略奪された商店の前で輝き、腐っていく砂嚢から伸び、そしてかつての日々を懐かしむ無人の官庁で茂っている――かつて、怠け者の官僚どもが長い廊下をぶらつき、金属の机でうたた寝し、濃いコーヒーに口ひげを浸し、毛が生えたうぬぼれた胸に薄いタイをひけらかし、蠅を手で追い払っては賄賂をせっせと受け取り、終わりのない事務処理に勤しんでいた、偽造された遺書、違法な屋根、改心の証明書、宗教的な離婚、汚染された水道管、未成年の運転免許証、期限切れの手形、遅々として進まない工事、遺棄された下水道、汚れた旅券、そしてベッカ峡谷のヘリオポリスの階段に生息している幻覚性の植物の違法な収穫、ヘリオポリスの夜に、あの哀れっぽい声で歌うファイルーズが、きらめく星の下で歌っている、その星が東方の三人のバビロニア人を南にある厩に導いたのだ、食べ物を反芻する牛たちと、処女の丸く黒い乳首からミルクを吸う赤子がいる厩に。

僕が運転し、ジョゼフが道案内をした。ここのことは自分の指くらいよく知ってるんだ、と彼は僕に言った。そこで右折だ、そのドラム缶の向こうのとこだ。停まれ。

僕は銃を抜いてバンから降り、車のそばに立った。ジョゼフは自分のＡＫ－47を持って、車の後ろに陣取った。

お茶《シャーイ》だ、出てきて受け取れよ、お茶だぞ、とジョゼフは叫んだ。

無人の建物の一階から男が口笛を吹いた。

アリか？　と僕はきいた。

バッサーム？

そうだ。

アリの合図で、砂嚢の陰から二人の少年が現われた。皺だらけの服とビニールのサンダルという姿で、泥を顔に塗っていた。

僕はバンに乗り込み、車の後部を街の西側に向けた。少年たちの小さな腕がバンからケースを持ち出し、建物に運んでいった。

四十ケースだ、と僕は言った。

マフムード、ケースを数えたか？
四十、と建物のなかから子供が叫んだ。四十《アルバイン》だ、神を信じていろ《タワッカル・アラッ・ラー》。
じゃあな《クッサック》、戻るときは地雷に気をつけろよ、とジョゼフは彼らに叫んだ。


一万の針がすでにニコールの肌を貫いていたけれど、僕は彼女に小さな包みを持っていった。ムッシュー・ローランはスプーン片手にガスコンロの上にかがみ込み、粉を溶かしては液体を熱していた。

ほら、べべ、愛しい人よ、ほら。

腕に巻いたバンドが外されると、ニコールは僕に微笑みかけた。お金はジョルジュに渡せばいいの？　それともあなた？

ジョルジュに渡せよ、と僕は言った。

僕は階段をブラブラ下りて街に入り、教会の壁に向かって歩いていった。そこの石段に座ってタバコを吸った。縞毛の猫が数匹通っていき、いくつかのライフルがミャーミャーと鳴き、いくつかの軍靴が大地を舐め、頭上ではいくつかの鐘が鳴っていた。

ようやく、ジョルジュがアブー＝ハディドを連れて現われた。

あのジャンキー女はどうだった？　と彼はきいた。あのジイさんも打ってたか？

いや。

あいつは金を払ったか？

いや、お前に払うように言っといた。何の包みだったのか教えろよ……僕は言葉を切った。ウィスキーのおれの取り分は持ってきてるか？

あいつまだおれに払ってないんだ。あいつが払ったらお前の分もちゃんとやるよ。心配すんなって。次は何の用件なのかちゃんと言えよ。おれはお前のお付きの売人じゃないんだ、と僕は言った。そして立ち去った。

後ろからジョルジュが声をかけてきたけど、僕は答えなかった。


次の日、僕は一日中ベッドに横になって漂っていた。タバコの煙が僕の周りに立ちこめ、天井に昇り、灰色の雲を形作った。遠くで砲弾が落ちていた。ベッドの下にある皿には、灰と、潰れた顔とせむしの格好をしたマルボロの黄色い吸い差しがあふれていた。そばにあるロウソクが僕の手にある漫画の本を照らしていた。ベッドの下で、僕のスリッパはタンタンの犬のスノーウィのように待っていた。ドアをノックする音が聞こえて、僕は枕の下から銃を取り、すばやくロウソクの火を消した。スリッパを履いてドアのところに歩いていき、覗き穴に片目をつけた。暗い人影が一つ見えた。

僕はドアから離れた。誰だ？　ときいた。

わたしよ、ナビーラよ。ドアを開けて、バッサーム。

僕は言われたとおりにした。

どうして暗いところで隠れてるの？　司祭からロウソクを盗んできたっていいし、家に火をつけたっていいけど、迷子の幽霊みたいに隠れてちゃだめよ。

ナビーラは僕の後ろから部屋に入ってきた。僕は片手でテーブルを払って、マッチの箱を探した。それを見つけると、ブラジルの楽器のように振った。一本を箱のざらついた面でこすると、ナビーラの顔が浮かび上がった。

まだやつれてるわね。顔色が悪いし、やつれてる。明日来させてもらって、料理と片付けをするわ。

いらないよ、と僕は言った。

ガルグーティに会った？

昨日。

わたしは丸一週間会ってないのよ。仕事場に電話したら、もうそこでは働いてないんですって。家にも何回も行ったけど、いたためしがなかった。誰も見てないってみんな言うのよ。あの子はほとんど家にいないってお隣さんのウンム＝アデルは言ってたわ。

忙しいんだよ。

何で？

働いててさ。

何をしてるの？

知らないよ。片っぱしからいろいろやってるんだろ。

たとえば何？　あの子はどうなってしまうの？　アブー＝ナーラの部下になってるの？

そうだよ。

でも、何をしてるの？

警備だよ。

警備ですって！　とナビーラは叫んだ。何のための警備なの？　あのデブで間抜けのアブー＝ナーラに電話してやる。そうするわ。わたしの甥っ子の髪の毛一本でも傷ついたら、お墓にいるあいつの母親を呪ってやる。ジョルジュと話をして、バッサーム。あなたの言うことなら聞くわ。あなたたち二人は兄弟だもの。あの子は学校に行くべきなのよ。

おれはこの国から出てくよ、と僕は言った。

どこへ？

ローマでも、パリでも、ニューヨークでも、行けるならどこでも。

あの子を連れていってやって。連れていって。あの子を説得して。そうね、二人とも出るのがいいわ。フランスに行きなさい。ジョルジュの父親の名前を教えるから。あの臆病者に頼んで、息子にフランスのパスポートとお金を送らせる。ジョルジュの書類を頼んで、息子が行方不明だって言うわ。息子をバカンスに招待しなさいって。バッサーム、処女聖人があなたに扉を開いてくれますように。あなたの兄弟を助けてあげて。お願い。いつ出ていくの？

金が入るのを待ってるんだ。

もしあなたが行って、ジョルジュの父親を見つけてくれるなら、お金はあげるわよ。

いや、大丈夫だよ。

ひどい散らかりようじゃない、バッサーム！　ナビーラはコップやあふれた灰皿、服を床から拾い上げた。

ほっといてくれよ、と僕は言った。

彼女は拾い上げて、昔母がしていたように並べていた。

僕は彼女の手首をつかんで、枕をもぎ取り、壁に投げつけた。ほっといてくれよ。

ナビーラは僕の手を握り、僕の顔に触れた。あなたはもう独りなんだから、自分で自分の面倒を見なきゃだめよ。ネズミみたいに不潔な暮らしはやめなさい。窓を開けて。この家はタバコと汗の臭いがするわ。自分を見てみて。今の格好ときたら、ひげも剃らずに放ったらかしにして。

彼女は手を引っ込めて、僕の頬にキスすると、暗い廊下から通りに出ていった。


二回目の配達のとき、僕とジョゼフはジョニー・ウォーカー六十ケースをバンに積み込んだ。ジョゼフは箱の一つに手を伸ばすと、開けて瓶を一本取った。

そんなクズみたいな酒飲むなよ、具合が悪くなるかもしれないぜ。今日死にたくはないだろ、と僕は言った。

死ぬべきときが来るまでは誰も死にゃしないよ、とジョゼフは言った。

運命論者の戦士ってわけだ、と僕はからかった。

いいか、おれの話を聞けよ。お前が運命を信じてるかどうかはそれでわかるさ。おれたち前線にいたんだ。ユーセフ・アショーを知ってるか？　シリア人の坊やの。おれたちはあいつをＲＢＧって呼んでた。

知らないな。

ま、とにかくさ、そのガキが一週間前線に張ってたわけだ。その日はおれが前線を指揮してさ。女が見えたんだよ、黒い服の婆さんがおれたちのほうに歩いてくるんだ。聞いてるか？　おれは狙撃用のライフルを取って双眼鏡を覗いてみたよ。婆さんの胸にはでかい十字架が下がってて、おれたちの側の人間だってわかった。おばさん《ヤー・ハーラティ》、どこ行くんだい？　っておれは声をかけた。

息子のユーセフに会いに来たって言うんだ。婆さんは軽く十は地雷があるところを歩いてきて、全部よけてきたに違いねえよ。亡霊みたいに、どこからともなく現われたんだ。

おれはユーセフを呼んだ。あいつ別の建物にいてさ。てことは、小さな通りを渡ってくるのがこっちに来る最短の方法なわけだろ、でもそこは狙撃兵に丸見えだ。もう一つのルートはぐるっと回ってこなくちゃならないから時間がかかる。母さんが来てるって聞いたユーセフは狙撃兵のいる通りを横切ってきてさ、あと数メートルってとこまで来たときに狙撃兵の弾があいつの耳のすぐ上をヒュッて音を立ててかすめたんだ。

息子の姿を見たら婆さん泣き出してさ、なんだかひどい夢を見て、恐ろしいことが起きそうだって、虫の知らせがするって言うんだな。

ユーセフは頭に来てたね。母親相手に毒づき出して、腕をつかんで押してさ、帰れって怒鳴って、自分の母親を頭のおかしいババア呼ばわりした。

おれはあいつの頭を殴ってさ、母親を敬え、そんな口のきき方をするなって言ってやったよ。前線《ジャブハ》から出てけって言った。お前みたいな礼儀知らずはおれの部隊にいらないって。

それであいつにジープで母親を家まで送らせたんだ。で、ユーセフは家に着いて、服を脱いだ。母親は息子のためにお湯を沸かして、風呂の準備をして、家から出た。あいつが体を洗ってるときに砲弾がバスルームを直撃して、あいつは死んだ。吹っ飛んで百万の肉のかけらになっちまった。母親は気が狂っちまったよ。今じゃサイデー教会の石段のところで寝泊まりして、ずっと祈ってる。誓いを立てて、息子が死んでからは風呂にも入らないし体も洗わない。さあ、この話にお前なら何て言う？

飲めよ、と僕は言った。

アル＝アスワクでアリと荷を下ろす場所に向かう途中、僕とジョゼフは通りの真ん中に立っている二人の少年に出くわした。二人は手を振ってきた。一人は縮れた髪で、ボロボロのスニーカーを履いていた。もう一人はジーンズとサンダル姿だった。縮れた髪のほうがAK‐47を持っていて、もう一人はひょろっとした細いベルトに銃を引っかけていた。

僕はバンを停めてドアを開け、二人のほうに歩いていった。ジョゼフもついてきた。

バンのなかにいろ、と小さいガキが僕に叫んだ。

誰が仕切ってるんだ？　誰がここを仕切ってる？　と僕はきいた。

おれだよ、と少年は言った。車に戻れ。

僕はその要求を無視して、一歩も動かなかった。

お二人《シャバーブ》はどこに行く途中なんだ？　と少年はきいた。

なんで知りたがる？　とジョゼフが言った。

つべこべ言わずにバンの後ろを開けろ、と少年は言った。

お前が誰なのか言えよ、でなきゃそこからどけ！　とジョゼフは言った。

小柄なガキは二歩下がって、少し手間取りながらライフルのクランクを動かして、僕たちに銃を向けた。その相棒は銃の重みでよろよろしながら足を引きずって走ってきて、ジョゼフの顔に銃を突きつけた。バンを開けろ、と一人目のガキが叫んだ。開けろって！　彼はライフルを僕に向けた。彼の体重の二倍、年齢の三倍はありそうな銃だった。

僕とジョゼフはバンのほうに歩いていった。少年たちは後ろを走ってついてきた。

後ろのドアには鍵がかかってるから、運転席から鍵を取ってこなきゃな、と僕は言った。

僕がバンのドアを開けると、少年たちは二人ともついてきた。僕は片手で鍵を取り出し、もう一方の手で、助手席にあるジョゼフの装備用ベルトに素早く手を伸ばした。ベルトから突き出ている最初のものをつかんだ——手榴弾だ。そして僕は鍵をバンの床に落とし、ハンドルの下に潜り込んで手榴弾のスプーンを握りしめ、ピンを抜いた。僕は少年たちのほうに向き直って、彼らの幼い顔の前に腕を伸ばした。

武器を捨てろ、このカス野郎ども《ヤー・イフワト・シャルムータ》、と僕は言った。神も神の幸福な王国も知ったこっちゃない。おれが手を開いたら、おれたち全員吹っ飛んで肉のかけらになるぜ。

さあ、カス野郎どもめ《ヤー・ワラドゥ・シャルムータ》、民兵相手にナメた真似したらどうなるかわかったろ！　とジョゼフは叫び、銃を抜いて二人の顔に突きつけた。そいつを捨てろ、とジョゼフは叫んだ。バッサーム、三つ数えろ。それでもこいつらが武器を捨てなかったら、手を開け。おれたち相手にナメた真似しやがって！

ライフルを持ったほうの少年が、先に武器を下げた。もう一人はしばらくAK-47を捨てようとはしなかった。それからまばたきを始め、鼻からひっきりなしに息を吸い込み出した。彼がカラシニコフを少し下げると、すぐにジョゼフは武器を二つともひったくった。彼が一人を平手打ちし始めると、もう一人はゆっくりと後ずさりし、裏通りを走って逃げていった。

ジョゼフは残った少年のTシャツをつかんで、小麦粉の袋のように彼を振り回した。歩道に引きずっていって、両脚で踏んづけた。この犬め《ヤー・カルブ》、おれたちを止めようなんて何様だよ？　と彼は叫んだ。

小柄な少年は泣き出して、か細い両腕で顔を覆った。

お前を独房に連れていくから、そこで死んで腐っちまえ、この犬め《ヤー・カルブ》。

僕は無人の建物に歩いていって、窓から手榴弾を投げ込み、地面に突っ伏した。爆発音が世界中にこだました。それから僕はジョゼフを少年から引き離した。少年の小さな頭からは血が出ていて、鼻は潰れていた。彼は視線を下げ、手の甲で血を拭って、本来のガキっぽくすすり泣いた。

お前はどこに住んでるんだ？　と僕はきいた。

おれたちここアル゠アスワクに住んでる。

どうしてバンを開けようとした？

何か取るものを探しててさ、と彼は言って、血の混じった唾を吐いた。

どこに持っていくつもりだった？

売るんだよ。あんたたちが民兵だなんて知らなかった。

武器はどこで手に入れた？

死んだシリア人の兵士から取った。

お前いくつだ？　と僕は詰問した。

十四。

名前は？

ハサン、と彼は言った。

おれたちの地区にイスラム教徒の野郎がいやがるのかよ、とジョゼフは叫んで、拳銃を抜いた。こいつを始末するぜ！

僕はジョゼフの腕を押さえて、彼をバンに押し込んだ。

振り返ると、ガキが足を引きずりながら、砲撃された街の壁を抜けて逃げていくのが見えた。

バンに戻ると、ジョゼフは笑って、僕のことをキチガイ《マジュヌーン》と呼んだ。

これからはお前をアル＝マジュヌーンと呼ぶぜ、と彼は言った。あのロシア製の手榴弾でおれたち全員死ぬとこだったぜ。よりによって最悪のやつを開けやがってよ、一番あてにならない代物なんだからさ。爆発するまで一秒か三分かもわからないんだ、どっちにしたっておれたちおダブツだったな。イカレて《マジュヌーン》やがる。彼の笑い声は大きくなった……このキチガイ《マジュヌーン》め。


僕たちが荷下ろし場所に着くと、アリと部下の少年たちが待っていた。少年たちがバンを開けるあいだ、アリは僕に近づいてきて、タバコを一本差し出した。

向こう側はどんな具合だい？　と僕はきいた。

昔は全部一つの側だったのに、今じゃ向こう側って言うんだな、とアリは言って、首を振った。向こう側に行ったことはあるのか？　と彼はきいた。

ずっと昔、小さかったときに。あっちに親戚がいるんだ。

そうなのか？

そう、共産主義者の叔父がいる。

名前は？

ナイーム・アル゠アビヤド。

お前の叔父さん知ってるぞ、とアリは驚いて言った。一緒に戦ってたよ。今じゃあいつは共産党の幹部司令官だよ。やり取りはあるのか？

いや、もう長いことないよ。

ジョゼフが近づいてくるのが見えた。僕はアリに目くばせして、僕たちは話題を変えた。

少年たちがウィスキーの積み出しを終えると、僕は小便してくるとジョゼフに言った。壁の向こうに回って、アリを呼んだ。

おれのおふくろが死んだって叔父に伝えてもらえるかい？　と僕はたずねた。

安らかにお眠りください《アッラーフ・ヤルハムハー》、と彼は言って、頭を垂れた。叔父さんに連絡しておくよ。

10

真夜中にノックの音が聞こえて目が覚めた。アパートのドアを開けると、ムッシュー・ローランが両手でロウソクを持って廊下に立っていた。僕はなかに招き入れた。

ジョルジュを探しているんだ、と彼は言った。

家には行ってみたかい？

ああ、でもいなかった。

じゃあ仕事なんじゃないかな。

どこかな？　急ぎの用なんだ。

バリケード《サカナ》に行ってみたらどうだい。それか任務でどこかに行ったのかもしれないな。先週のパーティーのときにそんな話をしてた。

べべにまた注射が必要なんだ。あの子は痙攣を起こしてる。

おれにはどうにもできないよ、ムッシュー・ローラン。

すぐに何とかしないと。

彼女をリハビリ施設に連れていけよ。

そう、フランスのクリニックに空きが出るのを待っているんだ……血液を交換するんだ。血を入れ替えてくれるんだよ。

ムッシュー・ローラン、どうしてそんなことをするんだ?

なぜべべにすべてを与えるのかってことかな?

どうして全部彼女のやりたいようにさせるんだ?

タバコを一本もらっても?

いいよ。コーヒーでもどうだい?

結構だ。でも君の質問には答えよう。いいかい、かつて私たちレバノン人はアフリカを支配していた。私たちは仲買業者だった。右から左に手数料を取っていたんだよ。あの場所は私たちが建てたんだ。私が生まれ育った村を出て、ボートに乗ってアフリカにいるフランス人の叔父に会いに行ったときには、君もべべもまだ生まれていなかった。私が望んでいたのは、お金を貯めて、叔父としばらく一緒に働き、村のあの丘に戻って家を建てて、気だてのいい地元の娘と結婚することだけだった。

でもレバノン人仲間は金持ちになっていった。私たちはスラム街やジャングルで織物を売っていた。フランス人のために仲買をして、それからポルトガル人、それからあとは誰が相手でも引き受けた。その場所に車も電気冷蔵庫も持っていって、警官たちも市長も将軍たちも買収して、私たちはみんなペントハウスに住んでいた。アフリカにいるレバノン人はみんなペントハウスに住んでいたってことは知っていたかな?

私たちは会員制クラブでパーティーをしたよ。私は若かったから、一生懸命働いて商売を学んだ。アフリカの土と、じめっとしたマットレスの匂いがする請求書をスーツケースに詰め込んで旅をしたよ。私たちはアフリカのバスルームで石を飲み込んで、スイスのホテルに入っていってダイヤモンドを吐き出した。混血《ムラート》の女たちをはべらせて、宴会の席でアラブの歌に合わせて踊らせて、私たちは退廃的でノスタルジックな気分になったものさ。レバノン人は銃も武器も奴隷も持たずに、そうした場所を支配していたんだ。

　でも、それから時代は変わってしまった。あの小さな丘、教会の席で太ももに皺が寄って膝が石鹼に変わってしまうまでひざまずいていた若き花嫁を残してきたあの丘は、ずっと私の心にあったよ。私だって得たものもあれば失ったものもあるんだ、自家用機に乗ったし、ブラックジャックのテーブルでギャンブラーたちの爪で緑のテーブルの布地が破けるまで賭け続けたこともある……腐敗した将軍たちを動かして、私たちの手のひらで踊らせていたのさ。

　私たちは地元民の富を吸い上げて、かれらの娘たちを贈り物に差し出した。私たちのことを好きな人間なんていなかった。でもみんな私たちを必要としていた。そして、ついにあの日がやってきたんだ。貧乏人たちが裸足で街に繰り出してきて、手には銃やマッチを持って、私たちをペントハウスから追い払った。彼らは私たちの長椅子につまづいて、私たちのモザイク模様のプールで排便して、私たちの水ギセル《アルギーラス》をへし折って、私たちの大理石の大広間で寝泊まりした、そこの大きな窓からは自分たちの原始的な村々が眼下に見えていたよ、でも彼らのみすぼらしい街に私たちは気がつかなかったし、そこの下水の臭いも嗅いだことはなかったし、チョコレート色の肌をした彼らの姉妹たちを枕代わりに使って、彼女たちの白い手のひらはタオル代わりにして、私たちセム人の精液を拭いて、高い塀と番犬の陰に隠れて汗ばむ私たちの額を拭かせていた。

　そんなわけで私は逃げ出した。かつてはヨーロッパ人とアフリカ人の赤く焼けた肌で輝いていたリゾート地をあとにしたんだ。車も、石鹼工場も、混血で私生児の子孫たちもすべて捨てた。私は逃げて、ここに戻ってきたんだよ、あの乙女を求めて、子供のころのあの丘を求めてね。

もう私は年寄りだ。だからどうしても感傷的になってしまってね。私がベベと出会ったとき、彼女は独りぼっちだった。丘の上でベベと出会ったから、いい巡り合わせだと思ったんだ。彼女に必要なもの、彼女が求めたものは全部買ってやった。なぜ？　と君はきく。残念だけれど、ほかに彼女にあげられるものなどないし、今では彼女が家庭であり、娘であり、妻なんだ。泣いてしまって済まないね、ここから出ていこうって彼女に言われるんじゃないかと心配なんだよ。私はただあの丘の近くで余生を送りたいだけなんだ。

さて、ジョルジュを探してもらえないだろうか？　頼むよ《シル・ヴ・プレ》。


翌日、僕は近所を歩いていた。食料店に入った。

採れたての緑色のアーモンドがあるわよ、と店主のジュリアが言った。飲み物《カス》用にぴったりよ！　一キロどうかしら？

いや、最近あんまり飲んでないんだ。

回収できる空き瓶はある？　娘のスーアドに取りに行かせるわ。

どうだったかな。母さんの台所を見とくよ。

安らかに眠りたまえ《アッラーフ・ヤルハムハー》、あなたの母さんはレディだった。神が連中の手を切り落としてくださいますように……

僕はパンとチーズ《ラブナー》を買って、ジュリアにお礼を言って出た。

戻る途中で、逆走してくるジープに出くわした。緑色の軍服を着た若い民兵たちがぎっしり乗り込んでいて、バンドを額に巻き、ライフルをバルコニーやフランス式の天窓に向けていた。ジープは僕の横で停まり、ジョルジュが降りてきた。疲れた様子で、汚れていた。

今戻ったとこなんだ、バッサーム、と彼は言った。シャワーもなしで十日間だぜ。食事は缶詰でさ、ブーツのせいで足首の後ろが痛いしな。ジーン・セイフの兄貴のアクラム・セイフって知ってるか？おれたちはエルナセクって呼んでる。

ああ、アントゥーンの洗濯屋の上に住んでるやつだろ。

あいつ腕の下を撃たれてさ、出血で死んだよ。ソマリアのクソ黒人どもがパレスチナ人に加勢して戦ってる。知ってたか？　ここの国全体《ウンマ》がおれたち相手に戦ってるんだ。

二人で僕の家に歩いていった。ジョルジュのブーツは茶色い土で縁取られていた。ひげが伸びて、まっすぐの黒い髪に食い込んでいた。彼はカラシニコフを持ち上げて、僕たちの狭い通りにひしめく車のあいだを苦労しながらすり抜けていった。両腕を頭上に上げてベトナムの湿地に体半分浸かってゆっくりと進んでいくアメリカ兵のようだった。途中で、僕たちは雑貨屋に寄って、ハイネケンの緑色の瓶を何本か買っていった。僕のアパートには階段で上がっていった。ごみごみしたベイルートの街では、電気は気まぐれに入ったり切れたりするからだ。エレベーターを使う人間はもうほとんどいなかったし、使う人間は、エレベーターが動かなくなって、小さな機械の箱に何時間も閉じ込められる危険を覚悟しなくてはならなかった。その箱を吊るす金属のロープは、この土地から出ていった最後のフランス兵と同じくらい年季が入っていて、腐食していた。

ジョルジュは僕の居間にある椅子の上に装備とライフルを投げ捨てた。ブーツを脱いで、ソファに横になった。

仙人《アル・ナシク》はどこで死んだんだ？　と僕はきいた。

クファー・アル＝ワリでだ。

何があった？

ビールを開けて座れよ。話せば長くなる。どこかに行くのか？

いや、まだだ。僕はビールの瓶を二本開けて、一本を彼の胸元に差し出した。

今日は港の仕事はないのか？

あるさ、でも行くまでまだ時間はある。話せよ、おれは聞いてるから。

ジョルジュはまず長い一口を味わって、ソファで体を伸ばした。ぬるいビールだな、と言った。少し間を置いて、それから一気に喋り出した。僕は遮らなかった。

朝の四時ごろに隣の村から銃音が聞こえてさ、とジョルジュは話し始めた。おれは目を覚まして、部隊を起こした。朝の山地の寒さときたら、凍えそうだったよ。村には四時半か、五時くらいに着いた。指揮官のハンフーンは休暇中だった。指揮系統ではおれが二番目だった。おれは部隊を分けて、ジョゼフ――お前の相棒のな、と彼は付け加えて目くばせした――とアラフタブートの二人には丘の上に陣取らせた。おれたちは離れたところにジープを停めて、ヘッドライトを消して、徒歩で行った。村の大通りに向かったんだ。一緒に来いってアブー＝ハディドに言って、おれたちは部隊の先に立って走った。夜が明けてくると、もっとはっきり見えるようになった。何人かの女とガキどもが建設中のコンクリートの建物の裏から出ていくのが見えたんだ。谷のほうに逃げてくとこだった。ビニール袋と毛布を抱えてたよ。おれたちはそいつら目がけて走っていった。どこ行くんだってきいた。一番年長の、黒いスカーフを頭に巻いた女がさ、わたしたち下りるのって言った。下りるってどこへ？

ってておれはきいて、そいつが持ってた袋を一つひっつかんで地面に投げつけると、ブーツで穴を開けた。みんな怖がってブルブルしてたな。ガキの一人は声を出さずに泣き出した。

男どもはどこだ？　っておれは女にきいた。

一瞬、女は何も言わなかった。それから、自分と仲間たちはここに住んでるわけじゃなくて、難民で、寝泊まりする場所を探しているが、今朝になって建物から追い出されたって言い出した。

建物には誰がいる？　誰に追い出された？

男たち。

どの男たちだ？

女はまた黙った。

何人いる？

二人、と女はぽつりと言った。

おれは言ったよ。歩いてけ、一言も言うな、後ろも振り向くな。お前たちの一人でも合図を送ったら、まずガキから狙い撃ちするからな。

女どもは子供をつかまえると、足をすべらせて転びながら谷を走って下りていった。女はみんな黒い服を着てたから、みんな親戚なんだろうっておれは思った。おれはアブー＝ハディドに言って、隊のほかの連中のところに戻って前進の合図をさせた。

アブー＝ハディドが石の塀の端に体をぴったりつけて歩いて戻った途端、建物の上から銃弾があいつに降り注いだんだ。あいつは灌漑用水路に飛び込むと、這って村を移動していった。水はそりゃ冷たかったろうさ。部隊の連中は銃声を聞いてすぐにおれたちのほうに走ってきて、建物めがけて撃ち返し始めた。おれは建物の下に一人残されたんだ。階段を上がっていって、上にいる二人と戦って始末してやろうっておれは考えてたよ。でもアブー＝ハディドからの合図がなかった。銃撃戦が止むまで待って、あいつがまだ生きてるって確かめたかったんだ。ところがさ、あのキリスト教徒ときたらカエルみたいなんだぜ。水に入って消えちまったんだ。全部ワナだった。つまりさ、建物にいる二人がおれたちの目を引きつけてる間に、敵のジープが後ろから近づいてたんだ。待ち伏せの基本だろ？建物の二人はおれたちの目を引くために配置されてたのさ。おれたちを救ってくれたのはただ一つ、ジョゼフとアラフタブートが丘から駆け下りてきて、ジープがおれたちの後ろに迫ってるのを目にしたことだった。二人がジープの連中と撃ち合って、それで部隊は気がついた。違う方角から銃声が聞こえたときにおれは気づいたよ、何かがおかしい、これは待ち伏せだってな。

そうこうしてるうちに、アブー＝ハディドは水路のなかを這っていって、濡れネズミみたいに、建物の反対側に出てきた。寒くてガクガク震えてたよ。あいつがシャツを脱いだから、おれは自分の上着を渡した。それからおれたちは建物を上がっていくぞって決めた。二人の男を始末して、戻って部隊に合流しようってな。アブー＝ハディドのマシンガンが濡れて動かなくなってる可能性を考えて、おれが先に行った。でもな、カラシニコフってやつは思いっきり頑丈にできてるだろ、水をかぶろうが埃をかぶろうが関係ない。M－16なんて役立たずさ。オモチャみたいなもんだ。AK－47がいまでも最高の銃さ。だからおれもライフルを替えたんだ。イスラエル人もおれたちとAK－47を交換したがってたんだぜ。

銃音はがらんとしたコンクリートに反響してたから、どこから銃撃されてるのかを正確につかむのは難しかった。でも二人しかいないってことはわかってたわけだ。だからおれとアブー＝ハディドは待ってた。それから銃撃戦が激しくなると、おれたちは一気に階段を駆け上がっていったから、足音は聞かれなかった。三階までたどり着いたとき、一人が弾倉を交換してる音が聞こえた。おれは手榴弾《ルンマーナ》のピンを抜いて部屋に投げ込んで、二人とも壁の後ろにうずくまった。あの爆音ときたら強烈でさ、何日ものあいだ耳がヒューヒューいってたよ。今でも耳鳴りがしててさ、ひどい頭痛がしたり、耳がガンガンすることもあるんだ。建物は建設中だったから、埃が舞い上がったままだった。耳は聞こえないし前も見えないし、埃がひどくてどっちに行ったらいいのかもわからない、息をすれば埃が入ってくるだろ。耳は聞こえないわ、目は見えないわ、息をするのも苦しかったよ。でも立ち上がって、生き残りがいないかどうか部屋を調べなきゃならない。アブー＝ハディドは部屋に向かって撃ち始めた。おれも撃ち出したけど、何の反応もなかった。人影が見えたってアブー＝ハディドは言ってたけど、タマが濡れて冷えてたからまぼろしでも見たんだろうな。

ジョルジュはそう言って笑って、僕も笑った。そして彼はまた話を続けた。

二人の男は床に転がってた。おれたちが部屋中撃って回ったあと、一人がどうにか息をしてるのが聞こえた。顔を見てみたら、ソマリア人かどこかの部族のアフリカ人だったんだぜ。おれはすぐに銃剣でとどめを刺したよ。連中は世界中からここに集まってきて、おれたちの土地で戦いを挑んでくるんだぜ、バッサーム。パレスチナ人だろ、ソマリア人だろ、シリア人だろ――みんなこの土地は自分のもんだって言い張ってやがるんだ、わかるか？

おれとアブー＝ハディドは急いで部隊に戻った。そのころには、後ろに配置されてて敵のジープに近かったエルナセクはもう腕の下を撃たれてた。あいつは負傷してたのに十五分も敵を食い止めてたんだぜ。おれたちが援護をして、ザグルールが駆け寄っていってエルナセクを連れて戻った。おれたちはジープに戻ろうとしたけど、敵に道路を押さえられてた。エルナセクの出血は止まらなかった。すぐに病院に連れていけたら助かったかもしれないけどさ、援軍が来るまで奴らに何時間も足止めされてた。そのあとようやく応戦して、連中は退却したんだ。そんなわけで、エルナセクはそのまま死んだ。意識を失くす前に、あいつはいつもゴムバンドで腕に留めてた十字架の木のかけらと聖エリアスのイコンを抱きしめてたよ。おれたちがイコンを外してあいつに渡したら、あいつはそれにキスして祈り始めた。そのあと何分かして意識がなくなって、ザグルールの腕のなかで死んだ。信心深い男だったよ。

ここでジョルジュはいったん話を止めた。水は通ってるか？　ときいた。

試してみろよ。そういや、お前はどこにいるかってナビーラがきいてたぜ。

そうか。

それにムッシュー・ローランもお前を探してた。

あのジジイが欲しがってるものはわかってる。あいつ、ニコールの前回の注射分をまだ払ってないんだ。

お前さ、あの女を薬漬けにして何がしたいんだよ？

あのインポにはたんまり金があるんだ。アフリカのダイヤモンドがケツの穴にまで詰まってるんだぜ、とジョルジュは言った。

彼はバスルームに行ってバケツに水を注いだ。両手を洗って顔に水をかけ、そして靴下を脱いで、足首周りの水ぶくれを調べて、残りの水を両足にかけた。僕の服を借りて、彼はソファに横になった。

その日、ジョルジュと一緒に食事をした。僕は消化のためにタバコを一服した。

食事のあと、眠る戦士はそのままにして、彼のバイクで港に行った。一晩中働いた。海からの風がドックにいる僕の汗に吹きつけた。塩からい風のなか、僕は積み込み用の機械を運転して、アームを上げ、商品を倉庫に入れた。

夜勤が朝に終わると、僕は現場監督のアブー＝タリクの事務所に歩いていった。毎朝、アブー＝タリクのコンテナの前には何人かの男が集まっていた。改造したコンテナが彼の事務所になっていて、僕たちはその前にあるプラスチックの椅子や空の弾薬箱に腰掛けて、コーヒーをすすりながら話をした。アブー＝タリクはタル＝アルザタールの戦いを経験した古参の戦士で、最高司令官のアル＝ライエスと個人的な面識があることを誇りにしていた。彼は口ひげをいじりながら、大型の船が来週一隻到着する、と僕たちに通知した。

積み降ろしにはもっと人手が要る、とアブー＝タリクは言った。警備の人間がダウラに行ってエジプト人かセイロン人を集めてきて、積み降ろしを手伝わせたらどうだ。

ほっそりした黒い顔の若い警備員、シャヒーンは退屈そうな様子で次から次にタバコをふかしていた。彼は立ち上がり、もう一本タバコに火をつけ、低くて静かな声で口を開いた。その手の貧しい労働者たちは一日中太陽が照りつけるところに立って、建設業とかその手の力仕事に雇ってくれる人間を待ってる。でも今じゃ、おれたち民兵のジープがやってくるのを見ると逃げちまう。ただ働きはいやなんだ。組織は飯を出さないことさえある。前回、労働者が必要だったとき、おれはエジプト人一人を追いかけてダウラからブルジ・ハムードまで走ったよ。そいつときたらビニールのサンダル履きだったのに、ガゼルみたいに走ってた。そのうちおれは息が切れちまったから、立ち止まって、銃を抜いて空に向かって撃った。おれが奴めがけて撃ってるって思って、奴は立ち止まった。おれはそいつをジープに引きずっていって、山岳地帯に走っていった。おれたちが押さえてた新しい軍の陣地用に、砂嚢を詰める人手が必要だったんだ。四月だったから、このあたりの海岸は暖かかったけど、山まで上がったら寒くて、特に夜はひどかった。人夫たちは半袖だったし、靴も上着もなかった。ジープの後ろでみんなひっついてたよ。おれたちはそいつらに砂嚢を詰めさせて、夜になったら気温はもっと下がった。朝になってみたら、一人が凍死してた。友だちはみんな泣いてた。一人は亡骸の横で涙にくれてた。ベレッタってあだ名のシャキール・ルタイフがそいつに近づいてって、タバコを一本勧めたんだ。その男は泣きやんで、ベレッタの目を見据えて言ったよ。閣下、絹のネクタイまで差し出せって言うんですかね？　ってな。だからさ、その日から、おれはその連中に無理強いするのも、追いかけてって捕まえるのもごめんなんだ。あいつらにも魂《ルー》はあるんだ。おれはやらないよ。以上《ハラース》だ。

港で働いていているもう一人の男、サイード——商品目録と会計の担当だ——がシャヒーンを見て言った。じゃあ、お前がエジプトに行って働くんなら、連中はお前をどう扱うのか見てみたいもんだ。お前、キリスト教徒だろ。コプト派やほかのキリスト教徒を見てみろよ。イスラム教徒の国でどんな扱いを受けてる？

どうして口を開いたのか、自分でもわからない。ただコーヒーを飲み終えて、地面でタバコを潰し、あてもない船に乗り込みたかっただけの僕が。自分でも驚いたことに僕は言った。ベイルートの西側にはキリスト教徒がいっぱいいる、今も生活してるけど、イスラム教徒にちょっかい出されたなんてことはない。

そいつらはみんな裏切り者で、共産主義者や社会主義者だろうが、とサイードはすぐに答えた。お前ら二人もあっちに合流したらどうなんだ、と彼は言って、僕とシャヒーンを憎々しげに見た。

誰を共産主義者呼ばわりしてやがる、このコソ泥が？　あんたが何やってるかなんておれたちには筒抜けなんだよ、とシャヒーンは抗議して、彼の銃は胸の端に向かってわずかに上がった。おれの兄貴は殉教者《シャヒード》なんだ。大義のために戦って死んだんだ。部隊を守るために手榴弾に身を投げ出したんだぞ。

ああ、その話は何回も聞いたさ、とサイードは言い返した。でもな、あれはもともとお前の兄貴のせいだったってこともみんな知ってる。手榴弾のピンを抜いたのに投げられなくて、足元に落ちたんだろ。不器用だったってだけじゃないか。この戦争じゃ誰だって自分はヒーローだって言いやがる。

このコソ泥《イルス》、殺してやる、とシャヒーンは叫んだ。彼は持っていたAK‐47のクランクを動かしたけれど、サイードに狙いをつける前に、アブー＝タリクがライフルをつかみ、空に向けて押し上げた。そして、シャヒーンの顔を叩きながら、銃を放せと言った。

シャヒーンがそのとおりにすると、アブー＝タリクは言い渡した。おれの目の前、おれの仕切ってるところでは誰かに銃を向けるのは御法度だ。相手が誰でも、次に誰かが銃を抜いたら、おれに向けられたものと見なして相手になるからな。彼は僕たち全員にそう叫んで、解散を命じた。

僕がバイクのほうに歩いていくと、おんぼろのベンツに乗ったサイードが横をゆっくり通っていった。彼がにらんできたので、僕もにらみ返した。

お前の名字何だったっけ？　と彼はきいてきた。

僕は答えず、彼の車のウィンドウから目を逸らさなかった。彼の両手がハンドルを握っているのが見えたので、僕は落ち着いていた。

サイードはゆっくりと頷き、ウィンドウの外に片手をだらりともたせかけた。そうそう、アル＝アビヤドだったよな、と彼はいやみっぽく言った。あっち側じゃまだその名字の人間が何人か暮らしてるんだよな。彼は走り去った。

僕はバイクに飛び乗って家に帰った。自分の家がある通りにさしかかると、ラナが僕のアパートの建物から出てくるのがちらりと見えた。後ろからジョルジュが出てきて、反対方向に歩いていった。彼女はジョルジュのほうを見て、髪を直した。そして片手で彼に合図すると、頭を引っ込め、角を曲がって、秘密の壁をさっと抜けて素早く消えた。

二人の姿が目に入ったとき、とっさに鋭く曲がってサイダレー通りに入った。僕はアシュラフィーエを走り抜けていった。スピードを上げ、車と張り合い、その前に割り込んだ。赤いルノーに乗った四人の若者たちが挑んできた。僕を野次り、後ろでクラクションを鳴らし、進路をブロックしようとした。一人が車の後ろのウィンドウから身を乗り出し、仲間に腰を押さえてもらって上半身を伸ばした。そいつは両手を伸ばしてきて、僕を引きずり下ろそうとした。僕は加速して、歩道に乗り上げ、片足をドスンとついてバイクを縁石のほうに傾け、加速し直した。バイクは逆方向に揺れ、僕は通りを逆走して彼らを振り切った。

僕は家に戻った。皿はきれいに洗われていた。

午前中はずっと眠っていた。午後になって、ラナの家に歩いていった。彼女の住んでいる建物の向かいで歩き回り、タバコを片手に待った。魚屋の壁にもたれた。僕は待ち、雨が降ってきて、土砂降りになった。水は屋根から落ちてきて樋や排水管を通り、歩道にバシャバシャとはねていた。カラフルな傘の下に沈んだ顔がいくつも僕の前を通り過ぎていった。車は小さな水たまりを通り、水にくさびをうがち、水をはかなく飛ぶ波に変えていた。

そしてなじみの太陽がまた現われた。屋根は濡れた犬のように背中から雨を振り落とし、漁師の魚は最後にひと跳ねして、活《い》きのよさを脱ぎ捨て、海にある故郷のことを忘れた。僕はラナを待ったけれど、彼女が下りてきて濡れた通りに足を浸すことはなかった。

次の日、僕は家でラナと会う約束をした。どうしてもう来なくなったのか、彼女にたずねた。

忙しかったのよ、と彼女は言った。

通りかかることもなかったのかよ？

忙しかったんだってば。彼女は顔をそむけ、混乱していた。

皿を洗っておいてくれてありがとうって言うべきかな？　と僕は言うと彼女の髪をつかみ、頭をぐいと後ろに引っ張り、乱暴に首にキスをして、胸をまさぐった。

バッサーム！　と彼女はささやいた。怖がって、戸惑った声だった。僕は彼女の服を引っ張って両親の部屋に連れていくと、服を引き裂き、ブラウスのボタンを引きちぎった。彼女は爪で引っ掻いてきた。僕はその顔に平手打ちをした。彼女は叫んで僕から逃げ、胸をはだけたまま部屋から走っていった。椅子に次々とつまづいて、壁のアーチにぶつかった。ドアノブに飛びかかるようにして、火事に遭ったときのように必死にノブを回し、よろめきながら外に出ていった。

僕は両親の部屋に行って鏡を見た。目から涙がこぼれていた。僕は引き出しを開け、父のハンカチをつかんで涙を拭いた。

そして僕は銃に弾をこめて、ジョルジュの家に歩いていった。ドアを叩いたけれど、誰も応えなかった。

僕は彼のバイクに乗って、一気に山を上がって無人の丘のあいだに入った。崖のてっぺんで停めた。緑を見下ろし、生気のない土の畑に覆われた茶色い谷を見て毒づいた。僕は銃を抜いて丘に撃ち込み、鳥に向けて弾丸を放った。銃音のこだまは石に弾み、嘆きと背信の言葉を僕に返した。

11

何日かが経ち、一万のジョニー・ウォーカーが西に行進していき、喉を焦がし、家庭を壊していた。男たちは酒を飲み、ベッドルームのドアは荒々しく閉じられ、太ももは二度と開かないという誓いのもと固く閉じられ、指輪は外されて古い衣装だんすに、泣き声を上げる鏡に、そして合わさった壁に投げつけられた。

ある日の午後、ウィスキーの製造業者から電話があった。次の日に急ぎの配達をしてほしいとのことだった。

翌朝、僕は倉庫でウィスキーを受け取った。それからジョゼフの家に寄って、彼を乗せた。バンのなかで、ジョゼフに金を渡した。彼はそれを数えて微笑んだ。

アリが配達に遅刻していたので、僕たちは待った。じきに、少年の一人が姿を見せて、アリはすぐに来ると言った。僕はバンを見ていてくれとジョゼフに頼んだ。そして塀の後ろに行って、アリと落ち合った。彼は僕と握手して、上着を開くと、封筒を取り出して二つ折りにし、素早く僕の上着にすべり込ませた。そして僕に目くばせした。僕はジョゼフがバンから離れて荷下ろしをする少年たちを見に行くまで待って、封筒を車のシートの下にさっと隠した。

僕たちの界隈に戻る途中、最近、通りでイスラエル人を何人か見かけたぜ、とジョゼフは言った。

あいつら来るぜ。あとひと月もしてみろよ、あいつらがここに来て、シリア人やパレスチナ人どもを追い払ってくれるさ。

どうしてわかる？

デニーロがこないだ会いに来てさ、とジョゼフは言った。警備の作戦におれが必要だって言うんだ。あいつはほかにも信用できる人間を何人か集めてて、みんなで山に上がったよ。着いてみたら、イスラエルの有力な将軍と会談するためにアル゠ライエスが来てるって言われたのさ。で、おれたちはその一帯の安全を確認して、ぐるっと取り囲んでたよ。三十分したらヘリコプターが着陸して、イスラエルの軍人が五人降りてきた。みんな赤ワイン色のブーツだったぜ。特殊部隊だよ。アル゠ライエスと三時間も話し合ってた。お前の友だちのデニーロはもう大物だな。アブー゠ナーラの右腕だぜ。

そのイスラエルの将軍の名前は？　と僕はきいた。

ドロリル将軍とか、そんな感じ……覚えてないな。

家に着くと、僕は自分の部屋に駆け込んで、アリから受け取った封筒を開いた。ナイーム叔父さんからの手紙だった。

親愛なるバッサーム

君の母さんが死んだという知らせを聞いて、本当に悲しかった。涙が出たし、葬儀に出られないことがさらに悲しかったよ。君のそばにいられたらと思う、特にこんなつらいときにはね。東側で、独りぼっちで、そんなに若くして家族を亡くすなんてどんな気持ちだろう。君とも母さんともずっと長い間連絡を取ろうとしなかったのは、私が左派勢力に加わっていることで、君と母さんに危険が及ぶかもしれないと考えてのことだった。だが、いつ西ベイルートに来てもいい。ここに来られるように手配することはできる。私と、妻のナーラと、まだ君は会ったことのない従兄弟のニダルと一緒に住めばいい。君に入り用かもしれないと思って、お金を少しばかり渡すよ。もう一つ封筒を同封してある。それは私の古い知り合いのジャリル・アル＝タフネという男に届くようになっている。彼の連絡先を入れておく。彼は君の電話を待っているよ。

心からの愛を込めて
君を想う叔父
ナイーム

僕は叔父が教えてくれた連絡先の名前と電話番号を書き留めて、手紙は細かく破り、灰皿で燃やして、金を数えた。百ドル札が十枚、ヒュッと音が出るくらい新しい青い紙幣が入っていた。叔父からのもう一つの封筒は封がされていて、ジャリル・アル＝タフネのJ・Tというイニシャルが入っていた。僕はそれを開けた。札束と、地図のようなもの、建物の基礎部分の建築図面が入っていた。図面のいくつかの場所には、「基礎《アサース》」という言葉が赤く書かれていて、丸く囲んであった。

その夜、僕は自分に対してなされた不正に復讐したいと思った。ポーカーカジノの向かいに立って待った。ナジブの友だちが出ていくのが見えた。僕は通りの反対側から彼を見ていた。その友だちは青くてボロボロの古い車に乗っていた。

僕はヘルメットをかぶり、バイクに飛び乗って、ダウラまであとをつけていった。

ダウラで、彼が車を停めるまで待った。彼はパン屋に入って、片手にミートパイ《ラフム・ビル＝アジーン》を持って出てきた。パイを包んだ新聞紙を開き、何口か食べて、アパートに歩いていった。彼が建物に入ると、僕は階段を上がってあとを追った。彼が踊り場にさしかかったところで、僕は後ろから彼をつかんで肩をねじり、顔を僕に向けたところに頭突きを食らわせた。（僕はまだヘルメットをかぶっていたから、きっとB級映画に出てくる宇宙人みたいに見えただろう。）彼は階段に転がってうめき、出血する鼻を両手で押さえ、目は充血していた。僕は彼のポケットを探り、金を引っ張り出して上着に入れると、建物から出て角を曲がった。バイクを見つけて、家に帰った。

いつものようにまた夜がやってきた。僕は黒い服を着て、黒い靴磨き液を顔と両手に塗った。アパートの通りに面した窓にロウソクを一本ともし、ドアに鍵をかけた。僕は帽子をかぶった――僕の巻き髪を覆う帽子、僕の大きな目を隠すつばの広い帽子、夜や鳥たちや雑貨屋の目から僕を隠してくれる帽子。通りを渡って、向かい側にある建物に行った。何もかもがいがみあってる、と僕は思った。街も、銃も、友だち同士も、敵たちも。僕はその建物の屋上に上がった。ゆっくりと、落ち着いて、重たい金属のドアを開け、後ろ手にそっと閉めて屋上の端に歩いていき、腰を下ろして通りを見下ろした。僕の窓で輝いて踊る光を見つめた。

一台の車がゆっくりと通り過ぎて、また戻ってきて、ヘッドライトを消し、僕の家の前で停まった。僕は銃を片手に階段を駆け下りた。建物の入り口に身を潜めて、ナジブと、腫れ上がった青い顔と折れた鼻の周りに包帯をした共犯者を見つめた。二人は僕の窓のほうを見ていた。子供っぽく、ぎこちなく、怖がって、ためらっているようだった。ギシギシと音を立てる屋根裏部屋にいる執念深い亡霊のように僕は立っていて、咎める指が引き金を引いてしまわないように、自分の見えない腕を敵の喉元に伸ばして最後の息を抜き取ってしまわないように自制していた。ナジブと友だちはささやき合って、いきなり走り去り、戻ってこなかった。

屋上に戻り、ジョルジュのことを考えた。あやうくジョルジュを殺すところだった。僕の幼なじみ、僕を刺してキスをしてきた兄弟、僕を捨てるほど長く僕の恋人にキスをした兄弟……ここから出ていかなくちゃな、と僕は思った。おれはここから出ていくんだ。ポケットから有り金を全部取り出して、もう一度数え、ゴムバンドで巻いて、丸くて分厚い束にした。

屋上の反対側に歩いていって、ラナの家を見つめた。彼女の窓は暗かった。僕はあらゆる方向に銃を振り回して、空っぽの貯水槽に向け、踊るヤマウズラに向け、ヒューッと音を立てる砲弾に向け、ラナのほうに、僕のほうに向けた。僕は銃口を正面から見つめて、出ていく方法をあれこれ考えた。亡霊に腕をねじってもらって、顔めがけて引き金を引いてもらってもいい、もし運がよければ、亡霊は君を屋上から突き落として、ヤマウズラが君を運んで戻してくれるまで待つだろう、そして落ちてくるロケットを追いかけて、ネバダの砂漠か、チクタク音を立てるビッグベン、傾いたピサの斜塔まで行くだろう。あるいは、クークー鳴くヤマウズラをしっかりと抱きしめ、海に飛び込み、毒のある魚やぴったりと殻を閉じる貝を探すかもしれない。あるいは、豪華客船の帆を優雅に捕まえて、船に流れるマンボの曲に合わせて帆を揺らし、観光客のナイトガウンにシャンパンをこぼさないように気をつけながら、性を持たないビザンツの天使たちが旅していくところを水鉄砲で狙うかもしれない。あるいは、船乗りたちの亡霊を水泡のなかに閉じ込めて、彼らが水面で破裂するのを見て、また彼らを溺《あや》れさせるかもしれない。あるいは、水中のニンフたちを殺め、彼らの小さな緑色の上衣を集めて、葡萄の葉のように、ポケットにある金のように、白いバルコニーに干してあるペルシア絨毯のように丸めてしまうかもしれない。

あるいは、君はただ無人の階段を下りていき、ゆらめくロウソクの元に戻り、しばらく眠るかもしれない。


朝、ドアをノックする音が聞こえた。ムッシュー・ローランだった。悩みがあるようで、目は真っ赤だった。

君の友だちのジョルジュが昨日の晩やってきたんだが、猛獣のような振る舞いだった、とムッシュー・ローランは僕に言った。金をもっと出せと要求された。いつもの金額を渡したんだが、もっとよこせと言うんだ。それからべべの手をつかんで出ていってしまって、それから二人とも戻ってきていない。敵意むき出しで、とても冷たかったよ。彼を探してもらえないだろうか？　一睡もしていないんだ。

ムッシュー・ローラン、おれはジョルジュの代理人じゃないんだ、と僕は言った。あんたに届け物をしたときは、ジョルジュに頼まれてやっただけだ。何なのか知ってたら、あの袋を届けるなんてことはしなかったよ。

ムッシュー・バッサーム、ジョルジュはとても攻撃的だった、とローランは訴えた。少しハイだったんじゃないかとさえ思う。今ではかなりの額を要求されているんだ。私は脅されている。もうここから出なくては。危ないんだ。私は流浪の身になる運命なんだろうな。いつだって流浪の身だ。頼むから、ジョルジュとべべを探してもらえないだろうか？　私は愛するべべに会いたいだけなんだ。

ジョルジュの家には行ってみたかい、ムッシュー・ローラン？

いや。君の友だちが怒るんじゃないかと思ってね。もう狂ってる。お願いだ、二人を探してくれ。着替えてくるから座っててくれ、と僕はムッシュー・ローランに言った。歯を磨いて、手で水をすくって顔を洗った。寝室に歩いていって、ズボンとシャツを身につけた。居間に出ていくときに指一本で上着を持ち上げて、袖に片腕を通した。ムッシュー・ローランは上着の肩を持って、反対側の袖を手伝ってくれた。

僕はアパートから出て通りを歩いた。ムッシュー・ローランも後ろからついてきた。それから彼は歩調を早めて、僕の横に並んだ。雑貨屋のアブー゠ドリーとすれ違った。彼は僕を無視したけれど、ムッシュー・ローランのほうを向いて、二人は互いに礼儀正しく会釈した。

ジョルジュの家に来て、僕はドアをノックした。ローランは下の入り口にいて、タバコ片手に歩き回り、いかにも老人のような咳をしていた。

僕はもう一度ドアをドンドン叩いた。ようやくべべがドアを開けた。半分裸で、寝ぼけていた。

ジョルジュはいるか?

いえ、いないわ。

どこにいるんだ?

出てったわ。

あんたの旦那が下に会いに来てるよ。

あらほんと? ルルが来てるの? 裸足のまま、彼女は階段を駆け下りていった。

妻の姿を見ると、ローランはさらに咳き込み、歩道にタバコを投げ捨てて、彼女に歩み寄った。

べべ、べべ。

まああなた、大丈夫なの、とニコールは言って、ローランのブロンドの髪を撫でた。

眠れなかったんだよ。

ええ、でも大丈夫よね。ニコールは彼の手を取り、頬にキスした。

二人が下で話をしているあいだ、僕はジョルジュの家に入って、彼の部屋に行った。ベッドのそばには細い針と焦げたスプーンがあった。彼のライフルは部屋の隅に置かれていた。部屋は刺激物と薬物の臭いがした。床にはレースのブラジャーが落ちていた。僕はキッチンに歩いていった。汚れたままの皿が流しいっぱいに放り込まれていた。蛇口に口をつけた。水の勢いは弱く、途絶えかけていた。僕は最後の何滴かを喉に流し込んだ。パイプのなかの空気の味がした。

僕は階段を下りた。べべが駆け上がってきて、ジョルジュの家に入った。

すぐ戻るわ、パパ。五分したら荷物をまとめて戻るから。

下りると、ローランが僕の手を握ってキスしようとした。僕はさっと手を引っ込めた。

ありがとう、ありがとう、と召使いみたいに繰り返す彼の横を僕はすり抜けた。歩道に出て、ムッシュー・ローランのタバコを踏んで火を消した。

家に帰る途中、僕は雑誌屋をやっているロマノセのところを通りかかって、新聞を手に取った。見出しには――「イスラエル軍、南部国境移動中」「キリスト教勢力、イスラム教徒勢力、社会主義勢力の間で戦闘」「聖職者、牧師の虚しい呼びかけ」「モデル兼ハリウッド女優、サウジの富豪と結婚」「ウディ・アレン、クラリネットを演奏」「サヒーブ・ハメメー、エジプト人女優に求婚」。ロマノセのほうは、僕が新聞を買うつもりなのか、それともいつものように読んでから棚に戻すのかを知りたがっていた。

通りに戻ると、アブー＝ユーセフが僕を呼び止めて、母のことでお悔やみを言った。配管工のサラーが僕たちを見かけて、済まなさそうな顔で立ち止まると、僕に言った。あんたの母さんの魂が安らかに眠りますように、あのひとが亡くなる二日前、おれはあんたの家のキッチンのパイプを直したんだ。おれのレンチや道具類がまだあんたの流しの下にあるし、あんたが何とかできるかもしれないちょっとした請求書もある。こんな頼み事をするときじゃないのはわかってるけど、ガキたちは着るものもないし、女房ときたら、あいつの横暴な父親に押しつけられておれと結婚した日を呪ってやがるんだ、おれの分厚くてタコだらけの手も、あいつの垂れた胸をもう触ることもないもげちまった人差し指のことも呪ってやがる。自分の運命を呪ってるんだ。だからおれが残りの金額をあんたに頼んでるんだよ……あんたの母さんの魂が安らかに眠りますように。本物のレディだったよ。

僕はサラーと一緒に家に戻った。ドアを開けて彼を入れ、彼は道具類のあるところにまっすぐ向かった。僕はダイニングテーブルの後ろに引っ込んで、ポケットから札束を取り出した。紙幣を何枚か抜き取って伸ばし、母のつけをサラーに払った。

通りに戻ると、静かだった。ここ何日間か、砲弾は僕たちのほうに飛んできていなかった。タクシーの運転手たちはガソリンをめぐって喧嘩し、女たちは滝と水の聖人たちを呪い、男たちは無精ひげを伸ばして打ちひしがれた顔をしていた。何人かは腰に差した古い拳銃を見せびらかしていた。人々は店と店のあいだでガヤガヤ言い、トランプをする者たちは水タバコ《アルギーラス》の分厚い煙でぼんやりと曇ったカフェのなかでフーディーニのように消えていった。リンゴのようなタバコの匂いがゴミの臭いを覆い、ギャンブラーたちをヒステリックな妻たちから護っていた。

歩いていくと、昔通っていた学校に通りかかった。灰色のスモックを着た子供たちが集団で歩いていた。手に本を抱え、茶色の小型カバンにも本が入っている。足をもぞもぞと動かして細長い食堂に向かい、長い衣を着た司祭たちのもとへ、英雄的な戦いのもとへ、直角三角形のもとへ、前イスラム期《ジャーヒリーヤ》の酔っ払いのベドウィンたちの詩のもとへ向かう、ベドウィンは多くの神々を崇め、死者たちを悼んでいた、柔らかな砂の下、移ろう砂丘の上に住み、小さなお椀の形をした半月の下で踊るヤシの木とともに揺れる死者たちを。

12

川やオリーブの木々を引き裂いて、イスラエルの兵士たちが僕たちの土地に入ってきた。

僕はヴァルタンと一緒に歩道の端で新聞を読んでいた。見出しが踊っていた。「ユダヤ人が南部に！」「シリア軍撤退！」「レジスタンス《ムカーワマ》の準備整う！」「キリスト教勢力、侵略者と同盟へ！」

アブー＝フーアドが通りかかって、僕たちが開いている新聞に顔を突っ込んでささやいた。あいつらここにいるぞ。ラジオで聞いたんだ。おれたちはあのパレスチナ人どもを追い払って、次はイスラエル人たちを押しつけられるのさ。

ビーツで演奏しているストリートミュージシャンのアル＝シャーミは口ひげをなぞった。来るなら誰でも来りゃいいさ。おれたちはもうこの戦争にはうんざりだ、と彼は歌った。おれたちには仕事が必要だ。屋上にいる灰色のヤマウズラがおれの頭のなかでクークー鳴くとき、おれたちは旅立っていく、旅立っていく。南の風に乗って行こう。滑空できるんだ！　近くの海を滑空して越えていくんだ。

家に帰る途中、ムッシュー・ローランに会った。彼は僕の腕をつかんで頷き、ユダヤ人たちが来た、あいつらが来たよ、と言った。

市場でラナを見かけた。彼女は僕を無視して、商人たちの声を縫って離れていった。僕はあとをつけた。近づくと、彼女は僕に気づかないふりをして野菜を選んでいた。

僕は彼女の手をつかんだ。ちょっと来いよ、話そうぜ。

お互い話すことなんて何もないわ、と彼女は静かに答えた。お願い、手を放して。行って。ここから出ていって。いつでも一人になりたがってたじゃない。出ていきたかっただけでしょ。わたしなんか必要ないんだわ、誰も必要としてないのよ。それにわたし婚約するの。相手は誰だなんてきかないでよ、絶対教えないから。

その婚約者を見つけ出して殺してやる、と僕は言った。

どうぞ。わたしの婚約者は大勢の人を殺してきたし、これからもっと殺すわ。

僕は彼女を放した。


イスラエル軍が北に移動して西ベイルートを包囲した、と隣の家のやかましいラジオが僕に告げていた。

僕は家のバルコニーにいて、有頂天になって猛スピードでジープを乗り回しているキリスト教勢力の兵士たちを見守った。彼らは燃えるようなオレンジ色の旗を屋根に張りつけ、ウィンドウやフードにつけていた。旗のことをジョゼフにきくと、おれたちが仲間なんだってイスラエル軍にわかってもらうためのサインなんだ、と彼は教えてくれた。しばらくはウィスキーの配達はなしだな、イカレ男《マジュヌーン》よ？　彼はクスクス笑った。

イスラエル軍のジェット機がベイルート上空を飛び交い、家屋や病院、学校を爆撃していた。通りに面したどの窓からもラジオががなり立てていた。西側では人々が命からがら逃げまどい、僕たちがいる東側からは、夜に上空を狙って抵抗する銃火のきらめきが見えた。僕は屋上に上がって西を見た。イスラエル軍の航空機から落ちる稲妻で、一帯は明るく照らされていた。絶え間なく空に届いている一筋の赤い光があった。光は途絶えることはなかった。叔父さんが神々めがけて撃ってるんだろうか、と僕は思った。そしてさらに考えた、安物のウィスキーの瓶は、今度はアリの手によって火炎瓶に変わるんだろうか。

叔父の手紙のことでジャリル・アル゠タフネに電話した。電話口で彼はそっけなく、つっけんどんだった。僕たちはカフェ・サッシーネの前で会うことにした。表で待っていれば、車で通りかかる、と彼は言った。それから、一人で来るのか、ときいた。一人で行く、と僕は保証した。

封筒を忘れるなよ、と彼は言った。

僕は思いきり受話器を叩きつけて置いた。

僕はカフェの表で待っていた。晴れた日で、短いスカートをはいた女の子たちのグループが女子修道会の学校から出てくるのが見えた。ゴムバンドでまとめた本を若い胸に抱いて、彼女たちは一斉にクスクス笑い、豊かな尻と剃りたての太ももを同じリズムで振っていた。彼女たちの大きな茶色の目が動き、ちらちら見ていた。

一台の車が僕の前で停まった。サングラスをかけてウールの上着を着た男が運転席のほうにかがんでドアを開け、僕の名字を呼んだ。僕は乗り込んだ。男は挨拶をしなかった。ピリピリしているか、怒っているような様子だった。こんな厚手の上着を着ていたらさぞかし暑いだろうな、と思った。彼は僕には目もくれず、封筒をじっと見つめていた。
それか？　と彼はたずねた。
何だって？　と僕はきき返したけれど、彼が求めているものは十分心得ていた。
封筒だ。
そうだよ。
彼は突然ハンドルを切って、シリア人地区に戻る下り道に入った。
彼は車を停めて、サングラスを直すと、封筒をひったくった。見せてみろ。
いかにも荒っぽい振る舞いで、その突拍子もない無礼さに腹が立った。
彼は目を細めて僕を見た。開いていたのか？　と彼は叫んだ。
いや。
お前が開けたのか？
そうだ。
なぜだ？　と彼は叫んだ。
開けてみようかと思っただけさ。
お前が開けていいようなものじゃないんだぞ。
金は全部あるよ。数えてみろよ。
彼は金を数え始めた。それから封筒をポケットに突っ込んだ。よし、もう行け。
僕は銃を抜いた。いや、出ていくのはあんただ。
彼は凍りついた。

いいか、おれは好意でこれをやってるんだ、と僕は言った。なのにあんたからはお礼の一言もない。おれは家まで延々歩いて帰るつもりはない、わかったか？　おれにとっちゃ敬意以外はどうでもいいんだ。敬意が大事なんだ。敬意のあるやつは味方、ないやつは敵だ。一言でも余計なことを言ったらあんたを撃って、金はおれのものにする。わかったか？

突然、男は満面の笑みを浮かべた。彼は一瞬にして変身してみせ、ゴキブリから申し訳なさそうなせむし男に姿を変え、頭を垂れて、僕のことを先生《ウスタード》と呼んだ。

君の叔父さんは大事な友だちなんだよ、とそいつは言った、本当に親しい友だちなんだ。ほら。彼は二百リラを抜き出して、微笑んだ。これはほんのお礼だよ。

車を戻せ、と僕は言った。さっさとしてくれ。

何日かが経ち、西側で市民がさらに犠牲になったあとの早朝、二人の民兵が僕のドアをノックした。国内保安隊《アル＝アマン・ダーヒリー》だ。開けろ！　と彼らはドアの向こうから怒鳴った。僕が開けると、彼らは家になだれ込んできて、僕を壁に押しつけた。一人が銃を僕の頭に突きつけて、残りの二人が家を捜索した。

何なんだよ？　と僕はきいた。

黙れ、このヤク中《ハッシャーシュ》！　頭に銃を突きつけている男が、僕の顔を平手打ちした。お前を連行する。アブー＝ナーラが会いたがってるんだ。

服を着させてくれよ、と僕は言った。

銃を持った男は僕をぐいっと押した。

行くって言ってるだろ！　下着姿で司令官に会えってのかよ？

彼は僕のシャツをつかんだ。さっさとしろ。

僕は男と一緒に自分の部屋に入り、ズボンを見つけて、彼に手荒く小突かれているあいだに、ズボンのポケットにある札束に指をすべり込ませた。彼がまた押してくるのを待って、倒れるふりをして、古くて重いソファの下に札束を隠した。それから、ジープに連れていかれた。下りていくとき、雑貨屋のアブー゠ドリーが入り口に立っていて、首を振っていた。ゴロツキ《ズーラン》ども、と彼は言って、僕の目をまじまじと見た。

どうしておれを連れていくんだ？　と僕は男たちにたずねた。

銃を持って座っている男がさっと振り返り、僕の髪をつかんだ。あと一言でも言ってみろ、血ヘドを吐くことになるからな。わかったか？

やがて、司令部《マジュリス》に到着した。僕はジープから降りて、二人の民兵に連れられて階段を下りて地下に行った。テーブルが一つと、椅子が二つある部屋に押し込まれた。椅子の一つに座って、僕は待った。二時間が経ち、僕はまだ待っていた。聞こえてくるのは、金属のドアがバタンと閉まる音と、護衛たちの足音と、うめき声くらいだった。じめっとした地下の湿気、冷たい壁、かすかな尿の臭い、そして塗装されていないコンクリートの床。僕は歩き回り、そわそわし、椅子を替えた。ポーカーの件がバレたのかもしれない。ナジブの野郎を殺しておけばよかった。それとも、またジョルジュが後ろから刺すような真似をしたのだろうか？

すぐに、僕は疑り深くなった。ポーカーのことだろうか、それとも叔父からジャリル・アル゠タフネに宛てた手紙のことだろうか？　僕はやってくるであろう平手打ちと、繰り返されるであろう質問に備えた。同じ話をするんだ、バッサーム、同じ話だぞ。タバコが無性に吸いたくなった。ようやく、ドアの錠のなかで鍵を回す音がして、アブー＝ナーラが入ってきた。微笑んでいた。護衛が一人付き添っていた。

おや！　バッサームじゃないか。お前だと思ったよ、と彼はサングラスをかけたまま言った。低い天井からほとんど彼の頭に触れるほどに下がっている電球のおぼろげな明かりで、本当に僕が見えているのか不思議に思った。

立て！　と護衛の男は叫んで、僕の後頭部を平手打ちした。司令官に起立しろ、ヤク中《ハッシャーシュ》。

アブー＝ナーラの目をまっすぐ見ながら、僕はゆっくりと立ち上がった。

犬《カルブ》め、さっさと立て！　護衛はまた僕の頭を叩き、僕を押し、向こうずねを蹴った。僕はバランスを崩して床に倒れた。コンクリートのざらざらした表面に触れたとき、その冷たさと湿気を肌で感じた。服が床にこすれて、その灰色が、粗くむらのある表面を覆う柔らかい灰色の粒子がついた。ここのコンクリートの注ぎ方はずさんなもんだな、と僕は思った。床が水平じゃない、だからおれが椅子に座ったらグラグラしたんだ。顔を踏みつけられ、起きて間もない目を何度も蹴られながら、僕はそう思った。

僕は血を流しながら立ち上がった。アブー＝ナーラが手を振ると、化け物は僕の上で集団舞踊《ダブカー》を踊るのをやめた。

お前、自分が何をしたのかわかってるか？

いや。

いいか、おれは忙しいんだ、それにお前の左翼《ヤサーリー》の叔父さんはおれの友だちだった。お前が口を割るか、でなきゃここでランボーと二人きりになるかだ。

おれが何をしたかなんて知らないよ。

あの年寄りを殺したのはなぜだ？

どの年寄りのことだよ？

盗まれたものがあると奥さんは言ってる。

誰だよ？　何の話かわからないよ。

ランボーがまた来て、僕の髪をつかみ、耳元に口を寄せてささやいた。白状しちまえよ、でなきゃあとでうんと不幸な思いをすることになるぜ。

いいか、坊や、こういう話だ。アブー＝ナーラのサングラスが僕に向かってかがみ込み、低く落ち着いた声で僕に言った。昨日の晩、ローラン・アウーデフがアパートで殺された。盗難もあった。われわれは妻を聴取した。山岳地帯にある知り合いの家にいたんだ。家からはアフリカのダイヤモンドがいくつか盗まれていた。

じゃあその女が殺したんじゃないか！　盗みもその女の仕業じゃないのか！　と僕は言った。司令官に口を挟むな！　とランボーは吠えて、僕の頭を殴った。アブー＝ナーラは話を続けた。われわれが問いつめると、お前が怪しいとその女が言ったわけだ。お前、彼女に麻薬を強要してたな。それに、最近お前はその年寄りとしょっちゅう一緒にいたろ。お前、年寄りで金持ちの男が好きなのか？

いや。

好きなんだろ。そいつをしゃぶって《マッサト》やってたんじゃないのか。お前がその男と一緒にいるのを近所の人間が最近見かけてる。

近所の人間って誰のことだよ？　僕はむっとしてきいた。

雑貨屋のアブー＝ドリーが、お前が毎日その男と一緒に散歩してたと言ってる。お前のことは何かと耳に入ってるんだよ。お前がヤク中《ハッシャーシュ》だってことは誰でも知ってる。昨日の晩はどこにいた？

家だよ。おれはやってない。

お前の家に銃があったぞ。いいか、この共産主義者のできそこないめ……お前も叔父さんと同じ共産主義者なんだろ？　ダイヤをどこに隠したのか言え、でなきゃここにいるランボーが、お前のおふくろの子宮のなかから白昼の星を見せつけてくることになるぞ。

母さんは死んだよ。

ランボーは怒り狂った。司令官に口答えする気か、この犬《ヤー・カルブ》が！　彼は銃の台尻で僕を殴りつけた。

僕はまた冷たい床に倒れた。彼のブーツが襲いかかってきては引いていった、霧のかかった海岸に打ち寄せる波のように、君の目に日食をつくる黒いベールのように、耳元で轟音を立てる太鼓のように、溶けてあごにポタポタ落ちるキャンディのように、君の教室にある合成樹脂の消しゴムのように。また床から埃が舞い上がった、ご機嫌取りのハビーブが黒板から払う粉の塊のように、そうだ、そしてフランス人のイエズス会修道士が物差しからの祝福と言わんばかりに君の手のひらにピシッと見舞う一撃のように、そして教会のベンチの下にある狭い丸木の上で曲げた膝のように、そして君の元に戻ってきて至福のハイ状態をもたらしてくれるお香の匂いのように、そして、お赦し下さい、天なる父よ、僕は罪を犯しました、僕はあの木をしごいて木の実を射精させました、僕は聖ペテロの石でガラスを割りました、ロウソクを盗みました、そして、砲弾が降り注ぐなか、僕は地下室であの小さな娘をもてあそびました、彼女の母親がラジオのニュースに合わせてイビキをかいているすきに。見てのとおりです、父よ、告白します、ロウソクが消えるのを待っていたのは僕です、そして僕は彼女の寝巻きのなかに手を潜り込ませました、生え始めたばかりの彼女の陰毛に手を伸ばし、彼女は一言も口にしませんでした、僕が遊ぶと彼女はついてきました、僕が屋上に上がると彼女は子犬のように、雌鳥のようについてきました。それからというもの、父よ、彼女の服装は派手になり、髪をいじり、口を開けてガムを噛み、どんな軽い歌にも挑発的に踊るようになりました。僕の母や、僕の若い友だちを妬むようになりました、そして父よ、ある日突然、彼女は僕のしわがれた声や、思春期の鼻や、赤いニキビや、ふくらんだ乳首を嫌がるようになりました。見てのとおりです、父よ、彼女は大人になり、イタリア製の盗難車で乗りつけては彼女の父の窓の下でクラクションを鳴らす民兵としか付き合わなくなりました。そして僕は、自分の年齢と貧しさに腹を立てて、彼女が僕を捨てて年上の男たちに走ったことに腹を立てながら彼女を見つめていました、彼女は彼らの元に走っていきました、彼らの車に、彼らの金の指輪に、開いた胸元に揺れるクリスマスの杉の木の破片に、彼らのドラッカー・ノワールの香水に、近所をうんざりさせる彼らのミュージックテープに。父よ、彼女の髪は彼らのトップレスの車からなびいていました、汚染されたビーチに建つ夏の小屋や、山あいの独身者用アパートに彼らを走らせていく車です。そして僕を見たとき、父よ、彼女はまるで自分のドールハウスにいる小人に微笑むように僕に微笑みかけました。というわけで、父よ、それからというもの、僕は地下室に下りることを拒否してきました、たとえここにいるランボーにめった打ちにされてミートパイにされたとしてもごめんです。いいえ、あの暗い場所には下りていきません、なぜって、僕はいつでも地下が大嫌いだったし、あそこに住んでいる小さな悪魔たちが大嫌いだったからです、彼女の痩せた太ももと、生え始めたばかりの陰毛への欲望をかきたてたのは奴らなんです。

部屋を出る前、アブー＝ナーラは僕に近づいてきて、床にかがみ込んだ。僕にはかろうじて彼の顔が見える程度だった。すべてがかすんでいた。彼のサングラスは、一九七〇年代のひどい出来のジェームズ・ボンド映画に登場するように踊っていて、彼のギャングじみた声が聞こえてきた。お前を揺さぶってやる……お前から欲しいのはダイヤだけだ。そうしたら自由にしてやる。さあ、いい同志になって、隠し場所をランボーと分かち合え。共産主義者は何でも分かち合うのが好きなんだろ、平等社会の一員になるチャンスをやるよ。正しいことをして、共産主義者の叔父さんに誇らしく思ってもらえ。

アブー＝ナーラは微笑み、ドアがバタンと閉まり、僕は気を失った。

意識が戻ると、獰猛な護衛に引っ立てられて、毛布が一枚と不潔なトイレがあるだけの小部屋に放り込まれた。

片目しか見えなかった。僕は床に座って、左手でほこりを払い、右の手のひらをひんやりとした床につけて、冷えた手を目に当てた。体中が痛かった。唇からは血が出ていた。

眠ろうとしたけれど、ランボーは僕から睡眠を奪うつもりだった。彼は数分おきにドアを開けた。立て、と僕に言った。

座ったり眠ったりしてるのを見かけたら、お前の顔を便器に突っ込んでやるからな、と彼は言った。わかったか、ヤク中《ハッシャーシュ》？

歩け！　と彼は叫び、僕は行ったり来たりして歩いた。

その晩はほとんど、怪物は僕を眠らせてくれなかった。僕は壁につかまって、直立の体勢を保とうとした。膝をついたときは、ドアの閂《かんぬき》の音を聞こうとした。ランボーが入ってくる前に体を起こした。僕が寝入ってしまったとき、彼は怒り狂って、独房からバスルームに僕を引きずっていった。流しに水をたっぷり入れて、僕の頭を何度も突っ込んだ。一度、水中に頭を沈められながら僕は思った、こんな奴クソ食らえ。こいつがおれを引き上げても息なんかするもんか。こんな奴クソ食らえってんだ、おれは息を止めて、毒のある魚と一緒に海に飛び込むんだ。海中にいて、観光客がまたあの豪華客船で通りかかるのを見るんだ。今度は一張羅のタキシードでめかしこんで、おれだってスウィングできるんだってところをあの外国人たちに見せつけてやる、そして両脇にはベリーダンサーを抱えて、マンボの曲に合わせてバトンを振り回すんだ、性を持たない天使たちもいておれを羨ましそうに見てるし、あざけるようなニンフたちもいるし、山羊ひげを刈り込んだサウジ人たちに給仕するウィスキー通もいるし、白くて柔らかい綿毛の尻尾をつけた、もぐりのバニーガールたちもいるんだ。こんな奴知るか。おれはベッドが二つあってルームサービスもついたキャビンに泊まるんだ。こんな人でなし知るもんか。流しに入った発泡水の泡をいくつか溜め込んでおけばいいだけだ、それを飲み込んで呼吸して、水のなかでマンボの曲が戻ってくるのを待つんだ。そうしよう。

でも怪物のほうは僕をしっかりと見張っていた。僕の顔色が濃い青に、深海の色に、僕の左目の色に、船長の制服の色に変わると、僕を平手打ちした。

ダイヤだ、と彼は繰り返した。なあ坊や《ヤー・ハッブーブ》、なんだってこんな真似をするんだ？　なんだってここまで苦しい思いをしたがる奴がいるんだか。そこまでのモノか？　ただの石ころじゃないか……いいか、おれたちはもとを正せばみんな同じ骨に行き着くだろ。キリスト教徒を殺したくはないんだよ。さあ、ダイヤがどこにあるのか言えよ、そしたら自由の身にしてやる。タクシーを呼んで家まで送らせてやったっていい。ほら、スープを持ってきたぞ。今晩は寝かせてやったっていい、明日の朝にはすっきり目を覚まして、どこに隠したのかおれに言えばいい。

おれは盗ってない、と僕は折れた歯の間から言った。

何て言った？　聞こえないな。女みたいな喋り方だな。お前、年寄りのチンポをしゃぶる女なのかよ！　そして怪物は僕の首をつかみ、耳を僕の唇につけた。かわい子ちゃん、さあ話してごらん、そうすればおれたちみんな今日で家に帰れるんだ。

おれはやってない。

明日になれば思い出すよ、と彼は答えた。今は忘れちまってるだけだよな。頭はしゃんとしてないし、飲みすぎたんだろ。さあ、寝ろ。

そのあと彼はやってこなかったけれど、僕はよく眠れなかった。しょっちゅう目が覚めてしまった。またあの怪物が独房に怒鳴り込んできて、歩けと言われそうな気がした。朝になって、彼がやってきて、ブーツで僕をぐいっと押した。さあ、どこにある？

僕は泣き出した。おれはやってないんだよ。何も知らないんだ。

いいか、ヤク中《ハッシャーシュ》。お前は親切ってものがわからない男なんだな。おれはお前に対してフェアだったよ。スープはうまかったか？　あれがお前の最後の飯になるんだ。さあついてこい。おい《ヤラー》！　と彼は仲間を呼んで、二人がかりで僕を一般車に引きずっていった。

お前、ＢＭＷが好きらしいな。あの年寄りのダイヤを売ったら一台買おうと思ってるんだろ？　さあ、ドライブに連れていってやるよ。

彼らは僕をトランクに押し込んで、何メートルか進んだ。そして車が停まって、大きな声がした。

ランボー、どこに行こうか？

　このバッサーム何とかって共産主義者を始末するのさ。

どうやって始末するんだ？　と声がした。クスクス笑っていた。

ランボーばりにさ、とランボーが答え、二人で大声で笑った。

　そして彼らは速度を上げて、グルグルと輪を描いて走った。僕の頭はスペアタイヤにぶつかった。そして気分が悪くなり、きれいな革の匂いでさらに吐き気がひどくなった。暗かった、そこは暗くて、僕の両親の墓みたいに暗かった。あんな奴クソ食らえ、と僕は思った、少なくともおれは親と同じ墓に入らずに済む！

　やがて車が停まった。怪物がエンジンを切り、トランクがひとりでに開いた。僕は片手で目を覆ったままにしていた。トランクに差し込むわずかな光がまぶしくて、めまいがして、吐いた。

二人目の男は怒り狂った。こんちくしょうめ《アフ・シャルムータ》、車を汚しやがった！　見ろよ、そこらじゅうに吐いてやがる。

　銃のガチャッという音が聞こえ、二人目の男の声がした。このカスを今すぐ始末してやるぜ。

でも、ランボーは待てと命令した。いいか、待て！　とランボーは叫び、二人は取っ組み合った。

ちょっと散歩でもしてこいよ、なあ《ヤッ・ラー》。これはおれの車だろ、おれがなんとかする。

ランボーはかがんでトランクのなかに頭を突っ込むと、いつものあざ笑うような口調で言った。さて、坊や《ヤー・ハッブーブ》、ダイヤはどこにあるか思い出したか？

　僕は答えず、さらに吐いた。自分の体のなかに吐いているような気分だった、鼻を通って、一杯のスープの変種を胸にまき散らしているようだった。

いいさ、好きにしろよ、と彼は言った。なあ、今撃ってとどめを刺してやったっていいんだぜ。そうしてほしいんだろ、でもそれには乗らないね。おれとお前はまだケリがついてないんだ。まだお前に電気ショックを試してないよな。お前きっと聖母マリア《マリアム・ル゠アドラー》みたいに光り輝くぜ。
そして、ランボーと友だちは僕を連れて独房に戻った。

一万の平手打ちが僕の柔らかい肌に浴びせられ、僕の胃からスープが吐き出されていった、母の腕から与えられる幼児用シリアルのように、母の刺すような目から、母の激しい息づかいから、母の父に対する軽蔑から、運命論者の父、無関心な男、ゆっくり歩く、物静かな男、遅い時間の暗がりにドアからいきなり入ってきて、食事を与える母の腕に、母の刺すような目に、激しい息づかいに、母の軽蔑に平手打ちを浴びせた男、運命論者の父、無関心な男、ゆっくり歩く、暗いドアからいきなり入ってきた静かな男、僕を拷問する男と同じだ、その男は僕を平手打ちしてスープをくれて、僕はそれを胃から吐き出した、母の腕から与えられる幼児用シリアルのように、母の激しい息づかいから、母の父に対する軽蔑から、運命論者の父、無関心な男、ゆっくりと歩く男、あの独房にいる息子と同じだ、息子はそこで一晩中歩かされて、食事を与える母の腕に、母の刺すような目に、激しい母の息づかいに、息もできない水から救い出してくれるようせがんで、泡のあいだにアヒルが漂うバスタブから引き上げてくれと頼んでいた、そして水はタプタプと豪華客船を揺らし、木のデッキには石鹼水がはねていた、雨がちな北からやってきた二人のイギリス人がかつてそこを歩き、月のない夜に静かに食堂に向かっていた、出されたスープが冷めてしまう前に、そして白いエプロンをつけた看守が厨房に怒鳴り込んできて、立て、と僕に言う、仕事中に腰を下ろすな、口答えするな、乗客の財布から金を盗むな、そして十代の女の子たちをもて遊ぶな、その気になってるダイヤの細君たちもだぞ、そして埃を追いかけてろ、デッキを掃除して、バスタブは発泡性のガスで洗え、と言う、そしてそのガスは僕の溺れる顔から凝結して沈殿し、月のない海の上を飛ぶトビウオのようにパクパクする僕のさまよう沈んだ唇から落ちていった。

ランボーがドアを開けた。もう行っていいぞ、ヤク中《ハッシャーシュ》。彼はドアを開けたままにしていた。二分やるから出ていけ。

僕は立ち上がって、ゆっくりと部屋の外に出た。僕は思った。さあ、こいつはおれを背中から撃って、脱走しようとしたから仕方なく殺したんだって言い訳するぞ。

僕は廊下を歩いていった。両側に部屋がいくつかあった。僕が経験したのと同じでこぼこの床、同じ冷たく湿った壁を、他の人たちも共有して、水中でうめくイルカの呼び声を上げ、目を開けたまま同じ海を泳ぎ、紫の泡の群れが漂っていくのを見つめたのだ。

廊下の突き当たりまで来ると、男がいて、門を開けてくれた。僕はどうにか階段を上がって、まばゆい光のなかに、女の人のシルエットを見た。ああ、母さんだ、と僕は思った。ランボーのやつ、どうしても家族と再会させたかったんだな。すると、聖人や野蛮人を罵るナビーラの声が聞こえた。彼女は階段の途中まで下りてきて、僕を抱き寄せた。

僕をじっと見ると、ナビーラは半狂乱になり、僕は怖くなった。それから彼女は僕の髪を撫で、あふれる光のなか、民兵組織を罵り、アブー＝ナーラを罵り、キリストと使徒たちを罵った。彼女は僕を抱きかかえるようにして車に乗せ、自分の家まで連れていってくれた。到着すると、下の玄関のところに僕を寝かせた。彼女は上がっていってシャフィーク・アル＝アズラクを呼び、二人で僕を抱えて階段を上がった。

13

何日間か、ナビーラは僕の体を洗って、食事を与え、体力が回復するまで僕の面倒を見てくれた。

ここから出ていかなくちゃだめよ、と彼女は言った。パスポートを取りなさい。行くあてはある？

おれのアパートに行って、ソファの下にまだ金があるか見てきてくれ、と僕は言った。

彼女はゴムバンドで丸めた札束を持って戻ってきた。どこからこんなお金を手に入れたの？　と彼女はたずねた。

貯めたんだ。

ねえ、このお金を見たら、あの人を殺したのはあなたなんじゃないかって思ってしまうわ。でも聞いたところだと、あなたが連行されてる間に、誰かが彼の奥さんを撃ったのよ。山岳地帯で頭を撃たれているところを羊飼いが見つけたの。そのあと、わたしはあの荒くれ者のアブー＝ナーラのところに行ってひと騒ぎしたわけ。見たところ礼儀正しいけど、あいつの本性はただのゴロツキよ。

ジョルジュはどこだい？　と僕はきいた。

ここにはいないわ。わたしのところにやってきて、北に行って野営するって言ってた。何の知らせもないわ。

あっち側はどうなってる？

西ベイルート《アル＝ガルビーヤ》はまだ包囲されてるのよ。パレスチナ人たちはじきに降伏するんじゃないかしら。そうそう、忘れるところだったわ、ナーラが言ってたけど、ジュリアのお店で若者が二人、あなたを探してたそうよ。

どんな奴らか言ってた？

いいえ、詳しくは聞いてないけど。若い二人だったとしか。一人は鼻が折れてたそうよ。

真夜中、僕はうなされ、汗だくになって目覚めた。

ドアが開き、ナビーラが懐中電灯を手に入ってきた。

バッサーム、わたしよ、ナビーラ。悪い夢を見てたのね。汗びっしょりじゃない。

彼女は僕の顔をそっと撫でた。ひどい目に遭ったのね、あのゴロツキども。おお光の母《ヤー・ウンム・ヌール》よ、見て下さい。そして僕の顔に触れると、頬にキスし、僕の肩を抱いた。

僕は彼女の太ももに手をすべらせた。彼女は何も言わなかった。僕は彼女の唇を求めた。彼女は僕にキスして、息づかいが荒くなった。僕は乳房を探り、彼女はそれを許した。僕はせわしなく両方の乳房に触れ、僕の唇は飢えた子犬のようで、彼女の息づかいはさらに激しくなった。ゆっくり、ゆっくりね、と彼女はささやいた。ゆっくり、ゆっくりよ、怪我してるんだから、痛くないようにね、ゆっくりよ、と彼女は母親のように繰り返した。彼女はナイトガウンを下ろし、大きく、丸い乳首に唇をつけた。彼女は僕の頭を抱き、髪を撫でた。僕は彼女を押し倒し、彼女がそばで横たわると、腹ぺこの子犬のように必死で彼女の体にしがみついた。太古の治療師のように、彼女は僕の傷を舐めた。彼女の艶めかしい太ももが開き、僕はその濡れたなかに飛び込んだ。彼女は僕の頭を抱き、髪を撫で、あどけないオーガズムへ僕を導いた。

朝になり、ナビーラがキッチンで鍋や皿を使う音が聞こえた。彼女のラジオは近所のラジオと一緒になって、悪いニュースを合唱していた。

僕はベッドにいた。裸で、もじもじしていて、気まずかった。そのうち、トイレに行かなければならなくなった。

彼女は僕が水を流す音を聞いて、コーヒーはどう、ときいた。

僕は口ごもって、まっすぐ部屋に戻った。

ナビーラがドアを開けた。バスローブ姿で近づいてきて、ベッドの端に腰掛けて言った。バッサーム、自分の家に戻らなきゃだめよ。目を見せて。新しい包帯が必要ね。ほら、服を着て、パスポートを取る準備をしなさい……行くのよ。ここには何もないわ。出ていきなさい……パスポート用の写真を撮るのよ……あなたのお金は引き出しに入ってるから……出かける前に食べていってね。服は洗っておいたわ。

そして彼女は姿を消した。紙を一枚持って戻ってきた。僕の手を取り、手のひらを開いた。手のなかで紙を丸めて、僕の指を閉じた。これを持っていきなさい。フランスかヨーロッパに着いたら、この人に会うのよ。ジョルジュの父親よ。わたしの姉はかかわり合いになろうとはしなかった。恥じてたわ。頑固で、誇り高い姉だった。若気の至りだったのよ。誰も必要としてなんかいなかったのに……

ナビーラは涙を流した。一粒だけの、塩からい水滴が唇の横を流れる前に、彼女はきっぱりとそれを舌ですくい取った。僕の目を見て彼女は言った。あなたのためにも、ジョルジュのためにも、その人に会ってほしいの。名前と電話番号を書いておいたわ。その番号で見つけられなくても、どこにいるにしても探して。それを約束して。そうするって約束して。

僕は頷いた。一言も言わずに、僕は約束した。


午後、僕は階段を下りて通りに出て、家に帰った。引き出しの中身は全部ぶちまけられていて、花瓶はいくつも割られ、僕の服は床に投げ出されていた。

僕はジョゼフ・シャイベンに電話した。晩に近所の通りの角で会おうぜ、おれが寄ってってお前を拾うよ、と彼は言った。

待っていると、彼は言ったとおりやってきて僕を拾った。

僕と一緒のところを見られたくないと思っているらしかったので、そのことをたずねてみた。

お前に対してどうこうってわけじゃないんだ、バッサーム。でも司令部《マジュリス》がどんなとこかはわかるだろ。誰かが目をつけられたら、その友だち全員がにらまれるんだよ。

僕たちは街の外に走って、山岳地帯に入り、車を停めて歩いた。

銃が要る、と僕は言った。

いいか、バッサーム、今銃を手に入れるのはまずい。

誰かがおれの件を担当してるんだ、と僕は言った。早く手に入れなきゃならない。金は出す。

やれるかどうか試してみるよ。

僕たちは街に戻った。車から出ると、ジョゼフが呼び戻した。バッサーム、おれはあれこれ詮索はしないけどさ、でもお前があのジジイを殺《や》ったんじゃないってことはわかってる。

じゃあ誰だ?

彼は答えなかった。その代わり、アクセルを踏んで走り去った。

それから何日か、僕は夜に家の向かいの建物に行って、屋上で寝た。

屋上からは炎上する西ベイルートが見えた。イスラエル軍は何日も住民たちを爆撃していて、夜になるとオレンジ色の光が輝き、地上からはマシンガンの銃弾が空に赤い弧を描いていた。街は燃え、サイレンとやかましい血、死で溺れていた。

ある朝、ジョゼフから会おうという合図が来た。

僕に会うと、彼は銃を手渡した。僕は金を渡した。そして、計画に乗ってくれないかと彼にきいた。ベイルートを出るつもりだということ、最後にもうひと儲けするアイディアがあると打ち明けた。

どんな計画だ? とジョゼフはきいた。

カジノの金をいただくのさ。

イカレてる《マジュヌーン》、と彼は言った。お前どうかしてる《マジュヌーン》ぜ。そいつはどうかな、バッサーム。ヤバい話だ、司令部《マジュリス》の金をふんだくるのかよ。

そうさ。でもジョゼフ、司令部がお前に何をしてくれた? お前は何週間もぶっ通しでバリケードにいたろ。命をかけてた。でも司令官どもはそろってスポーツカーやら山荘やらを手に入れて、口座にたんまり貯め込んでる。お前のほうはおふくろさんや妹や弟たちに飯を食わせるので精一杯ってとこだろ。考えてみろよ。いつか戦争は終わる。そしたら連中はアルマーニのスーツで歩き回るだろうさ、それでおれたちには何が残る？　ああジョゼフか、あいつは信仰のために戦ったいい戦士だったって言ってもらえると思うか？　考えてみろよ。おれたち両方に相当な金が入るんだぜ。

ジョゼフは黙っていた。

ランボーってやつの本名知ってるか？　と僕はきいた。黒いＢＭＷに乗ってて、片目からあごまで長い切り傷があるやつだ。

ああ、ランボーなら知ってる、あのコソ泥《イルス》だろ。

あいつがどこに住んでるのか知りたいんだ。

ワリド・スカッフがあいつのことをよく知ってる。山岳地帯のファフラにあるランボーの山荘でパーティーがあって招待されたって言ってた。逃げたイスラム教徒一家の山荘を自分のものにしてるのさ。


日が経つごとに、僕の傷はふさがり、筋肉は強くなった。もう歩いても痛みはなかったし、水の残りは鼻から出た。ランボーが僕の頭を黄ばんで汚れた白い陶器のなかに潜水艦のように突っ込んだときに口に残った泡、その泡は破裂して蒸発し、言葉のような音を立てた。そこで僕は港での仕事に戻った。敷地に入ると、警備の人間がやってきて、アブー＝タリクが会いたいとさ、と言った。

僕はアブー＝タリクの事務所に歩いていって、ドアをノックした。彼は小さな真鍮のストーブのほうを向いて、コーヒーを淹れていた。ゆっくりとこっちを向くと、なかに入るように言い、一杯注いでくれた。僕は机を挟んで反対側に座った。

どこにいたんだ？　と彼はきいた。

捕まってたんだ。

彼は頷いた。ああ、聞いたよ。何があった？

近所で撃ち殺されたやつがいてさ、おれが司令部《マジュリス》に引っ立てられた。アブー＝ナーラの手下がここに来て、お前のことをあれこれきいていったぞ。お前のトランクを捜索したいって言うんだ。誰にもここで捜索なんかさせないっておれは言ったよ。連中はここに入ってきて、我が物顔で歩き回ってやがった。誰にもふざけた真似はさせないっておれは言ったんだ。お前たちの部下じゃないってな。最高司令官から命令を受けてるんだ、アル＝ライェスその人だ。アル＝ライェス以外から指図は受けないって言ってやった。

アブー＝タリクは大きな口ひげをいじり、北部の方言で話を続けた。やつらに言ってやったよ、ここに入るときはゲートで銃を預けてこい、でなきゃ次からは入れてやらないってな。連中は不満そうだったさ。いいか、お前はよく働く奴だし、連中が言うようなことを本当にやったんなら、またここに戻ってきて稼ごうなんて思わないよな？

僕は頷いた。

あのチンピラどもにこっぴどく殴られたんだろ？

そうさ。

明日の夜、イタリアの船が来る。それから何日かしたら、お前が必要になる。今日は大した仕事はない。帰って休め。

次の日の夜、僕は港に戻って働いた。休み時間に、デッキに上がって、船長を探した。エジプト人のアシュラフ船長は厨房で食事をしていた。

僕は腰を下ろした。おれはこの港で働いてる。

船長は僕を見た。それで？

ここから出たいんだ。すぐに。

ビザは持ってるか？　と彼はきいた。

あんたの船はどこに行くんだい？　と僕はきき返した。

マルセイユだ。フランスのビザはあるのか？

持ってない、と僕は認めた。

乗せていくわけにはいかないな。

じゃあどうすればいい？

彼は黙って、少し食べた。しばらくしてきかれた。ここでの給料はいいのか？

金はあるよ。

八百だ。

六百だったらある。

船長は答えなかった。ゆっくりと立ち上がって、出ていこうとした。

七百までなら出せる、と僕は言った。そうすれば向こうに着いて、運命に立ち向かうために二百は残せる。

日曜に出港する。神を信じていろ《タワッカル・アラッ・ラー》、それから暖かい上着を持ってこい。夜のデッキは冷えるからな。

14

真夜中に家のベッドで横になっていると、誰かがドアをノックした。隣に住んでいる人だった。涙を流していた。殺されたのよ、と彼女は言った。アル＝ライエスが殺されたの。

レバノン・キリスト教勢力の最高司令官が、自分の政党の施設の一つを訪ねたときに暗殺されたのだ。建物のなかで支持者たちと会っていたとき、爆弾が建物を丸ごと倒壊させた。一方の西ベイルートでは、パレスチナ人と左派勢力がイスラエル軍に降伏していた。

アル＝ライエスの葬儀と、パレスチナ人たちがレバノンからチュニジアに撤退する様子を、僕はラジオで聞いた。東ベイルートの女たちは喪服を着て、みんな泣いていた。

ナビーラが電話してきて、その前の晩に全部夢で見たと断言した。暗殺のニュースで気分が悪くなって落ち込んだため、彼女はバリウムを飲んでいた。ジョルジュと話をしたら、容疑者を捕まえたって言ってたわ、と彼女は教えてくれた。アル＝タフネとか、そんな名前の男だった。シリア共産党の党員だそうよ。爆破された建物の基礎部分の建築図面が彼の家から見つかったんですって。

ようやく、ジョゼフは僕が持ちかけた金儲けの計画に乗った。そこで、僕はカジノを二日間見張った。民兵組織の集金係が二人、私服で一般車に乗って一晩おきにやってきていた。二人がポーカーカジノに入ると、通りを渡って車をのぞき込み、彼らがベルトに差している拳銃以外に武器を持っていないことを確かめた。二人が出ると、距離を置いてその車のあとをつけ、ルートを頭に刻み込んだ。二人はもう一つあるポーカーカジノに寄って、あとは司令部《マジュリス》にまっすぐ戻った。司令部に戻る道は、舗装されていない長い道路だった。

ルートをたどった翌日、僕とジョゼフはナジブのポーカー友だちが帰ってくるのを待った。ジョゼフはアパートの建物の屋上に上がった。僕は通りの向かい側で待っていた。じきに、その男が車を停めて、階段を上がっていくのが見えた。僕が指を二本くわえて口笛を鳴らすと、屋上からジョゼフが咳をして、ハンカチを顔に当てて階段から下りてきた。ナジブの友だちとすれ違うとき、ジョゼフは咳をするふりをして、その顔を殴った。

僕は分厚いテープを片手に階段を駆け上がった。

ナジブの共犯者が声を上げる前に、ジョゼフはその口にハンカチを押し込んだ。僕は両手と足首を縛り、二人で建物の屋上に彼を放り出した。僕は彼の車のキーを取った。僕たちは車に乗り込み、ジョゼフの家まで飛ばした。ジョゼフは自分のアパートに上がって、カラシニコフと拳銃を持って下りてきた。

僕が運転し、ジョゼフは銃の弾倉に弾を詰めた。彼は僕たち二人の拳銃を確かめた。僕たちはポーカーカジノのところで停まり、集金係の二人が入っていくのを見届けた。それから先回りして、司令部に通じる舗装されていない道に出た。

僕は車のボンネットを開けて、通りを塞いだ。開いたボンネットの後ろに立って、集金係の車が来るのが見えると、頭にストッキングをかぶった。ジョゼフは溝に身を潜めた。

集金係たちは車を停め、文句を言いながら僕たちの車にやってきた。ジョゼフはカラシニコフを手に彼らの後ろに走った。

地面に伏せろ《アラ・ル＝アルド》、カス野郎どもめ《ヤー・イフワト・シャルムータ》、と僕は叫んで、両手に拳銃を持ってボンネットの後ろから出ると、二人の顔に突きつけた。伏せるんだ《アラ・ル＝アルド》、と僕は繰り返した。

伏せろ《アラ・ル＝アルド》、でないと弾を全部ぶち込んでやるぜ、とジョゼフも後ろから繰り返した。

男たちは手を挙げ、うつぶせになった。僕は一人目の男の首を踏んで拳銃を抜き取り、ジョゼフはもう一人の体を調べた。

僕たちはテープで二人の両手を縛り、ボンネットを開けた車の横に二人とも放置した。そして僕は現金を乗せた輸送車をバックで走らせた。車の向きを変えて、来た道を戻り、途中にある無人の工場で停まった。現金袋を取り出して、車は工場に捨てた。昼間のうちに停めておいた配達用のバンに全部荷物を移して、バンで山岳地帯に向かった。

ようやく、僕たちは車を停めた。僕は金を数え、その場で山分けした。

明日フランスに出る船があるんだ。おれはそれに乗る、と僕はジョゼフに言った。でさ、お前はナビーラに会いに行ってくれ。ナビーラのことは知ってるだろ？　デニーロの叔母さんだ。

知ってる。

おれの家の鍵を渡して、家の管理を頼むって言ってくれ。おれは教えてもらった人を探すからって伝えてくれ。約束は守るって。じゃあ、丘を下った交差点でおれを下ろしてくれ。タクシーを拾うよ。別々に行くほうがいいだろ。

ジョゼフと僕はキスして、別れた。

キチガイ野郎《マジュヌーン》。お前のことは絶対に忘れねえよ、イカレ野郎《マジュヌーン》！　と彼は叫んで、走り去った。

タクシーを拾って山の上にあるファフラに行った。村の中心で足を止め、村の小屋の下で夜に歌う小川の水を缶に入れ、藪に入って、丘をさらに上がった。しばらくして立ち止まり、地面に水を垂らし、泥の水たまりを作って、顔と両手に塗った。一晩中歩き回って、ウィンドウに着色した黒のBMWを探した。犬が吠えると家の後ろに身を隠した。そして山荘のあいだの暗い路地を抜けていった。村をくまなく見て回ったけれど、車は見つからなかった。早朝になり、僕は丘の上に座って、通りかかる車を見つめた。

BMWが丘を上ってくるのが見えた。酔っ払いが運転しているようにジグザグに動いていて、ロバが丘を上るような様子だった。

僕はBMWのあとを追った。松の木のあいだを走り、湿った丘を走り抜け、朝の露をかき分け、垂れ下がった枝を押しのけていった。石段を渡り、車が停まるまで待った。男が一人、ドアを開けてゆっくりと車から出てきた。ランボーだった。

僕は彼に近づいていった。その足音を聞いた彼は振り向いて、ゆっくりとした動きで銃を抜いた。僕は立ち止まった。ランボーの顔を見て、僕の心臓は死と太鼓の音を立てて脈打ち始めた。また一晩中歩かされて、僕を眠りに誘うマットレスをぜんぶ叩き潰さなければならないような感覚になって、額からは汗が流れ、僕の顔はひんやりとした液体のバケツに浸され、朝の風がジャスミンの香りとともに吹き抜けていった。勢いよく飛ぶ蝶たちは巨大な羽根をはためかせて谷の靄《もや》を吹き上げ、僕のまぶたは震えた。僕の両手が前に伸び、人差し指が二本とも引き金を絞り、僕は彼を撃った。僕が弾倉を空にしているあいだ、彼は微笑み、銃弾は飛んで、コロンの匂いがする彼の体に、ウィスキー混じりの最後のため息に、そして車のノブを握る彼の爪に飛び込んでいった。僕の銃声は深い谷を渡り、喪の鐘と、朝の日光に響く狩人のライフルの音と一緒にこだました。僕は彼が地面に倒れるまで撃ち、濃くなっていく霧が通りかかって、彼の最後の息を運んでいった。

ランボーの体を調べて車のキーを探すと、体の下にあった。彼の革ジャンに触れ、白いシルクのシャツに触れた。シャツは血と赤土が混ざって茶色に変わっていた。彼の目は最後に僕を見つめた。自分の姿がその黒い瞳に沈んでいくのを見て、恐怖を覚えた。

キーを手にして、彼の車で坂を下っていった。やがて道路脇に車を停めると、外に出て、崖の下に吐いた。頭を大地に引っ張られ、僕はひざまずいた。

船が出るのはその日の晩だった。家に戻ったあと、僕は服をいくつか詰めて、パスポートと金を持ち、階段を下りた。これももう最後だ。近所の女たちは大理石に水を振りかけていた。その日は水道が通っていた。屋上に水が来て蛇口から出ていたから、彼女たちはバケツを持って屋上に上がり、満杯に注いでは下りてきた。僕を見る女もいれば、見ない女もいた。彼女たちが何を考えているのかはわかった。誰の手とバケツがその場から消えてしまったのか、わかっていた。僕はつま先立ちになって水と石鹸の小さな流れを越えていった。僕は駆け出した。女たちには一言も言わなかった。挨拶の言葉もお礼も口にせず、ゴシゴシ磨くことも、運ぶこともしなかった。僕は水を越えて、海を目指した。

僕は通りを歩いていった。ここでは何も変わらないな、と僕は思った。ここの窓はずっとこのままだろう。車は増殖し、駐車し、植物のように、歩道の色鮮やかな木々のように成長するだろう。僕はあたりを見回さなかった。誰にも挨拶せず、泣きもしなかった。ただ出ていこうとしていた。

車が一台通り過ぎ、止まって、戻ってきた。デニーロだった。乗れよ、と僕に言った。

いやいいよ、仕事に行くんだ、と僕は言った。

送ってくよ。話があるんだ、と彼は譲らなかった。赤い目をしていた。酔っているのかハイになっているのか、それとも、けたたましい銃声や軍用ブーツがドシドシと踏みならす音で眠れなかったのか。

ほっといてくれと言うと、彼は車から出てきて僕を抱きしめ、額にキスした。おれとお前は兄弟だろ、と彼は言った。車の反対側に僕を連れていって、僕を助手席に座らせて、運転席の側に戻っていった、その途中で手のひらで車に触った。僕の首と頬に置かれた手のひら、彼の車に僕を導いたその手のひらで。

彼は車を一気に走らせた。停めることもブレーキを踏むこともなかった。僕のほうを何度も向いて、微笑んだり、泣き出しそうな顔をしたりした。クアランティーナを過ぎるまで彼は何も言わず、それからハンドルを切って、橋の下で終わる高速道路に入り、またスピードを上げ、ギアを次々に変えて車をガクガク動かした。やがて速度を落とし、橋の下に入り、彼は橋の巨大なコンクリートの基礎のすぐ後ろに車を停めた。僕たちみんなの罪を流し去っていく下水溝がそばを流れていた。

僕たちは二人とも押し黙って、砂の山と、石の山と、途中で止まった工事を前にしていた。ジョルジュの拳銃は僕たちのシートのそばにあった。

そしてジョルジュは笑い出した。まだ僕の目を直視していなかった。タバコを二本出して、両方に火をつけ、僕の分を渡してきた。

彼の軍服のズボンには血がついていた。その大きく黒ずんだ斑点は光を放っているようだった。僕がそれを見ていることに彼は気づいた。ウィスキーの瓶に手を伸ばして、少し飲んだ。僕にも差し出したけれど、断った。

今日人を殺した、とようやく彼は口を開いた。

そうだろうな、と僕は頷いた。

たくさん殺《や》った。大勢だ、と彼は拳銃をいじりながら言った。

僕はもう一度頷き、もう少し長く沈黙を守った。そして、おれは行かなきゃ、と言った。屠畜場の音や、分厚いかかとが慌ただしく行き交う音や、花火の音にはもう興味はなかった。波が橋を越えて打ち寄せ、車のフロントガラスの上ではずみ、僕の足元に向かってやってくる音しか聞こえなかった。ジョルジュはチューブを一本取り出し、小さなスプーンを使って粉末をすくい、鼻ですすった。手の甲で鼻を拭って、それから鏡で鼻を見た。振り向いて、僕に微笑みかけて言った、一万人だ。一万人、もっとかもな、と口ごもった。一万は殺ったはずだ。

誰を？　と僕はきいた。

女とか子供とか、ロバまで撃ち殺したさ、と彼は言って、笑った。

何があったんだ、ジョルジュ？　こらえきれずに僕はたずねた。

彼は拳銃をつかみ、フロントガラスに向けて、それから銃を見つめて、押し殺した笑い声を上げた。言えよ、と僕は言った。そのためにここに連れてきたんじゃないのか。

全部話すさ。全部な……おれたちはパレスチナ人のキャンプを攻撃して、何百人と殺したんだ。何千人だろうな。

いつ？

この二、三日でさ。

どうやって？　どうしてだ？

おれたちはレバノンの国際空港で野営してた。国際空港だぜ、と彼は繰り返して、また笑った。アル＝ライエスが暗殺されてから、丸一週間おれたちは眠ってなかった。みんな復讐を叫んでた。イスラエル軍の連絡将校のエイタンがアブー＝ナーラと一緒に立ち寄ったんだ。降伏したあとも、パレスチナ人のキャンプには武装した集団がいくつもあるって言うんだ。おれたちがキャンプを浄化しなくちゃなってアブー＝ナーラは言った。

ジョルジュは笑って、拳銃を持ち、リボルバーをくるくる回した。デニーロはすげえ俳優だよな。デニーロがあいつの親友役だったあの映画のシーンを覚えてるか、バッサーム？　お前はおれの親友で兄弟さ、本当だよ。

彼は僕を抱きしめようとしたけれど、僕は押しのけた。

彼は話を続けた。空港に陣取った千五百頭のライオン、それがおれたちだった。何もおれたちを止めることなんかできやしない、何もな。おれたちは広い道路を通ってウーザイを抜けて、雷みたいにサブラとシャティーラの難民キャンプに移動した。アンリ・シェハブの軍事施設を通過して、南部の軍からの部隊と合流したんだ、ダムールやサアディヤトやナメフの村出身の男たちさ。あいつらは自分たちの村が焼かれたことを決して忘れなかった。あいつらもライオンさ。戦ったことのある一人はおれをまじまじと見て、ずっとこれを待ってたって言ったよ。で、おれたちは殺した！　殺しまくったさ！　見境なく人を撃ったし、食卓で家族を皆殺しにした奴もいた。パジャマを着た死体が転がってたよ。喉を切り裂かれて、斧で叩き切られて、両手が切断されて、女たちは真っ二つにされてた。イスラエル軍がキャンプを包囲しててさ。スタジアムの向かいのビル・ハサンに駐在してるイスラエル軍中尉のロリーって男が、キャンプの委員会に伝言を送ってきて、連中の武器をスタジアムに持ってこいっておれたち全員に言ったんだ。そいつの指図なんか受けないっておれたちは答えたよ。命令はアブー＝ナーラから出てる、イスラエル軍司令部もそれはわかってるはずだってな。おれたちはさらに奥に移動した。イスラエル軍の航空機が八十一ミリ照明弾を落としてた。全域が照らされてさ、さハリウッド映画に出てるみたいだったぜ。おれは映画に出てるデニーロなんだ、とジョルジュは言った。飲めよ、と唐突に叫んだ。飲めって！

僕は手を振って、顔の前に出された瓶を払いのけた。

彼は飲んで、また話し出した。何もかも白い蛍光色だった。昼間なんじゃないかってくらいよく見えた。メシアその人が現われたみたいに空が光ってた。南から来た部隊はもう入っててさ。アッカ病院で、仲間の何人かは怪我人を追いかけてって始末してたよ。到着したとき、女の叫び声が聞こえた。三人の男が医者のテーブルで看護婦をレイプしてたんだ。アジア系の医者のオフィスにはアラファトの写真がかけてあった。その医者はおれに英語で話しかけてきた。テロリストめ！　っておれは言ったよ。お前はテロリストだ、おまけにテロリストの写真を壁に飾ってやがる。そいつはまた英語で何か喋りかけてきた。おれは銃の台尻でそいつを叩きのめしたよ。

デニーロはさらに飲んだ。外じゃさ、死体が砂地に転がって膨張してた、と彼は言った。血が黒い染みになって、緑色のハエがたかって、ブルドーザーが地面に穴を掘って死体を放り込んでた。何もかも映画みたいだった。映画みたいさ。そこらじゅう死体だらけさ。まだ聞きたいか？　もっと聞きたいか？　もっと？　飲めよほら！　と彼は叫んだ。彼は銃に弾を込めて僕の顔に突きつけた。飲めって。

僕は瓶を取って、すすった。

おれの親父の名前は？　と彼はきいた。

知らないよ。

知ってるだろ。この嘘つき。お前ナビーラと話してるだろ、おれのいないときに訪ねてるくせに。見たぜ。もっと聞きたいか？　ほら、もっと飲めよ。そうか聞きたいんだよな、おれは最後まで喋りたいぜ。おれたちは男たちをロープでまとめて縛って、一人一人頭を撃ち抜いていったよ。犬どもが死体の一部をかっさらっては小さい路地に逃げていった。シリア人の野郎が手押し車で通りかかった。野菜を売ってたのさ。おれは奴に国籍をきいたよ。シリア人だったぜ！　シリア人どもめ！　よってたかってこの土地をぶんどりに来やがる！　おれはそいつの手押し車を蹴っ飛ばした。アブー＝ハディドは無駄な手間はかけずに、シリア人の腹に一発撃ち込んだ。全員壁のところに並べっておれは言った。女たちは叫び出して泣きついてきて、もう降伏したじゃないって言ってきやがった、カミルが一人の髪をつかんで地面に引きずり倒して、その女の首を踏みつけた。何も言うんじゃねえってお
れは叫んだ。

みんなスタジアムに向かった。途中で戦士たちが何人か笑って、人混みのなかに手榴弾を投げ込んだよ。

この話をしてから、ジョルジュはしばらく考え込んだ。酔いが回ってきていた。彼は話し、虚ろな目で何かをじっと見つめた。さらに飲んで、何か口ごもった。自分の母親のこと、母親を殺したのは

自分だとぶつぶつ言っていた。幻覚を見始めていて、急に悲しそうな顔になった。疲れてきたんだろうと僕は思って、彼の手から拳銃を取り上げようとしたけれど、銃に触れたとたん、彼は跳び上がって、撃つぞと僕を脅した。本気なんだろう、と僕は思った。

おれはおふくろを殺した。おれがやったんだ、と彼は言って、泣き出した。

お前のおふくろは病院でガンで死んだんだろ。

アル゠ライエスに！　と彼は叫び、瓶を掲げてさらに飲んだ。

もう行かなきゃ、と僕は言った。

おれの話が終わるまではどこにも行かせねえ、と彼は言った。あのキャンプで何があったのか、ちゃんと聞け。いいか。カミルがコカインを持ってた。おれたちはそいつを吸って、アル゠ライエスのために！　って叫んだ。おれたちは壁にもっとたくさん男たちを並べて、女子供は別の壁に立たせた。男どもを先に撃った。女子供が泣き声を上げたから、おれたちは弾倉を交換してそいつらも撃った。泣き声を上げたからおれは撃ったんだ。ガキの泣き声は我慢できねえ。おれは絶対に泣かない。おれが泣いてるのを見たことあるか？　あとから来たやつらは地面に転がってる死体を見てパニックを起こしたよ。ズボンのなかでチビっちまったやつもいた。三人が後ろから逃げてくのが見えた。おれたちは狭い路地でそいつらを追いかけた。おれは仲間とはぐれて、みんなを見失った。一人きりだった。おれはドアを片っ端から蹴破った。ある家に入ったら、女が床にいて、死んだ娘たちに囲まれてるのに出くわした。その女はおれをまじまじと見た。お前も家族と一緒になりたいんだろ、違うか？　っておれは言った。息子よ、始めたことを終えてしまいなさいってその女は言ったよ。

息子よ、だとよ！　とジョルジュは言って、笑った。おれはライフルの台尻でその女を殴りつけたよ、何度も何度も、こうやってな、と言って、彼は拳銃で殴るしぐさをした。ホースみたいに頭から血が飛び出してきてさ、おれの太ももにかかったよ。おれは一人で路地をうろついた。女が一人、子供たちの口の上に手を当ててるのが見えた……みんな泣いてた。家はエプロンをつけたまま殺された女たちの死体と、その横で伸びてる男たちと、レイプされた娘たちの死体でいっぱいだった。それからおれは立ち止まった。お前は信じないだろうけどさ、ヤマウズラがクークー鳴く声が聞こえたんだ。おれたちが一緒に山で狩ったようなやつさ、バッサーム、おれたち二人で一緒に。おれはその声を追って狭い壁を抜けていった。そいつは走っていって、おれは追いかけた。ヤマウズラは炊事用の水を流すところに浸かった死体をピョンピョン飛び越えていった。その鳥がオリーブの木の上を飛んで、丘の上を飛ぶのが見えたよ。それから鳥は止まって、戻ってきて、男の死体の上にとまった。死んだ男が手を伸ばして、翼を撫でるのが見えた。

おれは見たんだ！　とジョルジュは叫んで、もう一口すすった。またその鳥を追いかけていくと、小屋に入っていった。おれがなかに駆け込んだら、鳥がベッドの下に入るのが見えた。おれはマットレスを持ち上げた。ガキが二人震えながら縮こまってた。部屋には母親の死体があって、目を見開いて二人を見つめてた。おれは鳥を狩りたかっただけなんだ、とジョルジュは言った。狩りがしたかっただけなんだ。

そして彼は黙り、考え込んだ。マグナムを取り出して、リボルバーを開け、弾を二発取り出して、リボルバーを回して言った。五分の三だ。さあ、ゲームを始めようぜ。

僕は断った。彼の手から拳銃を取り上げようとすると、彼は僕のことを臆病者と言った。

男らしくねえ、とジョルジュは言った。だからお前の女は本物の男を求めてよそに行ったのさ。彼は僕の頭に銃を突きつけた。腰抜け！　と僕をなじった。

ここにいる臆病者はお前だけだ、と僕は言った。

彼は僕を見据えた。お前、出ていくんだろ。バッグを見たよ。出ていかなくちゃって思ってるんだろ。顔は切り傷だらけでさ、目のとこにも傷があるぜ。

お前のボスにやられたんだ、と僕は言った。餞別をもらったのさ。お前、殺しをやったろ。お前だってことは知ってる。あの年寄りを殺したんだろ。奥さんもだ。いつだって殺しをやってた。

バッサーム、おれたち二人とも、いつだって殺しをやってたんだ、とジョルジュは答えた。また僕の目をじっと見て、もう一度言った。おれたち二人とも、殺しをやってきた。アル＝ライエスを殺《や》った男が自白した。お前の名前を出したよ。基礎の図面を渡したのはお前だろ。お前がアル＝ライエスを殺したんだ。

それで来たのか？　と僕はたずねた。

そうだ、お前を司令部《マジュリス》に連行するために来た。また戻ってこいとさ。もうちょっと泡を吹いて、ビンタを食らうってとこだ。

じゃあどうしてこっちのほうに来たんだ？　と僕はきいた。拷問部屋は反対方向だろ。

違う、バッサーム、拷問部屋はおれたちのなかにあるんだ。でもおれはフェアな男だし、お前は兄弟だ。逃げ道をやる、とデニーロは言った。おれはお前からラナを奪った、と彼は言って、銃を向けた。その目は血のような赤を発して、石のように無情で、命をベールで覆い、フロントガラスの光のなかで輝いていた。

第三部

パリ

15

僕は港に着き、船を見つけに行った。エジプト人の船長を探した。

おう来たか、と彼は言った。金はあるか？

金を渡すと、彼は機関室に僕を連れていった。こいつは機関士のムスタファだ。船が港を出るまではこいつと一緒にここにいて、それから甲板に上がってこい。すぐ出港するからな、と船長は言って、また階段を上がっていった。

やがてエンジンがうなり、クスクス笑い、パイプは膨らんでカチカチ音を立て、ムスタファは僕に微笑みかけた。船は初めてか？

そうだ。

彼は笑った。クラクラしてきたら、上がって外の空気を吸えよ。彼はまた微笑んだ。

船はゆっくりと海に入っていった。

二時間が過ぎ、そのあいだずっと僕は身じろぎもせず座っていて、何も考えなかった。ずっと心を空っぽにしていたかった。

ようやく甲板に上がって、夜の漆黒に消えていく岸辺の小さな光を見守った。船乗りが何人か、階段を上り下りして甲板に出てきた。僕は彼らを見つめて、自分のバッグ、金と銃、上着を膝の上でしっかり押さえていた。

凪はなく、船は闇から闇、水から水、大地から大地へ穏やかに航行していた。僕は遠くの陸できらめく光がゆっくりと死んでいくのを見つめていた。

一万の波が、海に浮かんで僕の故郷から離れていくタンクの下を通り過ぎた。

一万の魚が、波の下で歌い、コックの手から捨てられたゴミにかじりついていた。

僕は空を見上げた。ガス爆発した遠くの惑星と、燃える岩が一面に広がるなか、戦士の歌を歌う死者たちの幸せなかがり火から送られた光の信号が空を覆っていて、アル中の船長たちが舵をとってセイレンたちが住む島々に向かう船にモールス信号を送っている、セイレンたちはキャバレーで歌い、塩からい性器を差し出す、その味は日曜の家族の集まりに出される魚のマリネのようで、その集まりの前に、太った司祭たちの説教くさい話を辛抱しなければならない、手を振り子のように動かしては集まった人々にお香を振りまく司祭たちの動きは、乳母車のひしめく公園でフィリピン人のベビーシッターたちが押すブランコのようだ、彼女たちは一時滞在者ビザで来ていて、もらったわずかな給料はクリスマスに遠く離れた家族に送金される、海辺に住んで、あの星の世界の住人たちからモールス信号を受け取る家族たち。その星の住人たちは神託を読み、プラスチックのバケツに砂を入れたり赤いストライプが入った短パンをはいて幾何学状のジャングルジムによじ登る重役の子供たちのお守りをするベビーシッターからの長い手紙も読むし、白いエプロンをつけて老人ホームのエレベーターを周遊する職員たちが故郷にあてた手紙だって解読できる、職員たちはもうろくして退職した船長や上流階級の女たちのシーツを替えていて、老人たちはといえば、三つ揃いのスーツを着た自分たちの息子が来てもまったくわからず、義理の娘たちのくどくどと甲高い愚痴にも耳を貸さない、その声はカモメの鳴き声のようで、カモメたちは海に残る船乗りの食事の跡をついばみ、甲板で翼を休め、よそ者を嫌う目でじっと僕を見て、くちばしを研ぎ、神話の翼で別の惑星へと飛び立っていく。

ムスタファが僕を見つけ、隣に座ってタバコを一本くれた。

何日も吐きっぱなしだった客もいたけど、お前は船酔いしてないな。出ていくんだろ。彼は微笑んだ。

そう、あそこにはもう何もないんだ。

そうだな、ああいうところには何もないよな、と彼も頷いた。

僕たちはタバコをふかし、ムスタファは僕たちの逃げる船の下を絶え間なく通る波の上を歩いて船尾に行った。

小さなランプは全部消えて、船長の部屋だけが海原に光っていた。風が冷えてきたので僕は下りて、狭い通路を抜けて厨房に行って座った。船長がゆっくりと下りてきて座った。物思いにふけっていて静かだった。やがて立ち上がって、やかんに水を入れ、僕にお茶を淹れてくれた。

お前が使える船室がある、と彼は言った。十一時以降は使っていい。アフリカ人乗組員のママドゥは十一時からの勤務だから、お前は奴のベッドで寝ていい。

僕たちは何も言わずにお茶を飲んだ。十一時になって、僕は船長についていった。彼が船室のドアをドンドン叩くと、アフリカ人の男がゆっくりと開けた。船長は事情を説明した。ママドゥは頷き、なかに招き入れた。僕はベッドで横になって、エンジンの音がそこらじゅうで響くなか眠ろうとした。うるさい音だったが、七層の海の底に沈んだガチャガチャうるさい工場から届く信号のようにくぐもった音だった。僕はその工場に奴隷の猿の軍団がいるところを思い浮かべた。彼らは金属の缶にツナを詰め、難解な言語のラベルを貼り、悪魔じみたシンフォニーをがなり立てる防水仕様のオルゴールのなかに缶を並べていき、タツノオトシゴの背中に積んで、水中にある村々へと発送していく、そこには溺れ死んだ兵士たちや、さらわれてきた召使いたちや、侵略してくる野蛮人たちに宝物探したち、そして、片耳だけ飾りをつけた魔神《ジンニー》によって封をした瓶のなかに囚われてしまい、今は漁師が謎を解いて失われた宮殿に連れ戻してくれるのを待っている姫がいる、彼女は宮殿にあるジャスミンと琥珀の庭園でカリフと再会するだろう、そして侵略してきた軍隊が彼女のお気に入りの本を燃やし、何千もの物語を破壊してしまう前のバグダッドのアーチをくぐって散策するだろう。

朝になって、ママドゥが船室のドアをノックし、僕たちは場所を交替した。僕がベッドから出ると彼は微笑み、前の乗客は黒人と同じベッドに寝ようとしなかったよ、と言った。彼は首を振ってまた微笑んだ。

僕は甲板に上がった。船の周りには青い水と青い空しかなかった。乗組員たちは甲板を行き交い、金属の階段を上り下りしていた。船は空と混じり合う海を切って進んでいった。

ムスタファが甲板にいる僕を見つけ、もう飯は食ったかとたずねた。まだだよ、と僕は答えた。僕たちが厨房に下りていくと、コックがプラスチックのボウルに入れた食事を出してくれた。船が揺れ、皿は僕たちの手のあいだで動き、料理は口のなかで左右に揺れた。みんな静かだった。船乗りたちの内気な目と、穏やかな物腰と、バランスを取る足のあいだを、エンジンのうなる音が通り抜けていった。しばらくして、青い目をした乗組員が片言の英語でムスタファに話しかけ、後ろにあるボイラーのことで何か言っていた。ムスタファは立ち上がってノロノロと歩いていった。男はムスタファの席に座って食べ始め、僕を無視していた。僕は食べ終わって甲板に出た。風が強くなっていた。潮の匂いが船を包んでいた。僕は座って、故郷のことを思った。故郷がどの方角にあるのか確かめようとしたけれど、漂流する大地が放浪するなかで僕は迷子になっていた。僕が暮らしていた界隈が潮に流されて、僕のものだった陸地が戦争と死んだ両親もろとも海原に漂っているようだった。僕は背筋を伸ばし、つま先立ちになった。でも何も見えなかった。僕の周りから漂っていき、絶え間ない流転のなかにさらわれていったのだ。僕は手すりから身を乗り出して、船の底を白い泡がくぐっていき、船のへりを優しく撫でて形を変えていくのを見つめていた。するとヤマウズラが一羽姿を現わして僕に言った。永続するものなどない。漂う山々がお前の足元に近づいたとき、小枝を運んできてやろう。

僕は甲板を歩き回り、はねかかる波が僕の顔を海原の青に染めていた。高い波で船が持ち上がると僕は手を伸ばし、空に触れて引きずり下ろし、覗き込んで、手を放した。空ははね返ってはためき、元に戻った。

夜がまた戻ってくると、ムスタファが隣に座ってきいた。お前ちょいとモク《カイフ》でもどうだ？

僕は頷いて、微笑んだ。

彼は小さな袋を取り出した。僕らは引き延ばした空のすそから巨大なはさみで切り取ったうすい紙で油っぽいマリファナを巻いた。ムスタファが紙の端を舌でなぞると、大工の糊のようにその液で紙が閉じた。僕は燃える星に手を伸ばして光を拾い、ムスタファは風をつかんで胸のなかに詰め込んだ。そして彼から風と空と火を渡され、僕はそれを全部唇に引きよせて、ブラックホールのように吸い込み、こらえ、そして解き放った。それらが漂って水面に触れ、波の上で跳ねると、トビウオの群れが寄ってきて煙のなかを旋回し、海底に囚われた猿たちに向かって紫外線の、水のメロディを歌った、猿たちもツナ缶の機械が立てるドシドシという音に負けじとその歌を繰り返した。もう長いこと踏みにじられた彼らの生息地、揺れる枝のすみか、ジャングルの音を偲ばせる甘い歌。

お前はもう戻らないだろうな。おれから見てお前は放浪者ってとこだよ、兄弟、とムスタファは僕に言った。

戻って何がある？ と僕はつぶやいた。

おれはもう何年も海に出てる、とムスタファは僕に言った。若いときにエジプトを出たよ。あちこち行った。日本に行ってピカピカ光るネオンを見て、ちっちゃな女たちに背中の上を歩いてマッサージしてもらったし、アフリカに行ったときには売春宿で酔っ払ったな、あらゆる大陸であらゆる色の肌の売春婦と寝たよ。レストランやバーで散財して、アヘンを吸って、最高のコカインを吸い込んだ。いろんな船で働いたよ。深い井戸みたいな黒い瞳をした娼婦たちに、金歯を入れたポン引きから救い出してくれってせがまれたこともある。男たちの腕には錨の刺青が入ってて、窓際に腰掛けてる女たちが、旦那連中が戻ってくる前に早く早くってせかしてくる街をいくつも歩いてきたよ。

ムスタファと僕たちは煙をふかして語り合い、船は何日も波の上をすべっていき、波は過ぎていってはもう戻ってこなかった。船乗りたちが帆を張ると、風はヒューヒューと吹いてふくらみ、僕たちを北へと押して、僕たちの息から煙を盗んでいき、風が高くにあるときは海はゆるやかになって水の動きも遅くなり、帆はだらりとして魚の動きものろくなり、ヤマウズラはギリシアの空の紙の下で僕たちの頭上を滑空し、隻眼のニンフたちが僕たちを見て幻想の物語を聞こうと集まってきて、僕たちが燃やす植物の匂いを飛翔する神々の芳香と勘違いしてうっとりとしていた。

マルセイユに到着する二日前、ヤマウズラは飛び立ち、姿を消した。

16

船が港に着くと、船乗りたちは僕を機関室に連れていった。僕はボイラーの裏に隠れて、大汗をかきながら、船室を調べる調査官の目から逃れた。調査官がいなくなると、ムスタファとマドゥは水を持って急いでやってきて、僕の濡れた髪と服を見て笑った。

その夜、ムスタファと一緒に小さなボートに乗って岸に上がった。僕たちはフェンスと線路を越えた。そしてムスタファは微笑んだ。もうお前はマルセイユにいるんだ。これからは一人でがんばれよ。

僕は歩いた。

無人の通りを歩き、通りの縁石に直接つながるドアを通り過ぎた。何匹かの犬が通りがかりに吠えてきた。僕の影は地面に貼りついて動き、曲がった柱についた街灯の位置によって形を変えた。一台の車とすれ違った。騒々しい音楽が耳をつんざき、車が角を鋭く曲がると、騒音は建物の後ろに消えていった。僕は歩き続けて、街の中心を、休める場所を探した。空を見た。夜明けの紫色の光が差し始めていて、海の下から昇ってきていた。そして、またあの派手な音楽が近づいてきた。振り返らなくても、車の音はわかった。僕はバッグをつかむと、体の前側に回して、役に立たない鍵を開け、そのなかに両手を突っ込んで、バッグのなかで銃をカチリと回した。

道路に敷き詰められた丸石の上に伸びるヘッドライトの光から、そして家々のドアの前をゆっくりと通り過ぎていくかすかな光から、車が僕の後ろをゆっくりと走っているのがわかった。僕は歩き続けた。車は僕の横に出てきた。三人の少年が乗っていて、三人とも僕をにらんできた。運転している男の手は、故郷のタクシー運転手がするようにウィンドウの外に出ていた。同乗している二人は移動して、僕をよく見ようとした。

アラブ移民の野郎がおれたちの街にいやがる、と一人が言うのが聞こえた。

おい、と運転している男がフランス語で言った。お前みたいなクズがここにいちゃ困るんだよ。

僕は彼の目を見て、何も言わずに歩き続けた。

少年たちは僕を罵って、さっさと走り去った。通りの先で車はUターンした。ライトが僕の顔を刺した。彼らはドアを開け、車から出ると、ゆっくりと僕のほうに歩いてきた。彼らの長く邪悪な影が僕の靴の爪先にかかった。三人は棒やパイプを手に持って振った。

僕は反対側に走り出し、目をくらませる車のライトから離れていった。後ろで地面を駆ける足音、頭に一発食らわせてかかとで体を踏みつけてやるという誓いが聞こえた。

角を曲がると、僕は両側を家に挟まれた狭い通りの真ん中で立ち止まった。そう遠くないところで、犬たちが吠えているのが聞こえた。僕は追っ手を待ち構えた。彼らは角を曲がって、僕を見るとぴたりと立ち止まった。僕は背中の後ろに銃を隠し、彼らが手のひらに棒を軽く打ちつけ、皮肉な笑みを向けて、互いに冗談を言い合い、僕の自虐的な性格を冷やかしながら近づいてくると、ゆっくりと銃を抜いた。追っ手を自分の言葉で罵って、手を振り、おれの弾を受けてみろと挑発した。僕の弾は彼らのかかとの高いブーツにキスし、革ジャンを引きちぎり、スキンヘッドの頭を鍛え直し、刺青を書き換え、魂を支配し、肌を蛇口のようにひねり、トゥーマの指のように穴をふさぎ、教会の聖歌を歌わせるだろう。

一番遠くにいた少年は逃げ出し、僕の前に残った二人は恐怖で後ずさりを始め、棒とパイプは渇いた花のように地面に向かってしおれていた。

僕は笑みを浮かべて、青ざめた二人の目の前で銃を振りかざした。彼らの母親や曾祖父を罵り、パイプと棒を手から放すように命令した。二人を地面にひざまずかせて、靴とズボンを脱げと言った。ズボンもだ、この野郎、と僕はフランス語とアラビア語で叫び、犬たちがドアの奥から吠えた。あちこちのキッチンや戸口の上で明かりがつき、好奇心に満ちた顔が小さく四角い窓に現われた。シースルーの寝巻きを着た女たちが、劇場のようなカーテンを開いて、緊張した劇作家の面持ちで外を窺った。

僕は二人を蹴り飛ばして、彼らの靴を片手に持ってさっさと歩き去った。もともと歩いていた通りにやってくると、靴を捨てて、異国の路地や通りを走っていった。夜が明けるまで走って、ようやく遊歩道にあるベンチに腰を下ろすと、海の音を聞き、ゆっくりと色を変えていく空を眺めた。

午前も半ばになるころには、太陽はギラギラと照りつけ、街の影はさらに濃くなった。光と影に分かたれた壁、きらめく木の葉、日陰のベンチを僕は見た。カフェが開店し、人々は遊歩道をぶらついた。僕は彼らと並んで歩き、追い越し、また歩調をゆるめて並んで歩いた。両替商を見つけて両替を済ませ、カフェに歩いていった。そこで腰を下ろし、食べて飲み、新聞に目を通した。カウンターの後ろにいる年寄りの店主は僕を見てもさして驚いた様子は見せなかった。僕はまた歩いていって、泊まる場所を探すことにした。

目にした最初の宿に入ってみると、デスクに陣取った大柄な女は、無関心とも退屈そうともいえる表情で、身分証明書を提示するように言った。車から取ってくるよ、と僕は言った。外に出て、もうそこには戻らなかった。

その代わり、あてどもなく一日中さまよい歩いた。人々を眺め、カフェを渡り歩いた。そのうち、マッチを出そうとポケットに手を入れて、ナビーラから渡された紙を取り出した。名前があった——クロード・マニ。電話番号が書かれていて、紙の下のところには、「パリ」と書いてあった。

突然、僕は悟った。ナビーラからどれほど離れたところにいるかということを、自分がベイルートをあとにしたことを。同時に、それを悟ったことで目的意識が出てきた。約束したとおり電話してみることにした。電話ブースを見つけて、ダイヤルした。電話は鳴ったけれど、誰も出なかった。それでも僕はブースに残って、ガラス越しにぼんやりと外を見ていた。ブースのなかで、その境界に触れ、ここは自分のものだと宣言して生きていけそうな気がした。僕は電話で喋っているふりをしていたけれど、ただブースにいたいだけだった。そこに立って、通りかかる人を一人一人見たかった。自分の存在を正当化して、僕の異国の足を合法なものにして、通りかかってもこちらを見ることも手を振ることもない人々を眺めていたかった。見覚えのある人は誰一人としていなかった。だから僕は受話器を耳に当てたまま待って、長く単調な呼び出し音を聞いていた。やがて、録音された女性の声が割り込んできて、もう一度ダイヤルするか受話器を置くか、どちらかにするようにと言った。

僕はもう一度ダイヤルした。今度は、女の人がもの柔らかな声で出た。

ムッシュー・マニと話したいんですが、と僕はフランス語で言った。

女の人は一瞬黙り込んだ。ムッシュー・マニは死にました、と彼女は言った。

僕たちは二人とも無言だった。

どなたかしら？　しばらくしてから彼女は続けた。

彼の息子のジョルジュの友だちです、と僕は慎重に言った。

また間があって、彼女がたずねた。どこからかけているの？

マルセイユ。

わたしはムッシュー・マニの妻よ、と彼女は言った。

ムッシュー・マニにことづてがあるんです、と僕は言った。他にどう言えばいいのかわからなかった。

レバノンから来たの？

ええ。

最後に、もう一度間があった。そして——パリに来られるかしら？　わたしも娘もあなたにお会いしたいわ。


僕はパリ行きのバスに乗った。バスは整然とした葡萄畑を抜けて走った。白く、時には赤く下がった棒の周りにツタがからみつき、緑の葉のあいだに葡萄が実っていた。僕たちはレンガ造りの屋根の農村をいくつも通り過ぎ、ささやかな砂丘の上にとまった教会を過ぎ、そして時おり、野菜を詰め込んだかごを片手にバランスを取りながら自転車を漕いでいく村人の風景を見せる以外には何の目的もないような、きれいで開けた土地を通っていった。バスは小さな村で何度か停まり、乗客たちは教会にやってきた観光客のようにさっさと乗り降りした。僕は一人で座り、窓に頭をもたせかけて眠った。

パリに着くとバスから降りて、電話で話をした女の人を探した。

約束どおり、彼女は紺色の長い丈のワンピースを着ていた。僕が近づくと、微笑んだ。

荷物はある？　と彼女はたずねた。

いえ。

車は向こうにあるわ。彼女は微笑んで、僕と並んで歩いた。わたしはジュヌヴィエーヴよ、と彼女は言った。クロードの妻です。

僕は頷いた。

フランスにはいつ着いたの？

何日か前に。

ベイルートからまっすぐ？

ええ。

そうね、昔のベイルートのことは覚えてるわ、内戦の前よ。美しい街だった。

車のなかで、僕はジュヌヴィエーヴをしげしげと眺めた。四十代後半か、五十代前半くらいだった。きちんとした服装で、化粧もちゃんとしていて、年齢ははっきりとはわからなかった。

彼女はしじゅうミラーを見て、曲がる前に振り返って後部ウィンドウを見て、そしてさっと僕を見た。

じゃあ、ジョルジュのことを知ってるのね？

ええ、仲良しでした。

クロードに連絡するようにってジョルジュに言われたの？

いえ、叔母さんのナビーラから電話番号を渡されたんです。

じゃあジョルジュの母親は？

死にました。

ジュヌヴィエーヴはかすかに頷いた。

目的地に着くと彼女は車を停めて、ついてくるようにと言った。大きくて古い、白い建物の門を開けて、僕たちは玄関からエレベーターに歩いていった。小さくて、赤い木材と巨大な鋼鉄でできたエレベーターだった。昇っていくケージの後ろに、大きな螺旋状の吹き抜けが金属の網の目越しに見えた。おそらくは屋上に住んでいる悪魔たちに引っ張り上げられてジュヌヴィエーヴの住む階に到着すると、エレベーターは甲高い音を立てて、それがこだました。室内楽向けの大きな回廊とか、貴族階級の舞踏室でしか聞けないような音だった。ジュヌヴィエーヴは自分の家のドアに鍵を差し込んだけれど、鍵を回す前に、ドアは内側から開いた。メイドがマダムに挨拶した。

ジュヌヴィエーヴは僕を招き入れて、座るように言った。

僕が腰を下ろすと、彼女はいなくなった。メイドがジュースとビスケットを持ってきた。

僕はそれを頂きながら、高い天井や東洋風のカーペット、大きな日本画の数々、マホガニーとサクラ材に目をやった。立ち上がってゆっくりと窓辺に向かい、通りを見下ろした。通りは両方向に伸びていて、バルコニーや小さな車が並んでいて、白い車線がパリを対称に分割しているように見えた。

眺めは気に入ったかしら？　部屋に戻ってきたジュヌヴィエーヴがたずねた。

ええ。

ここではどこに泊まるの？　街に知っている人はいる？

いえ。

飛行機で来たの？

いえ、船で。

あら、大変だったわね。ずいぶん長くかかったでしょう、と彼女は穏やかで心地よい声で言った。彼女は優雅な物腰で、長いガウンを着ていて、栗色の髪はよく梳いてあった。

ナビーラと約束したんです。ここに来て彼女の義理の兄、ジョルジュの父さんに会うって。

ナビーラさんはジュルジュの叔母さんなの？　と彼女は僕の話を遮った。

そうです。

いいかしら。ジョルジュの父親は死んだわ。でもわたしの娘でジョルジュの腹違いの妹がここに来るところよ。あなたにどうしても会いたがってるの。ここに向かってるわ。娘が来たときに全部教えてもらえるかしら？　一緒に夕食にしましょう。シャワーを浴びたいかしらね？　着替えはあるわ。

バスルームの蛇口は金色で、水はたっぷりと出た。僕は香りのする石鹸の泡を肌に広げ、なめらかで柔らかいシャンプーを縮れた髪につけた。メイドがノックしてきて、クスクス笑いながら、僕にカミソリを手渡した。ひげを剃るあいだ、僕は水を流しっぱなしにして、仕返しに無駄遣いをした。それからメイドがまたノックして、ズボンとシャツ、靴下を渡してきた。シャツの袖は少し長くて、手の甲まで隠れてしまった。僕は袖を折って、靴下をはいて出た。

居間で二人の女が話している声が聞こえた。僕が居間に入ると、二人とも会話をやめて僕に微笑みかけた。若い女性が立ち上がり、近づいてきて、僕の両頬にキスした。きれいな長い髪と、ジョルジュの目をしていた。

わたしはレアよ、と言って彼女は微笑んだ。ジョルジュの妹よ。

見てわかったよ、と僕は言った。

ほんとに？　わたしジョルジュと似てるの？

目がね。

彼女は微笑み、僕の片腕をつかんだ。食事にしましょうよ。

僕たちは席につき、ジュヌヴィエーヴがグラスにワインを注いだ。しばらくはみんな黙って食べて、そしてレアが口を開いた。金の縁取りがついた皿に飛び込む銀のスプーンがカチャカチャいう音や、高くそびえるクリスタルのグラスにワインが注がれる音を縫って、彼女の言葉が響いた。

あなたは船で来たって母は言ってたわ。

僕は頷いた。

どうして出てきたの？

戦争でさ。

それで、ジョルジュは向こうで幸せなの？

あいつは出たがってなかったよ。

わたしの父はジョルジュをここに連れてこようとしてたの。でもジョルジュの母親がそうさせなくて、戦争が始まってからは二人ともどうなってしまったのか全然わからなかった。父は大使館を通じて連絡しようとしたけど、ジョルジュの母親はわたしたちとは一切関わりたくないみたいだった。

僕は黙っていた。

ムッシュー・バッサームは口数の少ない人よね、とジュヌヴィエーヴは僕をからかった。

きかれたら答えるよ、と僕は言った。

あら、一本取られたわ！　と彼女は声を上げて笑った。

それでジョルジュは何の仕事をしてるの？　とレアはたずねた。

警備の仕事だよ。

そうなの？　母と娘は驚いたように顔を見合わせた。

ボディガードってこと？

そんなものかな。

危険な仕事でしょう、とジュヌヴィエーヴは宙に傾けて揺れるワイングラスのなかから呟いた。彼女の唇の岸では、ブルゴーニュの波が、言葉が放たれるのを待っていた。

彼の写真は持ってる？

いや。

背は高いの？

僕より少しだけ高いかな。

じゃああなたたちは警備の仕事で一緒だったの？

いや、幼なじみなんだ。

学校で？

そう、それに母親同士が親友だった。

あなたのフランス語はとても上手ね。二人とも学校でフランス語を習ったのかしら。

そうだよ。

それでわたしたちに会いにここまで？

まあ、行くってジョルジュの叔母さんのナビーラと約束したから。

でもジョルジュは何も送ってこなかったの？　わたしたちのことは何かたずねてなかった？

いや、特に何も。ジョルジュはいつも自分の仕事にかかりきりだったから。

わたしたちのことは何か知ってるの？　父親が死んだことは知ってる？

あいつと家族のことを話したことはないんだ、と僕は言った。触れないほうがいいこともあるから。

向こうの社会では、その手のことは気をつけて口にしなくちゃいけないし。

つまり、正式な父親がいないってことね。

そう。

でもあなたは知ってたんでしょ、とレアは言った。

ここに来るように言ったのはナビーラなんだ、と僕は言って、話を止めた。僕はゆっくりと、上品に食べ物を噛んだ。

じゃあ、伝言も何もなしにわたしたちに会いに来たわけ、とレアは食い下がった。

ナビーラはムッシュー・マニにフランスのパスポートをジョルジュに送ってもらいたがってた、と僕は言った。

あら、それだったら話は少しわかるわね、とジュヌヴィエーヴは言った。じゃあジョルジュはここに来たがってるの？

いや、ナビーラがジョルジュをフランスに行かせたがってて、と僕は言った。

でもジョルジュは来たがってないの？　とレアはたずねた。

僕は首を縦に振って、フォークを口に突っ込んだ。腹ぺこだった。ゆっくりと上品に食べて、この豪華な場にふさわしいマナーを見せようとした。でもあれこれきかれて、居心地が悪くなってしまった。それに、僕の素っ気ない返事で、この家の人たちをいらいらさせてしまったようだった。二人はほとんど食べず、そろってワインをすすって、しじゅうグラスを撫でて、飲まないときもグラスを手に取っていた。

突然、二人とも声をそろえて、大きな声で早口で話し始めた。

僕は食事を続けて、メイドが僕たちの鼻の下から皿を片付けていくのを見守った。レアには僕の好きな元気の良さがあった。自己主張が強く、話すときは両手を動かすか、テーブルをコツコツ叩いていた。指で繊細に髪をかきあげて、きれいな肌と、小さな目と、つんとした鼻を見せた。フォークとナイフをさらりと持ち、野菜を肉からよけて、フォークで突き刺さずに野菜を小さく切っていた。喋るときは母親のほうは見なかった。二人がまるでお互いに独白しているように早口でとぎれとぎれの会話をしているとき、僕とメイドは場違いに思えた。

僕の視線はまた部屋のあちこちをさまよった。いつも新しい発見があった。コンパスが北を指している額入りの古い地図や、異国への旅の痕跡、アフリカの仮面、エジプトの神の小立像、そして書棚、コーヒーテーブル、本。

ようやく女たちは僕に目を戻して、パリにしばらくいるつもりなのかとジュヌヴィエーヴがたずねた。

まだわからなくて。

迷子になったの？　と彼女は笑った。

まだ着いたばかりだから。

レアは母親にかんしゃくを起こして、僕をそっとしておくように言った。そっとしてあげなさいよ、もう、ほっといてあげて！

今度は口論が始まった。メイドがテーブルの残りを片付けているあいだ、僕は立ち上がって窓辺に歩いていった。

長く伸びる通りをまた眺めたけれど、さっき見たときと何かが変わっているのかどうか、思い出せなかった。窓越しには、すべてが絵葉書の写真のように見えた。

ジョルジュを手助けできないか、顧問弁護士のモーリスにきいてみるわ、とジュヌヴィエーヴはコーヒーを飲みながら言った。知っていることすべてを打ち明けなかったことで、またしても罪悪感にかられたけれど、言葉が出てこなかった。

ジュヌヴィエーヴはレアのほうを向いて、モーリスと話を進めておくように言った。彼女は翌日パリを離れて、南フランスにある家でしばらく過ごすのだという。

レアは母親を無責任だと言って、口論した。

正直に言っただけよ、とジュヌヴィエーヴは言った、率直でいいじゃないの。

彼女たちはケーキをすすめてきたけれど、僕は断って、お礼を言っておいとました。レアは階段を下りてついてきた。

戻ってくるの？　と彼女はたずね、その声は高い壁と大理石の階段の大きく虚ろな空間でかすかにこだました。

どうかな。泊まるところを探してるんだ、と僕は言った。

お金は要る？

大丈夫だよ、でも部屋を借りる正式な書類がなくて。

あら、それならどうにかできるわ。待ってて。彼女はアパルトマンに走って戻ると、バッグを手に持って、僕について階段を下りて通りに出た。彼女は僕の肘をつかんで何ブロックか連れていってくれた。僕たちは小さなホテルに入った。彼女は自分の名前で部屋を取って、料金を支払った。二週間ね、とフロント係に言うと、僕のほうを向いて、いたずらっぽい、勝ち誇った笑みを浮かべた。

彼女は一緒に階段を上がって部屋まで来て、ドアのところに立った。じゃあね、と言って、僕の両頰にキスした。そして弾むように階段に歩いていった。下りていく途中で立ち止まって振り返り、また微笑んで、髪をさっと振り払った。父の服似合ってるわよ、と彼女は言った。

僕は服を脱いで、小さな机の下にしまってある椅子の背にかけた。旅行者の机のような外観で、フランス人の手が羽根を一本握っているのが目に見えるようだった、羽根を小さなインク壺に入れて、何滴か取り出し、凝った黄色い紙の上でそれを優雅な言葉の流れに変える。「親愛なる……」で始まる言葉だ。

僕は椅子の上に置いた服を見て、死んだ男の服を別の男に着せることに何か意味でもあるんだろうかと考えた。

自分には異質に思える部屋を詳しく見て回った。ブラインドを持ち上げるハンドル、窓を大きく見せる小さくて効率のいいスペース。僕はシングルベッドに横になった。そばにあるオフホワイトの巨大な電話機にはダイヤルする番号がついておらず、指を差し込む回転式の穴もなかった。次いで、好奇心からバスルームに入ってみた。ビデと小さな石鹸。使い古されたタオルはホテルからのていねいなメッセージの下で折り畳まれていた。僕はトイレの上に立ち、ベルトのバックルを外し、ゆっくりと、切迫して、姿を変えた赤ワインをカーブを描く一筋の黄色い虹に勢いよく流れ出させ、水を流した。目と両手が無感覚になり、それは両足に広がっていった。

窓の外を見て、通りに戻るべきか、ベッドに横になるべきか迷った。バッグを開けて、銃と、洗濯が必要な下着と、母が編んでくれたウールのセーターを取り出した。背中を向けて、と母が何週間も毎日毎日僕に言って、毛糸を僕の両肩に合わせて、片手を僕の背筋に沿って動かし、編み地を広げて、近視用の眼鏡の奥からじっと見つめていたことを思い出した。母は編んで、ついにはあらゆる屋根裏のクモや漁師たちの噂の種になった。母は編んで、毛糸は羊飼いの鼻の下から飛んできて母の膝の上に着地した。僕のセーターができあがると、母は物入れやテーブルクロス、テレビ用のカバーを編んだ。母は編み続けて、僕たちの家をすっぽりと覆い、息が詰まるようなクモの巣で僕を取り囲んだ。

鍵とバッグをつかんで、街を歩き回ってみることにした。歩きながら、どうやったらホテルに戻る道がわかるのか覚えておこうとした。通りはベイルートより広く、建物の入り口はきれいで、車は必ずといっていいくらいクラクションを鳴らさないことに気づいた。僕は運河の土手にやってきて、漂う船を見つめた。腰を下ろして、目にしているものと、歴史教師のダヴィディアン先生からパリについて聞かされた話から想像していたものとを比べた——征服と秩序の物語、そして一気に落ちてくるギロチンから転がる首、そして、たくましい馬を乗りこなし、国々に襲来し、裏切り者の英国人とその手厳しい女王たちから小さな船で逃れた、コルシカ出身の背の低い司令官のこと。

僕は歩いていき、あちこちの歩道の端で店を構える小さなカフェに座る群衆に紛れ込んだ。何時間も歩いて、すれ違う一人一人をまじまじと見つめたけれど、誰一人として僕と目を合わせなかった。僕は何人かに荒々しい顔で挑んでみた。その白い手袋で平手打ちしてみろと挑発し、自分で選んだ武器で決闘することを望んだ。バッグに入った銃の重みが心地良かった。もし必要に迫られれば、どの路地で銃を振りかざしたっていい。かすかな光越しに、小さな車のあいだで。

母が編んでくれたセーターを着て、下着は流しで水に浸けておいたから、一瞬で銃を手に取れることはわかっていた。歴史の本にある古い写真とはかなり違ったこの街を、僕は防衛することができる。イギリスの提督ネルソンを殺して、皇帝の軍隊の兵士になることだってできる。馬の上から誰よりも素早く射撃できる兵士になるんだ。司祭たちを殺めて、貴族たちはビスケットがいっぱいぶら下がった木に吊るしてやる。自分が宮殿にたどり着くときのオペラばりの雄叫びを想像し、赤く塗られた頬や、カボチャ形のドレスの下の太った尻を思い浮かべ、恐怖を顔に浮かべて果てしない大理石の床をすべっていく貴族たちを思い浮かべた。僕は耳を澄まし、駆けていくサーベルが立てるチェンバロのような音を鑑賞した。この音なら、どんな革命家も勝利の涙を流すだろう。

そうやって僕は何時間もさまよい、幼いころ抱いた幻想や読んだ本や教師の話と目の前のパリを調和させようとしたけれど、うまくいかなかった。そしてどういうわけか、かつて自分がここに住んでいたかのような足取りで、略奪された城を過ぎ、首が転がりかつらが落ちる輝かしい場所を通って、自分が来た道のりを戻っていった。僕、勝ち誇った兵士は、小さな机と窓からの眺めのいい小さな部屋に戻った。僕は水に浸しておいた下着を流しから出して絞り、椅子の上や、机の上や、ベッドの端に広げた。
窓から白い布を振ることはしなかった。
僕は眠った。

17

目が覚めたとき、足元がしっかりしているように感じた。海が消え失せて、揺れが収まったようだった。

窓からは通りの向かい側にあるバルコニーが見えた。霧で煙っていて、パリの雨に濡れていた。タバコを一本取り出そうとしたけれど、昨日、僕が処刑した貴族たちが箱を空にしてしまったことに気づいた。彼らの多くが、最後にタバコを一本吸いたいと頼んできたのだ。

僕は水でパシャパシャと目を洗い、ワインの最後の何滴かをお腹から解放し、シャワーを浴び、歯を磨き、そして暗い階段を駆け下りた。店に歩いていって、フィルターなしのジタン・マイスを一箱買った。それを吸っているあいだ、僕の兵士たちは死体から宝石をすべて奪い、貴族たちのかつらをかぶっては彼らの女々しい振る舞いをあざけり、小銭を探して体を調べ、彼らの淑女たちの死体の前でお辞儀し、手の下でうっとりして、大事な指輪を抜き取っていた。おしろいを塗った頬が腐る臭いが立ち昇る前に死体を燃やすように僕は兵士たちに命じて、炎が燃え盛ると近づいていき、もう一本タバコに火をつけた。

午前も半ばになったころ、電話が鳴った。レアだった。フロントに来て、と僕に言った。

僕は彼女の父親の服を着て下りていった。

僕を見ると、彼女は走り寄ってきてキスをした。会ってから三度目だった。行きましょ、と彼女は言った。

僕はついていった。女は革命の一部だしな、女たちが差し出すものは受けとらなきゃ、と思った。僕たちは霧雨のなかを歩いて、小さなカフェで雨宿りした。店で革命的なタバコをふかしているのは僕だけではなかった。霧煙のなかで、客たちが手にしている新聞が翼のようにはためいて、カサカサ音を立てるあいだを縫って、僕たちは奥にある小さな円形テーブルに向かった。僕はコーヒーとクロワッサンを頼んだ。クロワッサンは濃いミルクとバターの味がした。レアはずっと僕を見て、微笑んでいた。他の誰もできなかったように僕の目を見た。

じゃあ、いろいろきいてもいいかしら？　彼女はいたずらっぽく、僕のほうに体をかがめてきた。

もちろんさ。

ジョルジュのことを話して。

でも、僕が口を開こうとする前に、彼女は言葉を継いだ。ねえ、兄さんを見つけるんだって思って、わたしはわくわくしてるの。いつも独りぼっちだったから。父はいつもどこかに旅行してたし、母はパーティーやら社交やらでいつも忙しかったから。ジョルジュはただの警備員じゃないんでしょ？本当は戦士なんじゃないの？

そうだよ。

誰のために戦ってるの？

東ベイルートのキリスト教民兵組織に入ってたんだ。

もっと教えて。

僕はためらった。どこから始めたらいいのか、どうやって話を終えたらいいのかわからなかった。二人の学校での話をすることにした。ジョルジュといつも一緒に遊んでいたこと、僕たちの家はそう遠くなかったこと、学校のゴミ捨て場をかきわけてフランス語のテストのコピーを探した日のこと、そして寄付金の箱を盗むために教会に忍び込んだ日のこと、僕の父の車のキーを二人で盗んでドライブに出たときのこと。僕たちが小さな路地でタバコを吸うようになったころのことを話した。そして、僕たちがまだ子供のときに戦争が始まると、空の薬莢や砲弾を集めて石灰で磨き、タバコと交換していたこと。

レアは微笑み、僕が話をやめると、寝る前の子供のようになって、あれこれともう一度聞きたがり、話をやめないでと言った。僕はジョルジュと一緒に金を稼いだことを話した、そして、金が必要になって彼が民兵組織に入ったこと。僕はジョルジュに関していろいろなことを言わないままにして、彼女が喜んでいるのがわかると、名前をあちこち変え、木を植えて、僕たちが住んでいた古い地区のコンクリートの住宅を南国的な色に塗り変え、砲弾が落ちてくるさなかでも人々を踊らせ、笑わせた。

わたしのことは知ってたの？　とレアはたずねた。

君のことは何も言ってなかったよ。

父のことはきいてた？

いや、でも学校のガキどもがジョルジュをからかって「父なし子」って呼んだときは、相手がどんなに大きくてもケンカして、しまいには誰も口にしなくなったよ。

父親がいないってことが恥ずかしかったのかしら？

そうだとしても、一度も表には出さなかったな。その話は一度もしなかったし。でもみんなには、フランス人ジョルジュ《ジョルジュ・アル＝ファランサーウィ》って呼ばれてた。

あなたもそう呼んでたの？

いや。ジョルジュは母方の名字を使ってた。

どんな名前？　レアはタバコをトントンと叩いた。

マチュルーキー。

マチュルーキー、と彼女は僕の発音を繰り返した。ジョルジュ・マチュルーキー。そんなふうにからかわれて、傷ついたでしょうね。子供って残酷よね、人間は残酷で、人生も残酷だわ。彼女はそそくさと紅茶を飲んだ。そして僕の手を握って立ち上がり、僕を引っ張って立たせた。

行きましょ。パリを案内したいの。

僕とレアはもう少し歩いて、ルクセンブルク公園にやってきた。裸の人物像が並んだ下に広がる緑の草地や、ハトや、ポーンの駒を見て、僕は故郷の部屋に思いを馳せた。家はもぬけの殻だろうな、と僕は思い、さらに自問した。鍵はナビーラに渡してもらえただろうか、彼女はすべて布で覆ってくれただろうか、閉ざされて捨てられた家につきものの匂いが部屋を満たしているのだろうか、クモと亡霊たちは一緒に休んでいるのだろうか。両親は亡霊としてまだあの場所を法的に所有しているのだろうか。そしてさらに考えた。二人が家に取り憑こうとして戻ってきて、僕がついに出ていったと知ったらどうするのだろう、僕がこのような幸せな噴水とハトたちのポスターの世界に入って、冷蔵庫は開けたまま、ゴミは放ったらかしで、さよならの一言も書かずに出ていったと知ったら。

芝生に一羽のヤマウズラがいて、ハトと一緒に半狂乱になって、老婆の足元から小さなパン屑を取ろうとしていた。わたしは腹ぺこなのに、ここにあるものときたら貧しい手から落とされる屑しかない、とヤマウズラは言っていた。

僕たちは歩いていった。横を歩くレアを僕が見つめていると、彼女は僕にいろいろ説明してくれた。建築物のこと、侵略してきたドイツ人たちのこと、自分たちの祖国を解放するために戦って死んだフランスのレジスタンスの闘士たちの名前が刻まれた小さな真鍮のプレートのこと。僕たちは川べりの古本屋で立ち止まった。前の晩に僕が通りかかった場所だ。レアへの敬意から、僕は兵士たちに命じて撤収させ、射撃も略奪も騒動もやめさせた。潜伏せよ、侵略してくるファシストどもと戦え、と彼らに命じた。兵士たちは歓喜した。

本屋を見て回ったあと、僕とレアはベンチに腰を下ろし、橋のアーチの下で、ゆっくりと沈殿する水を見つめていた。僕の兵士たちが食事をして休むあいだ、教会のてっぺんにいる石の怪物たちが敵を見張っていた。

バッサーム、あなたの仕事は何なの？　とレアは僕にたずねた。

自分の革命的な性分にも、革命での僕の決定的な役割にも、フランスのレジスタンスへの支持にも触れないでおこう、と僕は考えて、自分の白い馬を優しく撫でた。港で働いてたよ、と僕は言った。

そこで何してたの？　と彼女は丸い目を見開いてたずねた。

ウィンチを操作してた。

ご両親はまだ向こう？

二人とも死んで、葬られたよ。葬儀屋の家からそう遠くないところにさ。

父が死んだとき、わたしは何日も泣いたわ、とレアは言った。わたしたちはそんなに仲良くはなかったの。父はいつも形式張ってたし、わたしにすらそうだった。いつも上品でいい服を着て、貴族みたいな喋り方をしてた――レアとジョルジュの父親だから、彼の命は助けてやろう、と僕は思った――礼儀正しい人だったわ、外交官ってみんなそう。でも、わたしたちのことは何週間も何カ月も放ったらかしにしてた。最初のころは一緒に旅行したりしてたけど、母がパリに留まることにしたの。愛人ができたのよ。それで父は余計に家を空けるようになったわ。

ジョルジュはちゃんと知っとくべきだったな、と僕は言った。

そうよ、わたしたちみんなのことを知ってたらよかったのよ、と彼女はすかさず答えた。ジョルジュに彼女はいるの？

いや。

今、何をしてるんだと思う？

今？

そう、たった今よ。

ここにはいないよ、と僕は言った。

あいつはいないわね。それはわかってるわ、と彼女はクスクス笑った。お腹が減ったでしょ。食べに行きましょ。タクシーを拾うわ。

彼女は通りの端で立ち止まり、片手を上げてつま先立ちになり、バレリーナのように体を翻して、駅のプラットフォームにいる恋人たちのように手を振った。タクシーのなかで、僕たちはできるだけ離れて座って、それぞれのウィンドウのすぐ近くにいた。僕は目の前を通り過ぎていくパリの街を見ていた。降りしきる雨で、ウィンドウはびしょ濡れになっていて、何もかもがぼやけ、見知らぬものに見えた。でも、街も人も知っているレアは、濡れたガラスと、目から落ちる涙のように流れていく雨粒を眺めていた。

午後になって、お茶でも飲みに家に来ないかとレアがたずねた。

僕たちは傘を一つ差して、アラス通りを歩いていった。高い教会のてっぺんは傘で隠れ、建物の庇にある小さな天使像も、降りしきる雨の重みで垂れ下がる木の葉も、高く勝ち誇る記念碑も、そして燃え続けるバスティーユの煙も見えなかった。

僕たちは水をしたたらせる傘を廊下に置いて、レアの家に入った。母親の家よりも小さく、物も少なかった。彼女はキッチンに入ってから自分の部屋に消えていき、僕は座って待っていた。彼女は乾いた新しい服を着て出てきて、インド音楽をかけ、お香に火をつけて、また部屋に戻った。少ししてからまた出てきて、キッチンに入ってコーヒーを飲んでて、と僕に言った。彼女の部屋からドライヤーの音が聞こえた。外では風雨が強くなって、木々が揺れていた。

僕はコーヒーをすすり、居間に並ぶ書棚に歩いていった。その一つに、レアが男と写っている写真があった。これがマニ氏だな、と僕は思った。東洋のどこかで撮った写真で、写真の大部分は仏教寺院に覆われていた。二人とも全身が写っていたから、離れたところから撮ったものだった。

マニ氏はジョルジュに似ていなかった。大きな笑顔が似ていると言えば似ているくらいだ。ジョルジュの笑顔を滅多に見たことがなかったのを思い出した。時おり、ただ相手がいるのをわかっていることを示すためにだけ笑顔を見せるので、驚かされるのだ。マニ氏は青白い肌で、スラヴ系のように見えた。ジョルジュはオリーブ色の肌をした母親のジャマルに似ていた。

それはタイに行ったときの写真よ。これが父、とレアは近づいてきて言った。彼女はフレームの片側に触れた。僕は彼女のほうを向いて、頬にキスし、僕が彼女の温かい肌に顔を当てると、彼女はゆっくりと顔を動かして、僕たちの唇が触れ合った。

服を脱がなきゃだめよ。濡れてるわ、とレアはつぶやいた。わたしの部屋に来て。タオルを渡すから。

それから二日間、僕はレアと一緒だった。僕たちは毎日長い散歩をした。カフェを渡り歩いた。博物館やギャラリーに入って、彼女はお気に入りの絵を見せてくれた。知事とか貴族の女性とかの巨大な黄金の肖像画や、ローマの白い彫像だらけの一角は飛ばして、彼女が大好きな絵に直行した。それらの絵を見ると、彼女は行方知れずだった幼なじみを見つけたようにはしゃいでいた。僕に熱意のこもった満面の笑顔を見せて、画家の人生やその時代のことや、画家が使っていた技法や、作品に込められた象徴性について話した。ある日、僕たちは写真展に行って、彼女は一枚一枚もの静かに見入り、写真の前でポーズを取っていた。写真って死にまつわるものなのよ、と彼女は僕に言った。二度と蘇らない過去の瞬間の幻影を留めておくものなの。

夜は彼女のベッドで寝て、僕たちは愛し合った。ベッドに入る前に、彼女はいつもキャンドルを一本ともした。あまり見えすぎずに、ぼんやり形がわかるくらいの暗さが好きなの、と彼女は言った。

ジョルジュはどんな見た目なのか教えてくれる？　ある晩レアは僕にたずねた。

詳しく知りたい？　と僕はきいた。

彼女は微笑んだ。僕は話し始めた。君と同じ緑の目で、君のお父さんのような笑顔だったよ。肌は浅黒い色で、おれの肌に近い。ほとんどおれと同じ身長だな。まっすぐな黒い髪がいつも顔にかかってた。眼鏡はかけてなかった。母親のジャマルおばさんみたいなかぎ鼻だ。ちょっと痩せ気味だけど、腕っ節は強いよ。腕に血管が浮き出てるからわかる。

タバコは吸うの？

ああ、吸うよ。

どんなタバコ？

マルボロだな。

ほかにはどんなことをするの？

バイクに乗ってたよ。一緒に狩りをしに行った。

何を狩ったの？

鳥だよ、たいてい鳥だった。

その晩、レアは眠ったけれど、僕は起きていた。しばらく仰向けになっていて、それから窓際に行って、そこから裏のバルコニーに出た。タバコを吸って、数少ない星を見上げて、天空のかがり火を、宇宙から届くモールス信号を探した。

愛し合ったあと、レアの質問攻勢は激しくなった。いろんなことを説明してもらいたがり、放ったらかしにされた子供のようにしつこかった。ベイルートって都会なの？　みんなどんな服を着てるの？　あなたのお母さんはどんな人だった？　お父さんのことは好きだった？

ある晩、夕食を食べながら、彼女はワインを開け、フランス語のラブソングをかけた。床で隣に座るように言って、写真のアルバムを取り出した。写真を見ましょ、と彼女は言って、ゆっくりとページをめくっていった。小さな赤ん坊が床をはいはいする写真、一九七〇年代の服と尖った靴に黒いサングラスというでたちのジュヌヴィエーヴ、アフリカを背景に父親に抱かれているレア。これはわたしのベビーシッターよ、とレアは言った。それからこれはシンガポールでのわたし。これはイスラエルのキブツね。

いつイスラエルにいたんだい？　と僕は話を遮った。

わりと最近よ。

ジョルジュが軍事訓練でイスラエルに行っていたことを話すと、当然ながらレアはそのことについて何もかも知りたがった。

いつ行ってたの？　どうしてイスラエルに？　レバノンからはどうやって行ったのかしら？

ジョルジュは秘密の任務で訓練を受けに行ってたんだ、と僕は言った。

なんてことかしら、同じ時にイスラエルにいたのかも！　八月に行ってたの？　九月？　十一月？　何年？

去年だよ。

どこにいたのか知ってる？　どの地方？

いや、機密任務ってことになってたから。

わたしたちの父親はユダヤ人だってこと、ジョルジュは知ってたの？

わからないな。

ジョルジュの母さんはその話をしたと思う？　父のことをジョルジュはたずねたはずでしょ、と彼女は付け加えて、顔から髪を払った。

よくは知らないんだ、と僕は答えた。

ロウソクは自らの炎に舐められて溶け、炎は水たまりの上で燃えた。僕は火を見つめ、心はあの木のベンチに戻っていった――白い長衣を着た僕とジョルジュがそこにひざまずき、もぐもぐと口にして、人の息子の体を噛み、喜んで主の血をすすり、主がいつも僕たちのことを愛してくれていると知った、僕たち、食人鬼たち、ケチな盗賊、ホルモン過剰の社会不適合者、ロウソクを盗むコソ泥、そしてオナニー中毒者たちのことを。


翌朝、ホテルに戻ると、僕はシャワーを浴びてベッドに横になり、天井を見つめて、燃えるタバコの煙で部屋を満たした。広げたままにしていた服を畳んで、部屋にある小さな引き出しにしまいこんだ。何の予定もなく、何も思いつかないことに気がついた。レア以外に、僕のことを知っている人間はパリにはいなかったし、誰も夕食の席で僕を待っていなくて、葬儀の列に加わることも、働いて、食べて、負傷者を運んで、バイクで走り回ることも期待されてはいなかった。またパリをウロウロしようかな、と僕は思った。それから思い出した。祖母が若いころにトルコ人の奴隷になって、大人になってからはフランス兵のシャツにアイロンをかけて錫《すず》の小銭を稼いでいたことを。そして、祖母の兄の話を思い出した。第二次世界大戦中にカナサ部隊を組織していた六千人のレバノン人に加わって、フランス解放軍のもとで戦った人だ。ビル・ハキムの戦いでの彼らの勇猛な戦いぶりを祖母が聞かせてくれたことを思い出した。兄が山岳地帯にある故郷に戻りたいと願い、連なる木々に、鳴り響く鐘に、そして草を食む山羊のもとに戻りたいと渇望しながら、砂漠で死んでいったことを話してくれたのを思い出した。

そこで僕はジタンに火をつけて、パリの通りを歩き回り、大理石の飾り板や凱旋門に先祖の名前を探した。頭に帽子をかぶり、小脇にはバゲットを抱えて、変装したスパイのように歩き、僕に似て同じ鼻と肌を持つ何千人という人々をゲシュタポとヴィシー政府の人間が検挙しているのが目に入ると、僕は背中を向けて下水道に入った。逮捕されるのが怖かったし、列車に詰め込まれること、食べ物なしの寒い夜を過ごすことが怖かった。帽子を取られ、腕時計を奪われ、バゲットにバイオリン、愛する人たちを奪われるのが怖かった……そして、遅かれ早かれ何らかの方法で払うことになる代償を、僕は怖れた。オリーブ園のこと、そして、二度と戻ることのない家の鍵と土地の写真を握りしめているテントのなかの難民たちのことが心配だった。いつかその土地はすべてを正当化する聖典を手にしてサンダルを履いたスロバキア人たちに盗まれてしまうだろう。僕は下水道をゆっくりと進んで、ローマのカタコンベにたどり着き、小さくゆらめく松明で照らされた何千という頭蓋骨に囲まれて休んだ。それとも、僕の目に光って見えたのは、タバコの先だったのだろうか。


次の日の午後、レアが会いに来た。僕の頬にキスして、するべきことはお互い心得ているように僕たちは歩き出した。

君のお父さんとジョルジュの母さんがどうやって出会ったのか知っているかい、と僕はきいた。

父はそのときエジプト駐在の外交官で、中東戦争のせいで出国することになったの。フランスに戻る途中、仕事を片付けるためにベイルートに行ったのよ。ジョルジュのお母さんはフランス領事館の秘書だった。父はまだ独身で、若くてハンサムで、彼女の訛りが気に入ったって言ったの。あなたと同じ訛りだったんでしょうね、とレアは微笑みながら言った。ジョルジュのお母さんは修道女たちから教育を受けてたけど、父に話したところだと、あとで反抗するようになったみたい。たぶん、父はガンだってわかってから、人生についてわたしに全部話す気になったんだわ。ジョルジュのお母さんは修道女たちから虐待されてたけど、それでもしっかりと教育は受けてたから、領事館での仕事についてたわけ。何度も父が誘って、ようやくデートすることになったの。ベイルートね……父はいつも切なそうな目をしてベイルートのことを話してたわ。父がベイルートを出てから、ジョルジュのお母さんとは何週間か手紙のやり取りをしてたの。それから突然手紙をくれなくなったって父は言ってたわ。妊娠したってわかったんでしょうね。息子がいるってことすら父はずっと知らなかった。ジョルジュのお母さんは一言も言わなかったし、父もそんなこと思いもしなかった。何年もしてから、父がローマに行ったときに出会ったレバノン人の実業家が一家のことを知ってて、ジョルジュのお母さんが国を出ていったフランス人に妊娠させられたこと、社会ではタブーだったのに彼女は赤ちゃんを産むことにしたこと、教会から破門すると脅しを受けたこととか、家族と社会から孤立してしまったこととか、彼女が立ち向かわなければならなかった状況について父に話したそうよ。どうしてベイルートに戻ってジョルジュのお母さんに会おうとしなかったのって父にきいたことがあるの。戦争が始まってからは、ベイルートは父のような人には危険になってしまったって言ってた。

レアはまた僕の目を見つめた。ジョルジュのお母さんは反抗的な人だったんでしょ？

でも心の広い人だったよ。それにおれたちを二人とも愛してくれてた。

なぜ亡くなったの？

君のお父さんと同じ病気だよ。

同じころに死んだのかもしれないわね、とレアは付け加えた。

18

レアの父親とジョルジュの母親について話してから二日間、レアからの電話はなく、彼女はホテルにも現われなかった。二日目の夜、僕は彼女の家に歩いていった。建物の向かい側の交差点で、信号の下に立った。黄信号で息を吸い込み、青になると白い煙を吐き出した。信号が赤に変わると、僕は集まった歩行者たちに囲まれていて、彼らのカラフルな服を観察した。

こぎれいな身なりの年配の男が、レアの建物の入り口で待っていた。信号が彼の顔に投げかける光を眺めていると、彼はカメレオンのように色を変えた。それから、レアが下りてくるのが見えた。僕は角から物陰に引っ込んだ。レアは男にキスして、二人は通りを歩いていった。男は瘦せていて、上品そうな外見で、童顔だった。僕は影に入ったまま二人のあとをつけた。二人が振り返ると、僕は捕食者ににらまれた獲物のように凍りついた。

男がレアのためにドアを開け、二人はバーに入った。バーに着くまで、ずっと彼女が喋っていた。彼はただ頷いて、彼女のほうに頭を傾けていた。

僕はバーの外で待った。タバコを吸いつくして、それでも立っていて、窓の奥を窺った。ウェイトレスたちが歩き回って、窓枠の真ん中で宇宙船のように吊り下がった中央の明かりを遮っていた。時おり、ウェイトレスたちの動きで、僕の目に光がまたたいた。そのまたたきはモールス信号で、合図を出しているんだ、と僕は思った。相手を見失わずに二人の足跡をたどれ、どんなささいな笑い声や会話も無視するな。彼らの身振りをしっかりと見て、紙やタバコの箱のやり取り、交わされる優しい声を嗅ぎつけろ。

僕は何時間もずっと待った。もう一本タバコが吸いたいと切に願い、レアのベッドの上で燃えるロウソクを思い焦がれた。彼女の写真や、延々と続く質問を求めた。

ようやくレアと男がバーから出てきたとき、僕は固まっていた。まばたきもしなかった。男は歩道で立ち止まって、タバコの箱とライターを取り出した。彼は火をつけて、煙を吐き、レアのそばを歩いた。僕があとをつけていくと、二人は来た道を戻ってレアの家に行った。男はドアまで彼女を送って、彼女のキスを受け、歩いてその場を離れた。僕は彼が通り過ぎるまで待ち、地下鉄まであとをつけていった。プラットフォームで、彼からそう遠くないところに立った。じっと彼を見た。吊り下がったネオンの光で、彼の青い目と、シルクのネクタイと、きちんと整えた髪にそぐわない、不気味な影ができていた。

彼が乗り降りするごとに、僕もついていった。どこまでもあとをつけていって、彼に気づかれようと気にかけなかった。

最後の駅で彼が降りて歩いていくと、僕は追いかけていった。ちょっとした裏通り《リュエル》で、タバコをもらえないかと彼にたずねた。持ってないね、と彼はぶっきらぼうな口調で言った。

持ってるだろ、知ってるんだ！　と僕は言った。

彼は傲慢な態度で僕を押しのけ、とっとと失せろと言った。

僕は銃を抜き、彼の前に走った。タバコを出すか、おれの銃を食らうか。どっちがいい？

彼は上着の横のポケットから箱を取り出して、僕に渡した。

ライターもだ、と僕は言った。

彼は服を探って、ズボンのポケットからライターを取り出し、怖れのない目で僕を見ながら、ゆっくりと渡した。僕はそれを取って、反対方向に走っていった。男が警察に通報した場合、駅は見張られるだろうから、地下鉄は使わないことにした。

僕は人気《ひとけ》のない通りを急いで歩いた。空腹を感じていた。丸一日食べずにレアからの電話を待っていて、彼女と食事を共にすることを待っていた。この街のほかの人間は絶対にしないような仕草で僕の目をじっと見つめてくる彼女を見つめて、髪の匂いを嗅ぐことを。

ようやく賑やかな通りにやってくると、僕は若い木の陰に立って、タバコに火をつけた。ライターの重みを感じ、その黄金の色をよく見た。イニシャルが刻まれていたので、あとでもっと明るいところでよく見てみることにした。僕はライターを開け閉めした。閉じるときのカチッという音は刑務所のドアのように響き、拷問部屋のカチンという音のようで、車のなかや駐車場で言い争う恋人たちのようで、父が夜に家を出ていき、朝に賭博場を出るときの音のようだった。喉が渇いていたけれど、水のことを考えると、僕の首を押さえつけて溺れさせるランボーの手の記憶がよみがえってきて、それを考えると息が詰まり、さらにタバコを長く吸い込んで、もっと速く歩き、速く歩くほど、自分がよそ者のように感じた。落ちてくる砲弾のなかをずっと歩いたことが懐かしかった。砲弾はただ殺すためのものじゃないんだ、と僕は思った。砲弾はメッセージや言葉が詰まったモールス信号のようなものなんだ。でも、パリに砲弾は落ちてこない。パリは無音の街だ。

次の日、レアはホテルのロビーから電話をかけてきた。

部屋に上がるわ、と彼女は言った。入ってくるときにドアをバタンと閉めた。高価な金のライターを閉じるときのような音だった。

昨日の晩、わたしのあとをつけたでしょ、と僕をなじった。

僕は黙っていた。

そうなんでしょ。見たのよ。バーの外の向かい側で待ってるのが見えたわ。姿勢とかバッグとかタバコでわかったもの。ストーカーみたいに何時間も立ってた。タバコの吸い方とか、帽子とコートの襟の陰から横を見る仕草でわかったわ。そうよ、ちょっと暗いところに立って、誰にも気づかれないって思ってたんでしょ、でもわたしは輪郭でどの人かわかるの。あなたがいなくなるまで待とうと思ってバーに長居してたけど、あなたは頑固に、誰かに雇われてるみたいに立ってた。あなたがずっといて、死体が立ってるみたいに体が悲しげにこわばってるのを見て、怖かったわ。何の権利があってわたしのことをつけるの？　そんな権利があるの？　ロランがわたしと別れてからは、彼のあとをつけてたでしょ。見たんだから！　どうして彼のあとをつけたの？　何の権利があって？

彼女の目はまた僕を見つめたけれど、それまでにはなかった新しい目つきだった。逆光のなかで銃を撃つ狙撃手のような細目、航路を見失った船乗りの目、タバコか燃える干し草の煙の向こうを見ようとする人の目つきだった。

どうして？　どうして？　ねえ、どうしてつけたのか教えて。どうして？　と彼女は叫んだ。

君を守るためだ、と僕は口ごもった。

なんですって？　わたしを守る？　何から？　誰から？　誰がそんなこと頼んだの？　誰？　わた

しはあなたのものじゃないのよ、わかってる？　あなたがかわいそうだと思ったのよ。同情して寝てあげたからって、あなたのものになったわけじゃないわ。わかった？　もう、二度とつけてこないで！　彼女は僕の顔に指を突きつけた。それに、ロランにもちょっかいを出さないで。あなたが思ってるほど、彼はヤワじゃないのよ。

彼女はくるりと背を向けて、ドアをバタンと閉めた。そう、刑務所のドアのような音だ。窓から彼女の姿が見えた。通りを横切って、白い分断線を渡り、白い石の壁の向こうに消えていった。

窓とバスルームの間を歩き回って、目新しいものはないか、じっと見るものはないかと探した。石鹸がなくなっていたし、新しいタオルが必要だった。僕はロビーに下りた。

フロント係は分厚い眼鏡をかけた巻き毛のアルジェリア人の男で、本を読んでいた。彼はゆっくりと顔を上げた。新しい石鹸とタオルを頼むと、次の清掃まで待たないとだめだと言われた。本を一冊借りてもいいか、と僕はたずねた。

彼はデスクの下にかがみ込んで、何冊か取り出した。ほら、と彼は言った。部屋に本を忘れていく人がいてさ、預かってるんだ。彼はグラグラする本の山を大道芸人のように片手で持って僕に差し出した。選んでくれ。読み終わったときか、ここを出るときに返してくれればいい。

僕はカミュの『異邦人』を手に取った。

ああそれか。そんなものしかないんだよな、兄弟、と彼は笑った。

部屋に戻って、ベッドに横になった。「きょう、母さんが死んだ。きのうだったかもしれないが、わからない。」それが本の最初の文章だった。僕は起き上がって、窓際に座って本のページをパラパラめくった。通りに目をやると、男が犬の散歩をしていて、犬を罵っていた。太陽は強く低く照りつけ、パリは地中海の熱気に入り込んでいた。タイムの匂いがカフェを満たし、強い日差しが熱を注ぎ、パリはどんどん北アフリカの海岸のほうへ動いていった。本のなかで、主人公が銃を片手に海岸を歩いているのが見えた……母親を精神的に殺害したこの男、と検事は言って、被告を指差した。僕はさっさと法廷を出て、本をベッドに置き、ぎらつく赤い光の波のもとで南へ移動していくパリを見守った。砂漠の砂の反射が、地中海から寄せてくる水の波に合流した。あまりの暑さに僕はクラクラして、汗が背中から滝のように流れて、ズボンのなかを下り、尻を越えていくのを感じた。膝の裏の関節がじっとりとするのがわかった。

僕はベッドに走っていって倒れ込んだ。気分が悪く、ひどく不安になった。電話機に手を伸ばして、受話器を手に取った。下にいるアラブ人が出た。

酢はあるかい？　と僕はきいた。布きれに酢を含ませて額に置きたかった。小さかったころ高熱を出したときに祖母がそうしてくれたように。

酢だって？　と彼はきき返してきた。ここはホテルなんだ。酢なんかないよ。

酢《ハル》だよ、と僕は言った。

フロント係は電話を切った。僕は電話を床に投げ捨てて、バスルームに歩いていった。そこから、窓の外を見た。外では、ドックや港で砕ける波のように、砂煙が上がっていた。遠くの砂漠では、ロンメルと部下たちが東へ移動していくのが見えた。僕は銃を握って窓の下に身を潜め、彼らが通り過ぎるのを待った。

ヤマウズラが下りてきて、窓の下枠にとまった。彼らが通り過ぎたら教えてやろう、と僕に言った。

しばらくして目が覚めたけれど、何時なのかわからなかった。シャツはぐっしょりとしていた。砂漠の渇きで、僕はバスルームに駆け込んだ。井戸からの水をグラスに満たして、飲んだ。鏡を覗いてみた。髪の毛は濡れていて、体は痩せ細っていた。丸い目は赤く、高い頬骨の黄色い肌の下に落ちくぼんでいた。服は砂だらけだった。敵の目の前で、煮えたぎるような砂のなかを這ってたんだな、と僕は思った。敵の長い革ブーツの下をかいくぐって逃げてきたんだ。

シャワーを浴び、水を受けながら額に手を当てた。熱は下がっていた。バスルームから出て、腕時計を探した。午後四時だったけれど、正確にはいつパリが南に移動し始めたのか、そしていつパリがその植民地を捨てて北に戻ってきたのか思い出せなかったから、大して意味はなかった。

下にいるアルジェリア人に電話をして、僕が酢を頼んだ日はいつだったか覚えているかときいた。彼は笑って答えず、本を読み終えたのかときいてきた。

まだだよ、と僕は答えた。

「きょう、母さんが死んだ。きのうだったかもしれないが、わからない。」

この最初の文章が頭のなかでぐるぐる回り、ついにはそのバカらしさに笑えてきた。僕は母の遠縁のいとこを思い出して笑った。彼女は全身喪服に身を包んで北部からやってきて、芝居がかった仕草で嘆いて母の開いた棺に体を投げ出し、母と話していた。息子さんのバッサームはまだここにいるわ、でも一人になってしまったじゃないの、と母に話しかけ、死ぬにはまだ若すぎるのに、と母に言い聞かせ、その言葉で喪服の女たちはそろって泣き叫び、ハンカチに涙を流した。そろって喪服の女たちが母の亡骸を囲んでいて、そろって涙にくれ、コーヒーをすすって、僕の額にキスし、そろって歌って胸を打つ、その姿に僕はいっそう笑えてきた。そして僕はセマーン神父のことを思い出した。あごひげを生やした背の低い太った司祭で、僕の部屋に入ってきて、半裸の十代の女の子たちやサッカー選手のポスターにお香を振りまき、ついでに窓の外にいたハトたちにも振りかけたから、ハトは神父の火と煙を見て飛び立って、向かい側の屋上にとまり、やぶにらみで彼を窺っていた。僕としては、人の群れが家からいなくなってほしいだけだった。母がいつ死んだのか、はっきりとはわかっていなかった。今日のことなのか昨日か、それとも一昨日のことなのか。そしてこの女たちがやってきて、母がまだ生きていて聞こえているような調子で話しかけている。勝手にキッチンのコーヒーを飲んで、タバコを吸い、冷えた水はないかしらと冷蔵庫を開けて、バラ水をかけてお互いの意識を戻して、イタリアのオペラ歌手のように気を失い、嘆き悲しんでいる。母の葬儀が行なわれたあの日に目にしたものといえば、涙を流す目の上にかぶせられた黒い布だけで、一枚の黒い布の下ですべて結ばれ、傷ついて体を揺らす獣のように苦しみに動いていた。それから男たちが来て、女たちの黒い衣のあいだを通り抜け、十二の腕が棺を持ち上げて、母は通りを抜けて墓地に漂っていった。車と、好奇心にかられてバルコニーに出てきた近所の人々が通りにぎっしり詰めかけていた。彼らは曲がったかぎ爪を持つハゲワシと人間の半身半獣のようだった。僕は葬儀の列を歩き、真ん中に白いリボンが結ばれ、献辞と参列者の名前の入った花輪を見た。僕は歩き、僕が気を失ったり足を滑らせたりはしないかと、棺の後ろに這い込みはしないかと心配した誰かに腕をつかまれていることに気づくと、その人の目をまじまじと見て、タバコを一本せびった。

パリでは、柔らかな夕方の光が歩道の上を這っていき、外では風が吹き始め、濡れたばかりの通りの匂いをふわりと運んできた。僕は引き出しを開け、封筒を取り出して金を数えた。あと一週間分くらいはあるし、もっともつかもしれない。部屋はあと何日か借りてあったけれど、レアがそれを延長してくれるとは思えなかった。

僕は金を持って下に行った。アルジェリア人はいなくなっていて、代わりにセネガル人の男が座っていた。これまでと同じ名義であと一週間泊まりたい、と僕は言った。

レアって誰だ？　と彼はたずねた。部屋はレア・マニの名義になってるぞ。

おれの彼女だよ。

彼は頷いて、それ以上は何もきかず、書類に何やら書き込んだ。僕は金を払って表に出て、何か食べようと歩いていった。街灯の柱の影が濡れた通りに反射して、おぼろげな形になっていた。その影は、トレンチコートを着て髪が燃えている、ヘビのような亡霊に見えた。

僕はソーセージをはさんだバゲットを買った。それから川に歩いていって、手すりにもたれ、バゲットを腹に収めた。

対岸の宮殿はどれも赤と緑の光で照らされていた。上空は靄がかった天気で雲は低く、街は閉ざされてつつましく見えた。

僕は川べりまで階段を下りていって、ベンチに座り、靄が下りてきて水面に触れるのを待った。さあ、何もかも見えなくなるぞ、と僕は思った。すべては法からも人の目からも隠れて、察知できなくなるんだ。何も見えない、これが死なんだ。

僕は靄を服としてまとい、靄とともに夜に歩いていった。

次の日、電話が鳴った。アルジェリア人だった。女の子が下に来てる。下りてきてほしいとさ。レアのことだとピンときた。僕は彼女の父親のズボンをはいて、裸足で階段を駆け下りた。彼女はロビーにいて、僕が何日か前にゆすった男に話しかけていた。二人とも黙って僕を見て、それから互いを見やった。

コーヒーでもご一緒する時間はあるかしら？　レアは事務的できびきびした口調で言った。

あるよ。すぐ戻る、と僕は答えた。

僕は靴下と靴をはき、洗ったけれどアイロンはかけていない彼女の父親のシャツを羽織った。ホテルの外で、男は黙って、無表情に僕を見つめていた。僕たちは連れ立ってカフェに行き、腰を下ろした。

レアはたしなめるような顔で僕を見て、あごをこわばらせて言った。ロランのライターは持ってるの？

僕はポケットからライターを取り出して、彼に返した。

銃は？　どこで銃を手に入れたの？

ベイルートだよ。

銃を持って入国したのか？　ロランはニヤニヤ笑ってたずねた。

そうさ。

銃の所持はこの国では一大事だぞ、とロランは言った。

僕は肩をすくめた。

レアはテーブル越しに僕の腕をぎゅっとつかんで、力強く言った。バッサーム、彼の話を聞いて。ロランはその手のことに詳しい人なの。ちゃんと聞いて！

まるで密告者に囲まれているような様子で、ロランはあたりを見回した。そいつを片付けなきゃだめだ。今バッグに入れて持ってるか？

持ってるさ。

信じられない！　とレアは叫んだ。上半身をのけぞらせて、小さな円形テーブルを片手でバシンと叩いた。どこまでバカなの？

今夜、川に行って捨ててくるんだ、とロランは僕に耳打ちした。

彼の言うことを聞いて、とレアはまた言った。言うとおりにして。彼の言うことに間違いはないわ。

川に捨ててきたらすべて水に流そう、とロランは言った。彼はカウンターに行って支払いを済ませた。

レアは自分の指先を見ていた。僕と目を合わそうとはせず、顔は柔らかい髪で隠れていた。僕たちの周りではささやきやつぶやき、くぐもった声が、食器のガチャガチャという音、恋人たちのため息から漏れるタバコの煙、そしてアコーディオンの音色と混ざり合っていた。アコーディオンは柔らかくもの悲しげに歌い、僕たちのぎこちない沈黙の伴奏をしていた。

ロランが戻ってくると、レアは立ち上がって大きなバッグをつかんだ。出ていく途中、ロランはタバコを一箱差し出した。ほら、取っとけよ。これがあれば、この先勇ましい真似をしようとは思わなくなるかもしれないだろう。

僕は箱を押し返した。必要なものがあれば自分で手に入れるさ、と僕は言った。

僕はしばらくカフェにいて、レアが頼んで手をつけなかったミネラルウォーターを飲んだ。カフェを出て、パリの通りを歩いていると、バッグのなかの銃はかつてなく重く感じられた。背中に重荷を感じずに同じ道を歩くことがあるんだろうか、と思った。そのときは、裸同然のような気持ちになるんだろうか。川に武器を置いたら、皇帝はどう思うだろう？　これは陰謀に違いない、と僕は思った。ロランは裕福な貴族だ、おれが銃を手放せば、虚栄や世襲や抑圧に味方してしまうだけなんだ。

部屋に戻り、太陽が水面の下に沈んで、潮が満ちて大地を満たし、川や小川をすべて飲み込むのを待った。僕はベッドで水平になり、低い天井と完全に平行になって流れていった。銃を握り、腕を伸ばした。壁にかかっている、鹿の狩人たちと地面を嗅ぎ回る犬たちの絵を狙った。

それから、自分に銃を向け、銃口をのぞき込んだ。もし僕が持っているのがオートマチックではなく、回転式の銃だったら、自分の運命を試してみるだろうか？　弾を一発だけ残して、リボルバーを回してみるだろうか？　『ディア・ハンター』を見たあとに、戦時下のベイルートで若者の多くが試したように。デニーロのやったゲームをして、たくさんの若者が命を落とした。僕たちの何人かだけが知っていることだけれど、ある晩、未亡人のミリアムの息子ロジェは引き金を引いて、脳から飛び散った血がテーブルの上のコカインにかかり、ジョルジュのシャツと、イッサームの顔と、僕の胸にかかった。僕とイッサームで彼を階段の下に運んでいって、彼の車の後部座席に横たえた。出血を止めても無駄だ、とジョルジュは僕に言った。もう助からない。病院に着くと、僕たちは良心の呵責もなく廊下でタバコを吸って待った。しばらくタバコを吸っていると救命士が出てきて、死んだ男の名前と、何があったのかをたずねた。ロジェは前線《ジャブハ》で戦闘中に撃たれたんだ、とジョルジュは言った。救命士は信じなかった。僕たちのシルクのシャツと、血の匂いを覆い隠すコロンの匂いに嘘を嗅ぎ取ったのだ。彼はうさん臭そうな目で僕たちを見て、これはかなり至近距離からの弾だぞ、とためらいがちにつぶやいた。ジョルジュは救命士を引きよせて、肩に手を置き、耳に口を寄せて話しかけ、手を上にすべらせて首根っこをつかみ、さらに何か話しかけた。そして救命士をぐいっと押して放した。彼は怒って戻っていき、救命服を脱いで、移動式の担架の上に投げ捨てて抗議の気持ちを表すと、戦争を罵り、彼の仕事、神々、そして祖国の狂気を呪った。

葬儀では、ザグルールが即興の詩を歌い、男たちは棺とともに踊った。ロジェの母親は通りを歩いて、バルコニーに向かって叫んだ。英雄よ、わたしの息子は英雄よ。わたしは英雄《バタル》を産んだのよ、英雄《バタル》を。

またパリに夜がやってくると、僕は外に出て、川に向き合った。ヨルダン川からミシシッピ川まで、すべての川を呪った。水際に立って、バッグをつかみ、チャックを開けた。お前を洗って、丸裸のまま凍えさせてしまう裏切り者の川め、と叫んだ。銃を取り出したけれど、捨てはしなかった。

僕はホテルに歩いて戻った。途中で店に寄って、ビニール袋とロープを買った。部屋に戻って、何重にもした袋に銃を入れ、ロープで縛って結んだ。そして川で一番人気《ひとけ》のないところに歩いていった。そこに古くて錆びついた橋を見つけた。ぽつんとしたその橋の暗がりを見ている者などいなかった。橋の下に入ると、ホームレスがいた形跡と小さな火の跡があった。僕はロープの片端を橋桁の一つにしっかりと縛りつけて、銃を川に投げ込んだ。銃は沈み、沈んでいきながら、錆びついた砲弾と、喉の渇いた死んだ兵士たちと、そして、川の土手の下で草を食む皇帝の馬たちの仲間になった。

耐え難い身軽さを感じながら、ホテルに戻った。背中のバッグは場違いで役立たずに思えて、耳の下ではまだ大きな虫の泣き声がこだましていた。

部屋のベッドは整えられていた。バスルームには新しい石鹸ときれいなタオルが波打っていた。トイレットペーパーは巻かれて、端には折り目がつけられていた。

窓を開けて、外の空気を入れた。シャワーの細かい雨が泡立つ僕の体のあちこちにかかった。水を止めてタオルを引き抜き、体を拭いた。

下着だけの格好で、僕は本に手を伸ばした。本を開いた――「……彼は自らの憎むべき罪に悔恨の言葉を一言でも発したでしょうか?」

いや、と僕は答えた。そんな必要がどこにある?　おれたちはみんな参加することに同意したんだ。おれたちが選んだことだ。みんな銃のリボルバーを回して、誰でも五分の四のチャンスがあった。おれたちはみんな自分なりの確信と、情熱から行動したんだ。理由は?　とあんたはきく。検事さんよ、フランスの人間と判事たちで埋め尽くされたこの法廷で、おれたちが汗を流してるってときに、理由だなんて都合のいいでっちあげさ。

僕は法廷から出て、本の別のページをめくった……「でも、興奮したせいで僕は疲れ果てて、寝床に身を投げた。」

19

朝、電話が鳴った。

ロランだ、と電話線の向こうから声がした。

ああ。

話がある。ただし例のブツはなしで来い。

もう川のなかだよ。

そうか、それはよかった。じゃあ今日の午後に来てくれ。話がある。地下鉄のモンパルナス駅で四時に会おう。

僕は階段を下りて、コーヒーを買いに外に出た。

もう本は読み終わったのか、とアルジェリア人のハキームにきかれた。

ああ、と僕は言った。でもまだ持っておく。

それなら料金を頂くことになるかもしれないぞ、と彼は笑って言った。

喜んで払うさ。

ロランは地下鉄の駅で僕を待っていた。いつものようにきれいな身なりで、髪はきっちりと整えられ、コロンの匂いがしていた。僕たちは駅を出て、彼のルノーに乗り込んだ。

お腹は空いているかな、とロランはたずねた。

そうだな。

よし、私の家に行って、ちょっとした夕食にしようか。

ロランのアパルトマンは、絵画や工芸品や敷物でいっぱいだった。開いた大きな窓からはエッフェル塔が見えた。ロランはささやかなワインセラーから出したワインの瓶を開けて、全部デキャンタに注いだ。何分か置いてから、僕に一杯注いだ。

レアも来るのか？　僕は二口ほどすすってから言った。

いや、来ないよ。

怒ってるのか？

そう、怒っているね。でも君を助けようともしている。レアは君とは違う。君たちの住む世界は違うんだ。

どうしてまだ助けようとするんだ？　と僕はたずねた。

レアには信念と、信仰心がある。それに、君のことを兄に一番近い人間だと思っている。君がわれわれをつけていたあの晩のことだが――ロランはフライパンに油を注ぎながら言った――われわれはジョルジュをパリに連れて来れないかと話し合っていた。レアは兄のことを心配していてね。まだ会ったこともないんだが、彼女の好奇心は少しずつ変化して、ある種の……どう言ったものかな？　愛というわけではないが、言ってみれば強迫観念になってきているんだ。

それは普通のことだろ？　と僕は言った。

会ったこともない人間に夢中になるのが普通かどうか？　それはわからないな。でも気持ちは理解できるよ。彼女は家族がいなくて寂しいんじゃないかな。

あんたの名前は？　と僕は言った。

私の名字？　彼は驚いたようだった。メウシクリエだよ。

ライターはあんたのじゃないな。イニシャルがあんたの名前と違う。

あれはもともと、レアの父のクロードのものだった。もらったのか。

いや、彼が死んでから私が持っているのさ。

親しかったのか？

実のところ、一緒に仕事をしていたんだよ。

外交官同士なのか？

そう、外交官だな、とロランは笑った。

どうして笑うんだ？

レアは私たちのことをスパイと呼んでいてね。

そうなのか？

まあ、外交官なんてみんなある程度はスパイさ。

それで、どうしておれをここに？

君を助けるようにとレアから頼まれてる。最初は気乗りしなかったんだが、どうしてもと言われてね。君はフランスから出るしかない。ビザはないし、この先何年経っても取ることはできない。そして遅かれ早かれ警察の手が伸びてくる。思うに君には金もないな、でなければあそこまでタバコを欲しがりはしないだろう？　言いたいことはわかるね。

ロランは僕に目くばせした。そこでだ、君に提案があるわけだよ。エスカルゴのバジルソース添えは気に入ってもらえたかな？　手っ取り早く言えば、こういう提案だ。ワインをもう少しどうかな？

彼は自分のグラスにワインをもう少し注いで、パセリを刻み、向き直って両手を洗った。さて、私の言ったように……グラスをここに持ってきてくれるかな……提案だ。カナダだよ。

カナダ、と僕はおうむ返しに言った。

そうだ。君がこの男に電話すれば、彼の知り合いのさらに知り合いがカナダ行きの偽造ビザを君に手配できる。

いよいよスパイみたいな話になってきたな、と僕は言った。

鋭いな。君は確かに察しのいい若者だよ。君はパスポートを持って入国したのかな？　それとも銃だけか？　ロランは笑みを浮かべた。

ああ、パスポートはあるよ。

それは何よりだ。それほど無責任ではなかったわけだな。君は飛行機に乗り、カナダのモントリオール空港に到着したら、難民資格を申請するんだ。誰に電話すればいいかはあとで教えるよ。費用はすべて支払うとレアは言っていたよ。チケット代や、その他の費用だ。そのことで彼女から連絡があるはずだ。さて、食事にしようか。そうだ、ところで、発つ前にジョルジュに会ったりはしなかったかな？

いや。

ロランは首を振って、僕をテーブルに案内した。

次の日の朝、僕は公衆電話のボックスに行った。

ロランから教えてもらった番号にかけてみた。女の人が出た。街の外で行なわれる結婚式用のスーツのことでかけているんだけど、と彼女に伝えた。

スーツの色とサイズは何ですか？　と彼女はきいてきた。

青で、サイズは7。

いいですね。どこで会いましょうか？

地下鉄のモンパルナス駅で。おれは手が隠れるくらいの長袖の白いシャツを着てるから。

明日の朝八時半に、と彼女は言った。見つけます。

電話を切ったあと、近くのカフェにぶらぶらと歩いていって、コーヒーを一杯注文した。ウェイターは礼儀正しく、僕のことをムッシューと呼んだ。僕は新聞を開いて、ゆっくりと目を通した。

自動車爆弾が東ベイルートで爆発して、五人が死亡、三十人が負傷したという記事があった。写真には、血まみれで救急車に運び込まれる女性が写っていた。

僕はカフェの窓際に寄って、写真をじっくりと眺めた。その女の人や、写っている誰かに見覚えがないかどうかと見てみた。見出しには「アシュラフィーエ」と書いてあった――僕が住んでいたところだ。地面はガラスと瓦礫だらけで、後ろに写っている男は頭上のバルコニーを指していた。記事はまごついてしまうくらい事務的に事実のみを伝えていて、事件の背景などの説明はなかった。

目を皿のようにして見ても、写真の誰もわからなかった。そこで僕はコーヒーをすすって、ウェイターが見ていないすきにこっそりページを破り、テーブルの下で折り畳んでポケットに入れた。ホテルに戻って部屋に上がった。破いた新聞をポケットから取り出して、机の上に置いた。そして横になり、壁を見つめた。しばらくして、本を手に取った。最後から数ページ目に来ていた。「何カ月もこの壁を見つめている、と僕は彼に伝えた。この世界には何も、誰もいなかった……この世での人生を思い出すような人生だ。僕が求めているのはそれだけだ。」

僕は本を閉じて、物憂げななぐさめのように部屋に差し込んできた太陽を眺めた。

その日の午後、僕はレアの家まで歩いていって、建物の近くで待った。ベルは鳴らさなかったけれど、自分の姿が見えるようにした。光の当たるところに立ち、木の葉のように動いた。タバコを吸って、ネイティヴ・アメリカンの合図を吐き出し、僕が来たというシグナルを彼女に送った。すぐに、レアのロングコートと傘が歩道の上を動いてゆっくりと近づいてきて、次第に大きくなった。彼女は僕を見て、通り過ぎ、目を合わせることなくまっすぐドアに向かった。

僕は近づいていって、彼女の傘の下に入り込んだ。ロランと話したよ、と雨の下から彼女に言った。

あらそう。じゃあもう出ていけるわね。

出ていってほしいのか？

ねえ、あなたがやったことは許せないし、ほんとのことを言うと、少し怖いわ。ロランは最初協力したがらなかった。わたしが頼んだのよ。

どうしておれを助けるんだ？

ジョルジュのためよ。

彼女は建物のドアを開けて、それを閉める前に僕はドアの端をつかんで、入ってもいいかときいた。彼女が答えなかったので、僕はあとについて入った。エレベーターのなかで、彼女は一言も口にせず、ずっと靴を見ていた。彼女の靴は黒光りしていて、平らで丸く、少しヒールがあって、雨粒のビーズがついていた。僕は彼女の靴を追って長い廊下を歩いていった。濡れた子犬のように黒い革靴についていった。パリの通りのそこらじゅうにいて、飼い主の手から紐がクモの巣のように伸びているプードルのように。

レアはアパルトマンのドアを開けて、深い鉢に鍵を投げ入れた。自分の部屋に入って後ろ手にドアを閉めた。それから出てきて、お腹は減っているかとたずねた。

いや、と僕は答えた。

電話はしたの？

したよ。

よかった、じゃあ決めたのね。

決めてない。でも電話はしたよ。

ここにあなたの将来はないわ。出ていくことよ。

僕は彼女の片手をつかんで引きよせた。彼女は離れようとしたけれど、僕はがっちりとつかんだ。彼女は僕から顔を隠し、柔らかい髪でベールをかけていた。僕はその髪をゆっくりと持ち上げ、顔を撫でた。彼女は立ったまま身じろぎもせず、ためらっていた。僕は彼女の頬に、そして首にキスした。唇にたどりついたとき、彼女は唇を閉じていた。

雨で濡れてるわ、と彼女は言った。戻って着替えたほうがいいわ。そしてそっと僕を押しのけた。ビザを手に入れたら電話して。チケットを予約するから。

僕はアパルトマンを出て、自分の濡れたプードルの足跡をたどって廊下を歩いていった。振り返って見ると、彼女はドアを少しだけ開けて僕を見ていた。

次の日、僕はモンパルナスの地下鉄駅の入り口に立っていた。四十代の女の人が僕のシャツの袖を引っ張って、微笑んだ。彼女が先を歩き、僕はついていった。僕たちはベンチがいくつかある小さな公園に落ち着いた。彼女は座って、僕の顔を見た。

いつここに来たの？

二、三週間前。

彼女は頷いた。どこから？

レバノン。

あっちはひどいことになってるわね、と彼女は僕にはわからない訛りで言った。どうして出てきたの？

あっちじゃもう歓迎されなくて。

誰に？

権力のある人たちにさ。

もうちょっとはっきり言ってもらえるかしら？

事情を説明しようか？ と僕は言った。人殺しの罪を着せられたけど、おれはやってない。拷問されたよ。

裁判は受けた？

いや。

誰に拷問されたの？

民兵組織さ。

どうして？

言っただろ、おれが盗みをして、人殺しをしたと思われたからだよ！

殺人のことは聞いたわ。盗みの話はしてなかったわよ。

まあ、それもあったんだ。

拷問のことをもう少し教えて。一人で拷問を受けたの？　それとも友だちとか、家族が一緒だった？

一人で。

どんな具合に？

僕はランボーのことを彼女に話した。水風呂のこと、彼がそのなかに僕の頭を浸したこと、窒息する直前に引っ張り上げられたこと。眠らせてもらえなかったこと、車での外出、そして長い尋問のことを彼女に話した。

それじゃあ、どうしてあなたが狙われたんだと思う？

おれがドラッグをやってたから目をつけられたのさ。それと、叔父が共産主義者だってことを組織のリーダーが知ってたこともあるはずだ。

彼女は根掘り葉掘り質問してきた。僕の氏名や、年齢や、正確にはいつ国を出たのかまで、細かいところを知りたがった。

わたしが会いましょうって言ったのは、まずあなたのパスポートが必要なのと、それからわたしたちはお金儲けのためにしているんじゃないってことをわかってもらうためよ。難民の人たちのためだけにしているの。わたしたちは人道的な地下組織なの。それはわかるわね?

わかってる。

いいわね。今パスポートは持ってるの?

持ってるよ。

いいわ。あそこにいるタクシーが見える?

白くて小さい車のこと?

そうよ。わたしがいなくなってから、あなたはあの車に乗って、家まで送ってもらいなさい。彼にパスポートを預けるのよ。ビザができたら知らせるわ。運転手には話しかけないでね。それにもうあの番号には電話をしないで。警官と混み合った場所は避けなさい。逮捕されないように。すべて用意できたら連絡するわ。

僕はタクシーに乗った。途中で、助手席にパスポートを放り出した。車がホテルにさしかかったとき、ここに泊まってるんだ、と僕は言った。

運転手は料金を請求してきた。

二日が経ち、僕はレアに会いには行かなかった。本はもう読み終えていた。本をバッグにすべり込ませて、銃がなくなったことで失った重みをいくらかでも取り戻せればと思った。

ある晴れた夜、僕は銃があるはずの場所に歩いて戻った。銃が水面に浮かんできて、流れに逆らって漂っていないだろうかと願っていた。あるいは、死んで水底に沈むフランス人兵士のものになっているかもしれない。スピードと正確さ、セミオートの性能を駆使して、通りかかる遊覧船を下から銃撃し、観光客やワイン鑑定家のふりをしたアメリカ人スパイたちを沈めているのかもしれない。

僕はしばらく立ち、泡を探して、水中から銃が跳ね上がってこないかな、とまた思っていた。川の水面の空中に止まって、水面に映る自分の姿に見とれるうぬぼれたハエを追って飛びかかる魚のように。でも水面は穏やかだった。それから川の流れにいくぶん殺された銃声が聞こえ、誰かが僕の銃を取り出していたことを知った。僕は慎重に土手に近づき、端から覗きこみ、頭上でゆらめく城と、自分の姿を見た。そして僕の目はベイルートでの戦闘場面を光線のように発した——子供の僕が、砂嚢の後ろからAK-47で射撃するアル＝ウートワットの後ろを走っている。そして、僕の小さな両手が温かい空の薬莢を追いかけて、シャツに納めて、カンガルーの袋のような形になっている。そして、カンガルーのように跳ねて家に帰る僕の顔はうれしそうで、あとで近所の子供たちとお宝を交換している。


さらに二日が経ち、レアからもビザの女性からも連絡はなかった。最初の日の朝、僕は地下鉄に乗って、エッフェル塔に行った。アリのような観光客たちが鉄の化け物の足元をぶらぶらと歩いていた。彼らは塔を見上げて、小さなプラスチックのカメラで目を守り、微笑む像のように塔の下でポーズを取って、人差し指で小さなボタンを押して、その微笑む顔から光を吸い取り、過ぎ去る時を隠れた映像に記録していた。それが彼らの存在の証となり、その生のはかなさの証となる。

僕は座って、子供たちの口からこぼれた甘いパン屑をついばむハトを眺めていた。観光客はバスで着陸して、宇宙飛行士のように跳ね、彼らのバッグに入った地図やガイドブックは、月の謎を解く鍵となるかもしれない。そうした本には、正しいレストランを選ぶことの大切さや、正しい博物館への行き方が書いてある、歴史の遺物や帝国の強奪したものがガラスの陳列棚に収められていて、ちょっとしたフランス式朝食のあと午前中に訪れるにはぴったりの場所だ、朝食のあいだ、彼らはビュッフェに並ぶことを懐かしく思う、長いステンレスの容器やしわしわの卵、片面焼きの卵や味のないポテトの塊、蛍光色のジャムや噛みごたえのある食パン、薄められたコーヒーも欲しくなる、BGMはキッチンから漏れ聞こえてくるビッグバンドの音楽で、自在ドアの後ろに控えている黒人コックの鼻歌がそれにスパイスを効かせている、彼らが乗っている船は、観光客たちの小麦粉と、コーンと、油っぽいベーコンを運んでいて、円形の船窓もまた、ミシシッピ川に揺れている。


二日目の朝、僕はベッドにいた。パリは静止していて、動くことも方向を変えることもなかった。僕は窓の外の風景が変わるのを待ったけれど、ずっと同じままだった。

通りを下ったところでは、戦闘から戻ってきた兵士たちが列になって、行進するように僕に呼びかけていた。そこで僕はついに起き上がって、凱旋門まで行進した。いらいらしながら環になって走っている車が押し寄せる広い通りを渡った。僕は門をくぐって、敵に対する勝利を宣言した。門の反対側に出たところで、食事にすることにした。食べ物を求めて街をうろついた。カフェに座り、いそいそと歩道を行き交う人々を眺めた。僕は出されたものを食べ、支払いをして、ホテルに戻った。

フロントにいるハキームが、僕宛てのメッセージを預かっていた——スーツができたので、明日の同じ時間、同じ場所に来て受けとってほしいと。

その晩、どうしてもレアに会いたくなった。彼女の家まで歩いていって、通りを挟んで遠いところから彼女の寝室を見守った。明かりはついていて、彼女の影が窓をかすめるたび、僕は塀の陰に回って姿を隠した。

タバコがなくなるまで、僕は彼女の部屋を見つめていた。

三日目の朝、僕はビザの女性と会った。僕たちは前に話をした公園に歩いていった。同じベンチに座った。

用意できたわ、と彼女は言った。あなたがすべきことを教えるわね。モントリオールに着く前に、飛行機の化粧室に行って。パスポートを破いて、トイレに捨てること。何も残してはだめよ。それから飛行機を降りて、係官に難民申請をしたいと伝えて。パスポートを破くのを忘れないでね。ほかに身分証明書は持ってる？

レバノンの出生証明書があるよ。

それは持っていてもいいわ。じゃあ、今夜この住所の場所に行って。レストランよ。人が来て、あなたにパスポートを渡すわ。夜の八時ごろにいてね。じゃあ、幸運を。

僕は彼女の後ろ姿を見守った。人混みをかき分けて、コートやスーツケースに紛れ込み、それっきり姿を消した。

その日の夕方、レストランに行った。ビールを一杯注文して、タバコを吸い、パリっ子がするように夜をじっと見つめた。

店の丸テーブルは小さくて、どれも混んでいて、誰もが他人のタバコの煙を吸っていた。テーブルが身を寄せ合っていて、円が重なって連なっていた。時おり、その布陣をウェイターの白いエプロンが切り開き、はさみのように進んでいった。僕は待ち、一時間が過ぎると不安になってきた。誰も僕のテーブルに来なかったし、ウェイター以外とは話をしていなかった。ついにウェイターが来て僕に伝票を渡してかがみ込み、もうポケットに入ってるよ、と言った。

僕は外に出て、ポケットをあちこち探った。ポケットの一つにパスポートが入っていた。

さあこれで飛んでもいいんだ、と僕は思った。そうしてパリの上空を飛び、動く射撃目標のようにヒョコヒョコと動くパリ市民の帽子を眺め、お互いの濡れた尻をクンクン嗅ぐ犬たちや、環になって犬のように互いを追い回すヘッドライトを眺めた。僕が高く飛ぶほど、人々はどんどん小さくなり、ちっぽけで無意味になり、そして通りや家々は次第に円形に配置されて、テーブルのような形に切り取られ、それを囲んで物思いにふける芸術家たちがタバコをふかし、パリの霧をさらに濃くして、空飛ぶ人間や嗅ぎ回る犬たちから彼らの思考を隠していた。

着地して、フロントにいるセネガル人の前を通り、あいさつをすっぽかして自分の部屋に駆け上がった。僕はパスポートを開いた。カナダのビザが押されていた。

20

次の日の朝、僕は早起きして、レアのアパルトマンに走っていき、ベルを鳴らした。インターホン越しに、彼女の眠そうな声がした。

ビザが手に入った、と僕は言った。

コーヒーでもどう、と彼女はたずねた。

もらうよ。

なかに入れてもらって上がると、彼女はゆっくりとキッチンを歩き回っていた。彼女のナイトガウンは薄くて白く、透けていた。その短いガウンを透かし見る僕の視線を感じ取ったに違いない、彼女は振り返り、僕がじっと見ていることに気づいた。彼女は静かに部屋に入って、普段着に着替えて、戻ってきて僕の向かいに座った。最近何してるの？　と彼女はたずねた。

読書とか散歩だよ。

彼女は頷いた。何を読んでるの？

アルジェリアでアラブ人を殺した男の話。

『異邦人』？

そう、それ。

彼女は笑みを浮かべた。さあ、バルコニーに座りましょ、と言った。航空券が取れるまで二、三日かかるわ。旅行代理店のモニークに今日中に問い合わせてみる。それまではトラブルを起こさないでくれる？　つきまとわれるのはいやよ。

僕はタバコを吸い終えた。

君とまた寝たいな、と僕は言った。

あなたが出発する直前ならありかもね、とレアは言った。今日とか明日はなしだけど、出発の前夜ならありかも。わたしの友だちが何人か住んでる家で、今晩パーティーがあるの。あなたが行儀よくして、欲しいものは丁寧に頼めるなら、来てもいいわよ。

その晩、もう一度レアの家に行った。一緒にタクシーに乗って、赤い廊下の明かりと毛羽立った紫のソファのある長いロフトでのパーティーに行った。入り口は無関心を気取った人たちでごった返していた。永遠に同じポーズを取っている鉢植えのように、人が通っても無視する類の連中だ。髪を染めた家主たちと、ぴっちりしたレザーパンツの来客たちが隅にいて、ムーンウォークの動きをして踊っていた。レアの姿は見えなくなり、僕は片手にビール瓶を持って壁に寄りかかった。女たちのハンドバッグや、細いハイヒールや、黒いレースのストッキングや、どぎついヘアスタイルを眺めた。しばらくして、レアが男と話をしているのを見つけた。そして二人は階段を上がっていった。彼女が先に上がり、男は騒々しい音楽に合わせて体を揺らしながらその後ろを歩いていった。唇に黒い口紅を塗った男が僕に近づいてきた。ねえ、あんたレアの友だち？

そうだ、と僕は答えた。

あたし彼女の美容師なのよ、と彼は言った。

母親の髪もセットしてるってとこか？

そうなの、あの頭からっぽの女ね、と彼は答えて、絹のような細身の体を動かした。

上には何があるんだ？　と僕はたずねた。

あら、そこは上に上に行くところよ、と彼は答えて、天井を見上げた。

僕はビールを飲み終えて、さらにロフトの奥に入っていった。誰もが大物のような無頓着な態度を装っていた。現代のエセ貴族的な仮面だ。銃があれば、こいつらを宮殿の石段のところで撃ってやるのに、と考えて悲しくなった。

三十分もすると、げんなりしてきた。そろってクールに振る舞うことにも、物憂い会話にも、石像のようなポーズにももううんざりしていた。美容師をつかまえて言った。いいかな、上に行って、おれはもう帰るってレアに伝えてくれないか？

それであたしには何かいいことあるの？　彼は笑みを浮かべて、両手を腰に当てた。

別に何もないさ。あんたはおれに親切にするってだけだよ。革命になったらあんたの首は助けてやるかもな、と僕は言った。

あんたの訛りと大きな目と、それに長い長いまつ毛のためにやったげる、と美容師は言って、さっと体を翻し、リャマのように優雅に階段を上っていった。

見つかんなかったわ、と戻ってきて彼は言った。もう出たんだろってジニは言ってる。

下りて表に出てみると、レアがなかで一緒にいた同じ男と話していた。二人はピリピリしていた。レアは興奮しているようで、男は怒っているように見えた。僕は立ち止まって、離れたところから見ていた。突然、男はレアの腕をつかんで、車に向かって引きずっていった。

僕は駆け寄って、男を突き飛ばした。

レアは泣き出した。男はポケットからナイフを抜いて、僕に向かって振りかざした。レアは彼に駆け寄って、懇願していた。やめて、モーシュ、わたしの友だちなのよ。

消えて、バッサーム！　と彼女は僕に向かって叫んだ。どうしてついてくるの？

僕は立ち尽くしていた。

レアは男の腕をつかんだ。もう行って！　と僕に何度も叫んだ。それから車のドアを開けて、男に言った。わかったわ、一緒に行くわ。

男は彼女を車に押し込んで、運転席の側に回った。お前とはあとでカタをつけるからな、と彼は言って僕を指差し、車で走り去った。

僕は車のナンバーを頭に刻みつけて、パーティー会場に戻った。呪文のようにナンバーを暗唱していた。美容師を探し出して彼のバッグをひったくり、アイシャドーペンシルを取り出して、壁にそのナンバーを書きなぐった。そして、紙を見つけてきてくれないかと彼に頼んだ。美容師は姿を消して、空のタバコの箱を持って戻ってきた。僕はそれを破いて開き、ナンバーを書いた。

今度こそ出ていこうとしたとき、あたしの電話番号も書き留めていかない、と美容師が言った。

このいまいましい男！　と彼は僕に向かって叫び、その言葉が螺旋階段にこだました。

ホテルに戻る途中、ロランに電話してみようかと思いついた。彼ならレアを助けられるかもしれない。僕は部屋から電話して彼を起こし、事情を説明した。

あれこれ干渉しないほうがいいだろう、とロランは言って、電話を切った。

次の日の昼まで、僕はベッドにいた。朝、レアに電話してみたけれど、誰も出なかった。ようやく、午後になって、僕はフロント係のデスクに行った。ハキーム、おれたちは友だちだよな？　と僕は言った。

ハキームは笑った。何が欲しいんだ？

ちょっとききたいだけだ。車のナンバープレートから、住所と名前は突き止められるか？

ナンバーを教えてくれよ。ちょっと費用がかかるかもしれないな、と彼は言った。

いくらだ？

それはあとの話だ。彼は微笑んだ。兄弟のために何かできるかどうか、試してみよう。

もう一度電話すると、今度は彼女が出た。

会いに行く、と僕は言った。

だめ！　と彼女は叫んだ。

会いに行くって。

だめよ。ドアは開けないわ。

僕は彼女の建物に歩いていって、インターホンのブザーを鳴らした。出てって！　と彼女は言った。

僕はずっとブザーを押していた。

すると、分厚いガラスのドア越しに、老婆がソーセージのような小さな犬を二匹連れて、エレベーターのほうから歩いてくるのが見えた。僕はドアに近づいて、彼女がドアを開けると、お手伝いしますよマダム、とできるだけ丁寧に言った。

彼女のためにドアを開けておいて、僕は建物に入った。

エレベーターで上がって、レアの家のドアに走り、ノックした。

彼女はドアを開けて、僕だと見て取ると、閉めようとした。僕は片足をねじこんで、ドアを無理やり開けた。

出てって！　と彼女は言って、キッチンに走った。出てってよ。どこかに消えて！

彼女の目にくまができているのが見えた。髪の毛はボサボサで、見るからに憔悴していた。

昨日の男は誰なんだ？　と僕はきいた。

出てって、と彼女はまた言って、キッチンの引き出しを開け、両手を突っ込んだ。金物をガチャガチャいわせてナイフを取り出し、僕に向かって振り回した。わたしにつきまとったり、わたしの生活に干渉したりしないでって言ったはずよ。

僕が近づいていくと、彼女はゆっくりと後ずさった。僕はその手首をつかんでナイフをもぎ取った。それから、彼女を引きずって居間に戻り、彼女をソファに投げ出した。ジョルジュが君を守ってほしいと思うだろうことはわかってる。だからここにいるあいだはそうする、と僕は言った。

ジョルジュですって！　と彼女は金切り声を上げた。ジョルジュはわたしの存在すら知らないじゃない。わたしは自由なのよ、わかってるの？　わたしの人生に割り込まないで！　警察に話して、ジョルジュとあんたがもといた場所に送り返してやる！　彼女は僕めがけて両手を振り回した。それから深呼吸して、両手を下ろし、声を和らげて言った。出ていって。お願い。あなたのせいでトラブルになってるの。彼女はそっと僕を押した。

あいつ誰なんだ？　名字は何て言うんだ？

何するつもりなの、と彼女は言った。

誰もジョルジュの妹に手を上げさせないし、おれたちの誰にもナイフは抜かせない。そのモーシュとかいう男を見つけ出してやる、と僕は言って、ドアから出た。

そうよ、出てって！　と彼女はついてきて言った。これを持ってって。僕の背中に封筒を投げつけた。出ていって、自分のことだけ心配してなさいよ。このカス野郎！

僕は封筒を拾って、階段を駆け下りた。封筒にはカナダ行きの航空券が入っていた。六日後の便だった。

僕はゆっくりとホテルに歩いていき、帰ると将軍たちを呼び出した。昨日の晩の男を見つけて、計画を立てなくてはならない、と僕は通達した。

将校を一人フロントに派遣して、ナンバープレートについての情報が入ったか尋問してこさせた。彼は収穫なしで帰ってきた。僕は将校たちと歩き回って、パイプを吸った。何人かはテーブルに足を載せて、ブーツを見せびらかしていた。作戦室には煙が充満していて、テーブルに置かれた地図には、流れる川や山々や長い平原が細かく描かれていた。

同志、あなたが新大陸に旅立たれる前に早く攻撃せねばなりません。白い口ひげを垂らした将軍はそう言い切った。

僕は頷いた。僕たちは散会し、それぞれの道を行き、敵の居場所の知らせを待つことにした。

二日間、僕はフロントに部下を派遣して、ナンバープレートのことをたずねてこさせたけれど、答えはいつも同じだった——鋭意努力中だそうです。ようやく三日目になって、馬に乗った伝令が軍事施設に入り、ぜいぜいと荒く息をしていた。手に入りました、と彼は言った。

僕は手紙を開いた。車はマニ&アソシエーツ、ジュール・ファーブル、コミューン通り五十二番に登録されていた。

僕は革命家たちを召集した。集まって、襲撃計画を決定した。


僕は手紙にあった住所に行き、その場所を見張った。ついに、待っていた男が前と同じ車に乗って現われた。彼は駐車区画に車を停めて、建物に入った。しばらく待ってから僕も入り、螺旋階段の下から、天に向かって上がっていく彼の革ジャンを見つめた。

僕は部屋に戻って、戦友たちと協議した。徹夜で襲撃の準備をした。翌日の午後、僕はホテルの地階に行った。ゴミ箱を開けて覗き込んだ。それから地階を歩いて探し回り、古い椅子の山と壊れたテーブルと古い流しのあいだに落ちている鉄パイプを見つけた。

僕はパイプをつかみ、袖のなかに押し込んで、階段を上がって部屋に戻った。

部下の中尉を呼んで、弾薬が到着したと知らせた。

彼が馬を連れてきて、夕方に僕たちは敵の領土に乗り込んだ。敵の車は通りの奥に停めてあった。僕がそこに行って車を揺すると、警報器が鳴り始めた。そして僕は帽子をかぶり、アパルトマンの階段に走っていって、階と階のあいだに隠れ、ドアが開くのを待った。

おぼろげな月の光のなか、男の人影が階段を駆け下りてくるのを見守った。彼と向かい合ったとき、僕は帽子で目を隠して、こんばんは《ボンソワ》、とくぐもった声で言った。彼が通り過ぎるやいなや、後ろから殴った。体勢を立て直す隙を与えず、僕は彼に駆け寄って、ヒュッヒュッと音を立てるパイプで幾度となく殴った。彼のポケットを探って財布を抜き取り、車のキーを床から拾った。そして階段を一気に下りていき、馬に飛び乗り、僕たちはパリの丸石の上を駆けていった。後ろでは、車の警報器が苦痛と悲しみの声を上げていた。

その晩、立て続けに悪夢を見た。夢の一つで、僕はバスタブの形に縮んでしまった大きな海で溺れていた。ロランが僕にワインを注ぐ夢を見て、そして、シューシュー音を立てるコンロから彼が振り向くと、ランボーの顔が見えた。坊や、お前を送り返してやるよ、と彼は言った。夢のなかで、僕が階段を駆け下りていくと、ジョルジュが現われて、片手に銃を持って微笑んでいた。彼は階段に立って、壁に寄りかかって、銃のリボルバーを回していた。

汗びっしょりで僕は目覚めた。しばらく経ってから、自分はパリにいるんだと気づいた。部屋のドアに走っていって、鍵がかかっていることを確かめた。それからバスルームのドアに鍵をかけた。窓際に座って、外の暗闇を見つめ、パリがまだパリであることを確かめた。

それでも、生々しい記憶が次々に蘇ってきて、眠れなかった。僕はジョルジュのことを考え、またランボーが部屋にやってきて、歩けと言ってくるのを覚悟した。あの死んだ人でなしの亡霊に怯えるなんて、お前は臆病もいいとこだ、と自分に言い聞かせ、思いつく端から自分を呪った。死者は戻ってこないんだ、と何度も唱えた。

銃を捨てるように言ったロランを呪った。すべては銃がないせいだと思った。枕の下に銃があったときは、あんな夢を見なかったじゃないか。

僕は部屋を歩き回った。タバコを次々に吸った――地下にある拷問部屋で、僕が何よりも求めたのは火のついたタバコだった。

ランボーが僕の首を押さえて、鼻を冷たい水で満たしたとき、水中ではタバコを吸えるのかどうか考えたことを思い出した。そして、母がタバコを吸いながらお隣の貯水槽から水を盗んでいたことを思い出した。子供だった僕は、母が太いパイプをよじ登ってタンクにたどり着くのを見守っていた。それはうっとりとするような光景だった。母はタバコを口にくわえたまま、上半身を丸ごと金属のタンクに投げ込んで、再び出てきたとき、タバコにはまだ火がついていて、片手には水がいっぱいのバケツを持っている。僕は母のダイビングを毎回見ていた。バレリーナのようにつま先を伸ばして、水をすくうときには小さな僕の頭上で太ももをむき出しにして、犠牲ばかりの自分の人生と、ろくでなしの僕の父との結婚を船乗りのようにぶつぶつと呪い、その声が貯水タンクのなかでこだましていた。

そして、何年もあとになって、拷問者の監督のもとで、僕も母のようにバスタブにダイブしていた。上体を投げ出して、火がついたままの母のタバコのこと、燃え続けて消えることのない不死鳥の銘柄のことを考えていた。そしてランボーが僕にささやいて、お前の死は近いぞと言ったとき、両親がいなかったことで僕は安心した。どの死もそうであるように、僕の最期も死と終わりになるだろうから。思い出も、写真も、物語も、母の涙もない死。死ですべては終わる。その他のことはすべて、人間のうぬぼれと見せかけにすぎない。

次の日の朝、車が通り過ぎてはクラクションを鳴らし、サッカーチームの旗が車の上にはためいて風を切り、人々は通りで踊り、酒を飲んでは大声で歌っていた。窓を開けると、騒音は大きくなり、窓を閉めると、前の日に清掃係の女性が僕のベッドにふわりと広げたシーツのように、騒音は落ち着いた――僕は彼女の目の前に座って、シーツがゆっくりと、優雅に、日に照らされた水の上を飛ぶヤマウズラのように、そっと降下していくのを見ていた。

僕が見守るなか、清掃係の女性はバスルームに消え、タオル類を箱に入れ、僕のことは無視していた。ひょっとすると、彼女の短いスカートを見る僕のいやらしい目つきや、彼女のエプロンをほどこうとする僕の目に気づいたのかもしれない。彼女がコップを替え、紙を拾い、体をかがめ、掃き、枕カバーを撫でて、キルトの端を折り畳むたび、僕は彼女に感謝していた。タバコを勧めると、彼女は微笑んで、タバコは吸いませんと言った。僕の灰皿を取って、袋に空けた。僕は名前をたずねた。出身をたずねた。そして彼女の手を握って叫んだ、ポルトガルから来たリンダ、君が来るのを毎日待ってるよ！　胸を触らせてくれ、優しくのしかからせてくれ！　すると彼女は手を引っ込めて足早に部屋から逃げ出し、清掃用のカートを押して貨物用エレベーターに向かい、ドアを次々に閉めながら頭を突き出して、僕がついてきていないかどうか、僕が彼女の腰を抱き、金を出して耳に息を吹きかけてこないか、エレベーターの停止ボタンを押して白いエプロンをほどいてこないかどうか確かめていた。

それからは、年配の男が同じカートを押して僕の部屋の清掃に来るようになった。彼は目つきでこう言っていた。お前のことは知ってるぞ、お前のような類の人間は知ってるんだ、女中や独身の頑張り屋の母親、不法就労者、おとなしい清掃婦を食い物にする連中だ。僕にあいさつはせず、軽蔑を隠さず僕に接し、白いシーツ類の柔らかな降下を投身自殺や飛行機の墜落に変え、リンダの手から望んでいた静かな着陸を僕から奪ってしまった。

リンダはどこだい？　と僕はたずねた。

姪に近づくんじゃない、わかったか！　ひどいポルトガル訛りのあるフランス語で、憎々しげな言葉だった。彼はカーペットに唾を吐き、後ろ手にドアを荒々しく閉めた。

その日、僕はレアに招待された。会いに来て、と彼女は言った。大事な用なの。

僕は彼女の家に歩いていった。彼女はドアを開けた。僕のほうは見ず、何も言わなかった。僕は窓際に座った。彼女は一番遠くにある椅子を選んだ。

レバノンにあるフランス大使館から連絡があったの、と彼女は言った。わたしたちはジョルジュのパスポートを取ろうとしてるんだけど、ジョルジュが見つからないって言うの。彼の家に人を派遣したし、たずねて回ったそうよ。民兵組織の人間とまで接触したわ。誰も彼がどこにいるのか知らないの。病院も、死体安置所も調べたわ。でも何も出てこない。でもあなたは何か知ってるんでしょ？そう、知ってるんだわ。わたしに言ってないことがある気がする。何があったんだと思う？　黙ってないで。あなたの目！　わたしをちゃんと見もしないわ。どうだっていいと思ってるんでしょ、違う？　どうでもいいのね。話してよ、と彼女は言った。話して。

僕は立ち上がって出ていこうとした。お願い、教えて、と彼女は叫んだ。お願い。

僕は黙ったまま、彼女の家を出た。

バッサーム！　話してよ、バッサーム。教えてちょうだい、と彼女は後ろから叫んだ。

僕は川に歩いていった。ベンチに腰を下ろして、過ぎ行く水と戻ってくる雲を見つめた。そして心を決めた。立ち上がって、レアの家に戻った。

ドアのブザーを鳴らしたけれど、レアは出なかった。僕は通りの向かい側に行って彼女の名前を呼んだけれど、返事はなかった。僕は待ち、一万の車が通り過ぎていき、僕が見つめてその煙を吸い込んでいると、一台の車が通りで停まった。ロランが乗っていて、隣には僕がパイプで殴った男が座っているのが見えた。僕は壁の後ろに回って、車から出てくるロランを見守った。彼はかがんでウィンドウに頭を突っ込み、二人は一言二言交わした。車に乗った男は使用人のように頷き、ロランはその場を離れてレアの家のブザーを鳴らした。

パリの通りで、僕は腹を空かせたライオンのように夜を待っていた。雨が降り、それでも僕は待ち、弱まっていく光の一つ一つを、地球の裏側に去っていく光線の一つ一つを見守っていた。そして、川の下から夜が立ち昇ると、銃を捨てた橋に走っていった。小さな火がゆらめいていて、二人の老人がそれを囲んで、みじめな手と、歯のない口で、一本のワインをちびちびと味わっていた。僕は結んでおいたロープのところにまっすぐ向かい、引っ張った。でも、銃は何かの重みで僕の元には戻ってこなかった。僕はロープの反対側にしがみつく一万の悪魔たちと闘った。着実に引いていく波のように、彼らは一、二の三で一斉に引っ張ってきた。僕はロープを腕に巻きつけて、力の限り引いたけれど、悪魔たちは毛の生えた曲がった背中で、羽根のない翼で、野太くおとなしく悪意たっぷりの歌声で嘲ってきた。僕が川の石や金属の橋桁にしがみついて、左右に動き、明かりのない水の上に留まっているのを見て、彼らは大喜びしていた。

僕は川に入った。両脚は川に映った老人たちのたき火に飛び込んで、その表面で踊った。僕は川のなかに歩いていって、砂と意地悪なゴミの重みからロープを引っ張った。川岸の下にいる一万の連中に向かって進むと、水が僕の足を拡大して、怖れることなく地獄に向かう巨大な戦士のように僕を見せた。ゆっくりと、金属の十字架のようにカチカチと鳴る空き缶の重みからロープを解き放ち、僕は悪魔たちを追い払った。僕は水のなかに飛び込み、後方にいる老人たちは僕が沈んでいくのを見ていた。二人は声を上げ、思いとどまれ、水の流れと邪悪なセイレーンたちに耳を貸すな、と訴えてきた。

でも僕は素手で川底の土を掘って、ビニールの包みを引きずり出し、再び銃の重みを感じた。僕は銃を脇に抱えた。磨かれた石の端まで走っていって、包みを巻いているロープをこすって切り、僕の銃は自由の身になった。

武器を片手に、僕は濡れた通りの上を歩き、街の門をくぐっていった。

21

僕の下には水があり、僕のなかにも水があり、そして僕の上の雲からも水が落ちていた。

僕は上着で銃を覆ってホテルに戻った。濡れていることについてフロント係に何か言わせる隙を与えず、階段を上がって部屋に戻った。椅子でドアをふさいだ。着ていた死者の服を脱いで、椅子にかけて水を滴らせた。それから温かいシャワーを浴びて、自分の服を着て、バスルームの石鹼を盗み、持ち物をバッグに詰めて、階段をこっそりと下りて地階に行き、厨房から裏の通りに出て、ホテルから立ち去った。

雨は上がっていた。

一晩中、あてどもなく地下鉄に乗っていた。開いては閉じるドアが人々を飲み込んで、別の場所に運んでいくのを見つめていた。僕は車両の隅にいた。ジョルジュがいつもそうしていたように。座るときはいつも壁を背にするんだ、それから銃をいつでも出せるようにしとけよ、と彼は言っていた。

十二時を過ぎると地下鉄は止まり、僕は場所もわからず降りた。そのまま駅で過ごそうかとも考えたけれど、定期的に警官が来ていた。そこで歩き、疲れてくると、裏通りでレストランのドアの後ろに座った。タバコを吸って、壁のあいだから落ちてきて街灯に向かって渦巻く小さな雨粒を数えた。

朝になり、僕はホテルに電話をかけた。リンダにチップを渡そう、僕の貪欲でいやらしい目つきと、彼女を目で追ったことを謝ろうと心に決めていた。リンダは今日出勤してるかい？　と僕はたずねた。

リンダ？

そう、清掃係の子だよ。

声は少し間を置き、そして言った。いや、今日は彼女の叔父さんが当番だ。

彼の仕事はいつ終わる？

正午だよ。

正午に、僕はホテルの表の通りで待っていた。

老人が出てきたので、あとをついていった。彼はバッグを脇に抱えて、頭を下げ、壁の近くを歩いて、小石を数えていた。

あとをついていって、後ろから声をかけた。セニョール！　セニョール！

老人は立ち止まって振り向いた。僕が誰なのかわかっていなかった。

セニョール、おれは二〇一号室の男だよ。

彼は顔をそむけて、歩いていった。僕は犬のようにそのそばを小走りで歩き、頭を軽く下げて彼の目を見ようとした。

セニョール、あんたと話がしたいんだ。

彼は黙っていた。

セニョール、リンダにあんなことを言ってしまって後悔してるって言いたかっただけなんだ。

ようやく彼は立ち止まり、僕の目を見て言った。お前たちは貧しくて働き者の女の子につけこめると思っとるんだろ。

違うよ、セニョール、おれはちゃんと敬意を持ってる。敬意ときた。彼は言いよどみ、そして言った。あの子は怖がってた。しじゅうお前みたいな男どもと顔を合わせなくちゃならんのだ。その前の日の年寄りは、自分のイチモツをいじってた。あの子が入ってくるとわかっていたから、ノックされても返事をしなかった。いい子なのに、お前らのような連中は……。彼はポルトガル語で何か言い、立ち去ろうとした。

セニョール、おれからよろしくってことと、それから敬意をリンダに伝えてほしいんだ。済まないと思ってるって、彼女はきれいな子だって。

お断りだ。

お願いだよ、セニョール！　と僕は言って、また小走りで彼の横をついていった。

若者よ、お前はこの国に来て、何の仕事もしていない。わしはお前の歳でポルトガルを出た。リンダの父がサラザールに殺されたあとは、あの子の面倒を見た。働いて姪を育てて、あの子はいい子になった。お前にはあの子の髪の毛一本分の価値もない！　彼は胸のあたりを両手でかきむしる仕草をした。

違うよ、セニョール、おれはちゃんとした男だ。

いいや、お前は揉め事を起こしてる。

どうしてそんなことを言うんだい？

昨日、警察がホテルに来て、お前の部屋を捜索していった。

警察が？

そうだ。警官が二人だ。

本当に警察だったのかい、セニョール？

もう行け、ついてくるな、と彼は言った。

そのうち一人は包帯をしてなかったかい？

消えてくれ。

頭に包帯を巻いてたかい？　頼むよ、セニョール、教えてくれ。

してたさ！　さあ失せろ。

ありがとう、セニョール。リンダに伝えてくれよ、彼女がシーツを広げる仕草と、彼女の丸くて美しい目を忘れないって。おれは彼女の長いまつ毛に合う黒い服を着てるからって伝えてくれ。

ゲス野郎め、と彼は罵り、拳を振り上げ、去っていった。丸石を数え、壁に向かって呟き、地下鉄に下りていき、毒づいた言葉をこだまさせ、地面に唾を吐いた。


僕はレアに電話した。

もうかけてこないで、と彼女は言った。ちゃんとしたことを言う気になったらかけてきて。まとわりつかれるのも、隠し事をされるのも、もううんざりよ。

カナダ行きの便に乗る前にロランと会うことになってるけど、住所がわからなくなってしまったんだ、と僕は嘘をついた。

フォション通り三十五番よ、と彼女は言って、すぐに切った。

僕は地下鉄に乗り、ロランの家に歩いていった。通りの反対側から、家の入り口を見張った。じきに、僕がパイプで殴った男が大きな車に乗ってやってきた。彼がロランを下ろして走り去るまで待って、それから一気にドアに走り、ロランの後ろから建物に入った。銃を抜き、彼の肝臓の近くに押しつけた。

ちょっとお茶でもしようか、と僕は言った。

ロランはゆっくりと振り返り、僕を見ると微笑んだ。

おや、君か。昨日の晩は君を捜していたよ。出発は今日じゃなかったかなと思ってね。

そうだ。だから来た。

ロランは手袋とコートを脱いだ。銃は必要ないよ。さあ座って、と彼は穏やかに言った。彼は居間に行って腰を下ろした。

僕は隅にある椅子に座り、手から銃をぶら下げた。

君は大バカの間抜けだよ、と彼は言った。いいか、もう一度だけチャンスをやる。最後のチャンスだ。銃を下ろせ。

僕は銃を上げて、彼の顔に向けた。ここでチャンスをやるか決めるのはおれのほうだろ、と僕は言った。

いいだろう。彼は頷いた。

包帯をした男はあんたの手先だよな。

モーシュのことか？　そうだ。

レアを殴れとあんたが指図したのか？

君の気遣いには感心するな。間抜けなロマンチストになるのはやめて、座ったらどうだ。

どうして彼女を殴った？

彼女は私のものだからだよ。彼女が十五歳のときから、ずっと私のものだった。わかるかね？　レアの父親は私たちのために働いていた。彼が死んでからは、私が彼女の面倒を見た。母親は買物中毒の、中身のない社交好きな女だよ。レアは放ったらかしにされていた。いいか、坊や、君は危険な領域に踏み込もうとしている。ただし、君にとっては幸いなことに、われわれとしては君から欲しいものがある。

あんたに渡すものなんかないよ、と僕は言った。

ジョルジュに何があったのか、われわれに話してほしい。

どうしてジョルジュのことを心配するんだ？

われわれのために働いていたからさ。

われわれ？

そう、イスラエル諜報特務局《モサド》だよ。われわれは彼がイスラエルに来たときに勧誘した。ジョルジュは父親のことをすべて知っていたよ。われわれはアブー＝ナーラがシリアと手を結ぶんじゃないかと懸念していた。この先もっと接近するんじゃないかな、特にアル＝ライェスが殺された今はな。アル＝ライェスがあの地域でのわれわれの協力者だった。彼の民兵に武器を供与し、訓練し、戦略も伝授したよ。ジョルジュはアブー＝ナーラを見張り、接近したんだ。そして信頼された。

ジョルジュはスパイだったのか？

そうだ。頭が良くて優秀なスパイだった。だから君も頭が良くて優秀なスパイになったらどうかな、坊や。ジョルジュがどこにいるのか教えるんだ。われわれが知っているところでは、君を家から連行すると彼が志願したのが最後の目撃情報だ。アル゠ライイェス暗殺への君の関与についていくつか質問したがっていた。われわれは知っているんだよ。あのキリスト教徒たちのなかにもわれわれのスパイがいてね。たずねさえすればいい。われわれに話す以外、君にチャンスはない。われわれが認めないかぎりは、どこにも行くことはできない。わかるか？

レアはこのことをどれくらい知ってるんだ？

少しだけだ。われわれがジョルジュのことについてもっと君にききたがっているということだけだよ。

カナダ行きのビザの話はどうなんだ？

君はパリの空港で足止めされ、公文書偽造の罪で投獄されることになる……そこにわれわれが介入して、ジョルジュに何があったのかを話せば、釈放させてやるし、いい弁護士もつけてやるという選択肢を君に与えるという手はずになっていた。君は刑務所に入る。合法的に塀の向こうに君を閉じ込めるのが一番だろう？　もし君が口を開かないなら、友だち代わりに素敵で愛すべき大男をわれわれのところから送り込むことになっていた。どういうことかはわかるね。君はこのゲームの小さな駒にすぎないんだよ。本当にちっぽけな存在さ、とロランは言った。考える時間を何分かあげよう。話がしたければ、コーヒーテーブルに銃を置きたまえ。君の助けになれるかもしれない。もし話さないなら、どこにも行くことはできない。確実にね。

僕は立ち上がり、彼の顔に銃を突きつけた。両手を頭につけろ。

彼は従った。

僕は彼の体を調べて、財布とサングラスをつかんだ。財布には数百フランの現金が入っていた。僕はそれを取った。

床に伏せろ、と僕は命じた。

もうすぐ私の部下たちが来るぞ、とロランは言った。君に最後のチャンスを与えているんだぞ。

動いたら撃つからな、と僕は言った。

哀れな泥棒だよ！　君はバカだ、と彼はカーペットから怒鳴った。

僕はサングラスを踏みつぶした。それから近くにある電話機に走っていって、電話線を引き抜いた。それでロランの両手を縛って、ポケットから家の鍵を取った。ドアのところに歩いていき、ゆっくりと開けた。誰もいないとわかると、後ろ手にドアを閉めて鍵をかけた。階段を駆け下りて表に出ると、裏通りからレアのアパルトマンに走っていった。


レアの家に着くと、僕は通りの向かいにある公衆電話から彼女にかけた。

もうかけてこないでって言ったでしょ。だいたい、飛行機に間に合うの？

ジョルジュのことを話したいんだ、と僕は言った。

一瞬、彼女は黙った。そして言った。話して。

よくない話だ。悪い知らせだよ。おれは通りの向かいにいる。ドアを開けてくれ。

彼女がドアを開けると、僕は階段を上がった。ドキドキ脈打つ心臓を金属のエレベーターで持ち上げてもらうのを待ちたくなかった。

レアは目に涙をためてドアを開けた。少しだけ僕にしがみつき、死の伝令に抱かれていることに気がついたように体を引いて、片手で口を押さえた。

じゃあ、ジョルジュに何があったのか、ずっと知ってたのね。

最後にジョルジュに会ったのはおれが発つ直前だった、と僕は話した。

彼女は片手を振って、僕をなかに入れた。僕が入ると、背中を向けてすすり泣いた。その背中に手を当てたけれど、彼女は首を振った。僕は彼女の両肩をつかんで、優しくこちらを向かせた。彼女はまだ泣いていて、涙が顔を伝って落ちていた。

ジョルジュはおれの兄弟だった。

僕は深く息をして、一気に語った。昔、おれとジョルジュは猟銃を持って山岳地帯に入ったんだ、と僕は話し始めた。おれたちは銃身を立てて、有毒な火薬を持って、へビみたいにじっと立ってた。じっと立って、羽根の重みでしなる枝、求愛の声にしなる枝を探したよ。すぐにおれたちは一羽の小さな鳥を撃った。おれはその鳥を手に取った。

まだ生きてたら殺しちまえよ、とジョルジュは言った。殺せよ！

でもおれはその小さな鳥をどうしても殺せなかった。くちばしを静かにパクパクさせて、水をくれと言ってるみたいだった。おれの手のひらで目を閉じようとしてた。

殺せって！　なんで傷ついた鳥を見てるんだ？　殺して苦しみから解放してやれよ。とどめをさすんだ。君の兄さんはイライラして言った。

でもおれは鳥がまた飛び立つのを待った。

ジョルジュはおれの手のひらから傷ついた鳥をひったくった。岩の上に置いて、ライフルの台尻で何度か頭を殴って、別の鳥を探して歩いていった。

どうしてそんな話をするの?

おれとジョルジュが殺したのは鳥だけじゃないんだ、と僕は彼女に言った。

人を?

そうだ。僕は話した。ハリールを殺したこと、金をだまし取ったこと、僕たちの静かな口論、ジョルジュが民兵組織に入ったこと。ムッシュー・ローランとニコールのこと、僕が受けた拷問のことを話した。

レアは流しに寄りかかって聞いていた。時おり僕の目をじっと見つめたかと思えば、床や天井に目を移した。そして口を開いた。あなたの話はわかるけど、結局ジョルジュはどこにいるの?

僕はすぐには答えなかった。その代わり、難民キャンプで起きた虐殺の話を続けた。ジョルジュが照らし出された戦場の光景を僕に語ったこと、犬のことや鳥のこと、積み重なって腐った死体のこと、斧や、流れる血のこと。

僕は話し、レアは首を振った。ついに彼女は声を荒げて話をさえぎった。わかったわ、もう十分よ。どうしてなの……どうして今ここにやってきて、そんな話をするの? 彼女はまた首を振った。わたしに話す機会をずっと待ってたんでしょ。何かのゲームだとでも思ってるの? あなたは今まで待ってて、わたしの兄はどこにいるの? あなたはあれこれ話をするけど、わたしにはほんとのことなのかどうかもわからない。わたしたちはあなたのことを知らない。あなたがどういう人なのかわからない。なのにあなたはここに来て、そんなひどい話をする。

僕は彼女の叫びを無視した。彼女の小さな瞳も、ひきつる頬も、茶色い服も無視した。僕は彼女の抗議を無視して、部屋から出ようとする彼女を引き戻し、キッチンの流しに彼女を追いつめた。僕は彼女の兄に橋の下に連れていかれた夜のことを話した。

わけがわからないわ、とレアは言った。あなたの話はどれも支離滅裂よ。あなたの話に出てくる人たちのことをわたしは知らないもの。こうやって押しかけてきて、何もかもわたしに聞かせようとするなんて。もう行かなきゃ。離して。

でも、僕は容赦しなかった。

おれたちは橋の下で車のなかにいたんだ、と僕は彼女に言った。ジョルジュとおれは口論してた。おれがレバノンを出る直前、民兵組織の本部に連行しようとしてジョルジュが来て、車におれを乗せたんだ。行きたくなかったけど、あいつはおれにキスして、兄弟って呼んだ。車に乗せられて、ナバア橋の下まで行った。君の兄さんはおれを拷問した連中のところにおれを連れ戻すために派遣されて、連中はおれを殺す気だった。でも、おれにチャンスをやるってジョルジュは言った。銃で遊んでたよ。弾を三発入れて、リボルバーを回した。あいつは微笑んで、お前にチャンスをやるよって言った。

おれはあいつの手から銃を取った。まばたきもせずに、海や船のこと、心から行きたいと思ってる新しい土地のことを考えてしまう前に、銃を頭に当てて引き金を引いた。カチッと音がして、弾は出なかった。

おれはそばの座席に銃を置いた。君の兄さんは微笑んだ。ゆっくりと銃を手に取った。怖がってはいなかったよ。むしろ落ち着いてて、いつものように怖いもの知らずだった。銃を握りしめて、おれのほうを向いて、微笑みかけて、銃が火を吹いた。

レアは片手で口を押さえて、僕の腕から逃れようとした。ぜんぶ知ってたのね。知ってたのね。それなのに……

　僕は彼女を押し戻した。おれはその場所にジョルジュを埋めた。橋の下に埋めたんだ。銃がおれの足元に落ちて、ジョルジュはおれに倒れかかってきた。傷口が開いてた。顔の反対側に穴が開いてて、脳の一部が垂れ下がってた。フロントガラスは赤く染まってた。赤い液体がガラスを伝って、雨みたいにダッシュボードに落ちてた。おれは座って、家や通り過ぎる車がゆっくり赤に沈んでいくのを見てた。デニーロの髪はおれの膝元に広がってた。おれはそれを撫でた。やさしく撫でた。

　知らず知らずのうちに、僕はレアの髪に触れていた。彼女は凍りつき、おびえていた。

　僕は彼女の肩をしっかりとつかんで話を続けた。おれは橋の下にあいつを埋めた。下水溝を越えて、石の山に引きずっていった。その山のそばに横たえた。最初に目についた大きな石を持ち上げて、ジョルジュの頭の横に置いた。もう一つの石を反対側に置いた。石であいつを囲んで、車に戻って拳銃とライフルを持ってきて、体のそばに置いた。岩や小石で体を覆った。それから両手で砂をすくって、石の隙間を埋めていった。あいつはそこにいるよ。君の兄さんはあの橋の下にいる。

　ジョルジュがどこにいるか知りたいんだろ？　いいかい、と僕はレアに言った。おれは車に戻って運転席に座った。フロントガラスは血だらけだった。手で拭こうとしたけど、かえって見えづらくなって、大きくて太い筋になって、色が濃くなってしまった。血はもう乾き始めてて、色が濃くなってきてた。血はベトベトするんだ。だからおれは砂の山に戻って、砂をすくってきて、ガラスにすり込んだ。今度はすべてが赤い泥になったよ。おれたちの国の神話に出てくる川みたいにね。おれは旅に出たかっただけなんだ。あの呪われた街とは違うものを見てみたかっただけだ。出ていきたかっただけなんだ。

レアは僕の目を見て、わずかに肩を捻ったけれど、僕は両手を彼女の両手に置いて、静かに言った。最後まで話させてくれ。

彼女はわずかに頷き、その体から力が抜けて、膝が折れて、僕の膝に触れそうになるのがわかった。おれはフロントガラスを割った。石の山に戻って、持ち上げられる一番大きな石を選んだ。それを車のボンネットの上に置いた。車のなかに戻って、バッグから上着を取り出して、運転席に広げた。おれは車から出て、ボンネットの上に乗った。それから石を持ち上げて、フロントガラスに叩きつけた。ガラスは百万の小さな破片になった。

運転席から上着を持ち上げて、空に向けてはたいて、小さなかけらを払いのけた。おれは一万の赤と緑のダイヤモンドに囲まれてた。おれは笑ったよ。そのあと、スピードを上げて走っていった。風が目にしみた。おれが運転してたら、風がシャツを通り抜けて、目から涙がこぼれたよ。でも泣きはしなかった。風が顔に当たってきて、また水のなかに頭を押し込まれてるような気がした。おれは喘いで小刻みに息をして、血の匂いを吐き出した。両手についた血の色はどんどん濃くなった。目の前にあったんだ。隠しようがなかった。血はハンドルと車を乗っ取って、車線を走っていくようになって、スピードを上げて、周りの車やディーゼルトラックを追い抜いていった。両手の血が車を揺さぶって、抑えがきかなくなってた。だから血を落とさなくちゃならなかった。

おれは埃っぽい小道に車を乗り入れて、海に続く緑の草地を走り抜けていった。車から出て、ごつごつした海岸に走っていって、海に入って、おれの罪と、この燃える大地と、愛する人たちを体から洗い流した。すると海は紫色になったんだ。かつてこの海岸を埋めつくしてたオニキスみたいに。そして血はカモメよりもやかましく叫んだよ。古代の侵略者よりもやかましかった。おれは波のなかに頭をうずめて、髪を洗った。後ろでは小石が寄せては引いてた。貝が殻を閉じてた。おれは大地と海のあいだに座って、食べてもいないものを吐いて、黄色いものを吐き出した。それは海の泡に混じっておれのそばを一気に通り過ぎて、巨大な岩に砕けたよ。

しばらくして、おれは車に戻って、着ていた服を脱いだ。バッグを開けて、詰めてあった別の服を着た。

そしてそこから走り去って、ジョルジュのことは考えなかった。わかるか？　わかるか？　おれは海に乗り出していきたかっただけなんだ。

僕はレアのそばから離れた。もう話すことはなかった。

彼女は僕に背を向けることはしなかった。それでも僕は涙を流す彼女から去った。階段を下りて、パリの通りに出た。

僕は駅に歩いていった。雨が降っていて、列車は到着しては出発し、乗客たちは通り過ぎていった。チケットカウンターの女性がたずねてきた。ムッシュー、今日はどちらに行かれるんですか？

ローマ、と僕は言った。ローマだ。

謝辞

カナダ連邦政府文化機関とケベック州芸術文化機関の支援に感謝したい。加えて、この本の執筆中とその後にわたって、そばで友情と支援を注いでくれたリサ・ミルズに。ジョン・アスフォーの友情と得難い助言に。リン・ヘンリーとアナンシ社の皆さんに、そして、僕の原稿を手に取ってからずっと支えてくれたマーサ・シャープに。僕のきょうだいと家族にも感謝を――マーク、メルダド、レイフ、ジジ、そしてラムジ。以下の皆さんに特別な感謝を、ディマ・アイユーブ、レイラ・ブデイル、ローレンス・ケルボー、ジェシュ・ハンスパル、ニック・チュバト、ティナ・ディアブ、ジョスリン・ドレイ、ジュリア・ドーヴァー、エヴァ・イライアス、マジュディ・エル＝オマリ、エリン・ジョージ、キャスリン・ハダド、マンスール・ハリク、ナスリン・ヒマダ、ファウズ・カブラ、マグダローナ・ゴンボス、アイダ・カウーク、サンドラ・コウリー、ジョアナ・マンリー、ラムジ・ムファレフ、ネハル・ナシフ、マイレ・ヌーラン、アントワーヌ・ブーストロス、ミロシュ・ロウィッキ、ババク・サラーリ、ジュリアン・サミュエルズ、パスカル・ソロン、ローレル・シュプレンゲルマイヤー、シャノン・ウォルシュ、そしてダイリー家とジュレイディニ家のみんな、ジョセフとシャーロットのドゥーマル夫妻に。

この小説は実在の人物とは一切関係がない。

訳者あとがき

二〇〇八年の初夏、僕はトロントのアパートにいた。穏やかな日差しが射し込む午後、キッチンに腰を下ろして、本書『デニーロ・ゲーム』の原書にあたる *De Niro's Game* を読み始めた。冒頭の一文から一気に物語に引き込まれ、作っていた料理をあやうく焦がしそうになって顔を上げた。本のなかで繰り広げられる、砲弾が降り注ぐ街で生き抜こうとする少年たちの疾走感あふれる物語と、陽光に満ちたカナダとのギャップがすぐには埋められずに、しばらく茫然としていた。そして、僕はまた物語の世界に戻っていった。

『デニーロ・ゲーム』は、一九八二年、東西に分断されたベイルートの東側で始まる。一九七五年に始まったレバノン内戦のさなかのキリスト教徒地区に暮らす、語り手でもあるアルメニア系の少年バッサームと、幼なじみのジョルジュの二人が、物語の中心となる。かつては「中東のパリ」と呼ばれた美しい街が破壊されていくなか、バッサームはいつかベイルートを脱出することを夢見て、一方のジョルジュは次第に現地のキリスト教民兵組織との関わりを強めていく。いつも共に行動する二人はやがて、民兵組織の裏をかいてカジノの金をくすねる計画を実行に移す。だが、一枚岩だったはずの二人の友情に、いつしか暗い影が差し始めて……。小説は青春ギャング小説の形式を借りつつ、戦争が少年たちの内面に入り込み、心をゆがめ、支配していく様を鮮烈に描き出していく。
物語は冒頭からのスピード感を緩めずに進行する。戦争の終わりがまったく見えない世界を生き抜こうとする二人の少年が立てた計画に、民兵組織を始めとしてさまざまな思惑が絡み合っていくさまが描かれることで、小説には常に不気味な緊張感がつきまとう。本書のタイトルの元となっているベトナム戦争を描いた映画『ディア・ハンター』や、アルベール・カミュの『異邦人』（バッサームとの接点を強調するため、訳文は若干変更させていただいた）への言及も効果的に織り交ぜつつ、ハージは暴力や陰謀、少年たちの殺伐とした心理や疎外感を浮き彫りにしている。それと同時に、ハージのヴィジョンは単なる戦争小説に収まることはない。「一万の砲弾が降り注いだ街で……」という書き出しに凝縮される、破壊と暴力に満ちた世界に、物語はしばしば詩的かつ幻想的な風景を重ね合わせる。ベイルートの街角を行き交う人々から、燃える惑星、少年たちに語りかけるヤマウズラまで、無数のイメージが浮かび、次々に連なっていく表現が、ハージ独自の世界を作り上げている。暴力と幻想という二つの要素は、互いに寄り添いながら、少年たちの旅路を追う物語を一気に走らせていく――バイクにまたがって夜を駆け抜けていく二人の少年のように。

ラウィ・ハージは一九六四年にベイルートで生まれた。レバノン内戦下での生活を経てキプロスへ、そしてニューヨークに渡り、一九九一年からはカナダのモントリオールに住んでいる。カナダではまず写真を学び、自らの個展を開くなどの活動を行なっていた。その間に執筆した本書の原稿を数々の出版社に送るも、読んですらもらえない状態が続いていた。そんなある日、トロントの出版社アナンシの編集者が、山と積まれた持ち込み原稿のなかから、ハージの原稿をふと読み始めた。作品に一気に引き込まれ、惚れ込んだ編集者の尽力で、本書はついに日の目を見ることになった。

さらに二〇〇八年には国際IMPACダブリン文学賞を受賞し、さらなる注目を集めることになった。その直後に開幕した北京五輪ではカナダ勢がそろって不振にあえいでいたこともあり、地元紙のインタビューに応えたハージは、自らの受賞を「カナダのために金メダルを取ったようなもの」と冗談めかして語っていた。そこには受賞に沸くカナダのメディアへの皮肉もあるのかもしれない。この小説は、カナダ在住とはいえ、英語を母語とはしない作家の手によって書かれ、しかもカナダがほとんど登場しないのだから。在住しているモントリオールを愛する理由についてハージは、「ここでは誰もがマイノリティだからです」と語っている。アイデンティティの追求がもたらす暴力に敏感な作家ならではの視点といえるかもしれない。

そのモントリオールが、二〇〇八年に発表された第二作 *Cockroach* の舞台となっている。小説は、「ゴキブリ」と自称する中東からの移民の男が内面に抱えた葛藤をじっくりと語っていく。おそらくは戦争によって精神的外傷を負った彼は、カウンセラーとの面会をこなす日々のなかで、イラン系の移民たちとの関わりから、自らの過去と向き合っていく。『デニーロ・ゲーム』から一転して、あえてスピード感を落とすことで、サスペンスをじっくりと盛り上げていく語り口が用いられている。戦争が人間の心に落とす影、という主題を引き継ぎながら、第二作での語り口は大胆に変更されている。ハージは三部作を構想しているとのことだが、第三作がどのような小説になるのか、それは蓋を開けてみなければ分からない。

ハージのように、レバノン出身であっても国外で創作活動を行なう作家は数多い。詩人ハリール・ジブラーンがその代表格だが、イスラム教徒のレバノン人の両親に生まれ、のちにアメリカに渡って作家活動を開始したラビー・アラメディンは、一九九〇年代後半から小説家としての地位を確立しているし、フランス語圏では、パリ在住のアミン・マアルーフも国際的に高い評価を得て、多数の著作が外国語に訳されている。宇宙的ですらある詩的ヴィジョンをしばしば見せる『デニーロ・ゲーム』もまた、こうした作家たちと共鳴しながら、英語圏文学とアラブ文学にまたがる豊かな作品となっている。

また、一九八二年のイスラエル軍による西ベイルート包囲とその帰結は、いくつもの文学作品が取り上げてきた。いち早く英語圏に紹介されたものとしては、アラブ詩人マフムード・ダルウィーシュによる *Memory for Forgetfulness: August, Beirut, 1982* がある。日本語で読むことができる作品は、ジャン・ジュネの『シャティーラの四時間』がまず挙げられる。それ以外にも、イスラエル軍兵士の視点からレバノン侵攻を描き出したグラフィック・ノベル *Waltz with Bashir: A Lebanon War Story* が、『戦場でワルツを』として映画化されたことも記憶に新しい。それと同時に、『デニーロ・ゲーム』が提示するような光景は、その後も世界各地で繰り返されてきたし、今も続いている。

二〇〇八年のトロントに話を戻そう。キッチンで僕が本書を読むきっかけになったのは、白水社の藤波健さんと金子ちひろさんがハージの存在を教えてくれたからだった。金子さんにはサルバドール・プラセンシアの『紙の民』につづき、企画の時点から訳文のチェックまで、細やかにサポートしていただいた。そして、トロントのアパートを借りるにあたっては、東京で出会ったテッドとタムのグーセン夫妻が手はずを整えて、慣れない土地での生活を助けてくれた。大家さんのステラ、そしてアパートの上の階に住んでいたジェイソンとアンバー、二人のあいだに生まれたばかりだったコーエンくん、毎週末のようにあちこちに誘ってくれたイアンとエリシア。カナダでは本当にたくさんの人たちに出会い、お世話になった。この場を借りて感謝したい。

そして、僕がキッチンで料理をしていたとき、アパートの奥の部屋では、妊娠が分かったばかりの妻が眠っていた。カナダにいたときは妻のお腹のなかにいた娘も、今では京都の家で走り回り、僕の机の上にある『デニーロ・ゲーム』のゲラに手を伸ばすくらい大きくなった。この三年間で僕たちの生活は大きく変わったけれど、そのなかで本当に多くのものを僕に与えてくれた妻に、限りない愛と感謝の気持ちを贈りたい。

二〇一一年六月　京都にて

藤井　光

訳者略歴
一九八〇年大阪生まれ
北海道大学大学院文学研究科博士課程修了
日本学術振興会特別研究員を経て、
現在、同志社大学文学部英文学科助教
主要訳書
D・ジョンソン『煙の樹』
S・プラセンシア『紙の民』（以上、白水社）
W・タワー『奪い尽くされ、焼き尽くされ』（新潮社）

〈エクス・リブリス〉
デニーロ・ゲーム

二〇一一年八月一〇日 印刷
二〇一一年八月三〇日 発行

著者 ラウィ・ハージ
訳者 © 藤井《ふじい》 光《ひかる》
発行者 及川直志
印刷所 株式会社 三陽社
発行所 株式会社 白水社

東京都千代田区神田小川町三の二四
電話 営業部〇三（三二九一）七八一一
編集部〇三（三二九一）七八二一
振替 〇〇一九〇-五-三三二二八
郵便番号 一〇一-〇〇五二
http://www.hakusuisha.co.jp
乱丁・落丁本は、送料小社負担にてお取り替えいたします。

誠製本株式会社

ISBN978-4-560-09017-6
Printed in Japan

エクス・リブリス
EXLIBRIS

■デニス・ジョンソン　藤井 光訳
煙の樹

ベトナム戦争下、元米軍大佐サンズとその甥スキップによる情報作戦の成否は？『ジーザス・サン』の作家が到達した、「戦争と人間」の極限。山形浩生氏推薦！《全米図書賞》受賞作品。

■ロイド・ジョーンズ　大友りお訳
ミスター・ピップ

島の少女マティルダは、白人の先生に導かれ、ディケンズの『大いなる遺産』を読み、その世界に魅せられる。忍び寄る独立抗争の影……最高潮に息をのむ展開と結末が！英連邦作家賞受賞作品。

■アティーク・ラヒーミー　関口涼子訳
悲しみを聴く石

戦場から植物状態となって戻った男。コーランの祈りを唱えながら看病を続ける妻。やがて女は、快復の兆しを見せない夫に向かって、誰にも告げたことのない罪深い秘密を語り始める……。

■サーシャ・スタニシチ　浅井晶子訳
兵士はどうやってグラモフォンを修理するか

一九九二年に勃発したボスニア紛争の前後、少年の目を通して語られる小さな町とそこに暮らす人々の運命。実際に戦火を逃れて祖国を脱出し、ドイツ語で創作するボスニア出身の新星による傑作長編。

■ミゲル・シフーコ　中野学而訳
イルストラード

巨匠作家が死体で発見され、未完の小説が消えた⁉　助手ミゲルは真相を求めてフィリピンに赴くが、捜査は難航する……。注目の新人による、多数の声をちりばめた迷宮的な長編。